星空下的隔離病房

THE PULL OF THE STARS

EMMA DONOGHUE

愛瑪・唐納修——著
楊睿珊——譯

目次

I

紅

我在天亮前幾小時就出門了，在雨中騎著自行車，穿越都柏林臭氣熏天的溼滑街道。我的綠色短斗篷擋下了大部分的雨水，但大衣袖子很快就溼透了。經過一群牲畜時，我聞到了糞便混雜血液的氣味。一個男孩朝我辱罵，他身上的大衣明顯不是給小孩穿的。我加快速度，超越一輛為了節省汽油，在路上緩慢行駛的汽車。

我和往常一樣將自行車停在巷子裡，在後輪鎖上密碼鎖（當然是德國製的，到時生鏽了該怎麼替換呢？），放下裙子的側帶，並從車籃裡拿出被雨淋溼的袋子。我寧可一路騎車到醫院，花費的時間還是搭電車的一半，但護理長可不能接受她的護士滿身大汗去上班。

我一走出巷子，就差點撞上一台消毒推車，空氣中瀰漫著甜膩的焦油味。戴口罩的人正在消毒水溝，將水管插入一個又一個水溝蓋，我趕緊走開，以免妨礙他們工作。

我走過一座臨時搭建的戰士祭壇，其實就是一幅上面披了聯合王國旗的木製三聯畫，另外還有身穿藍袍、有些破損的聖母瑪利亞像，下方的架子堆滿了凋萎的花朵。到目前為止，已有數十萬名愛爾蘭人入伍，成千上萬的人於戰爭中喪生，祭壇所列的名字不過是其中數十名烈士罷了。我不禁想到當我出門時，還在家裡吃吐司的弟弟。

在電車站，隨著黎明將至，路燈的光線也變得黯淡。燈柱上貼滿了廣告：生活步調太快，讓你筋疲力竭嗎？操勞過度，感覺青春年華已離你而去嗎？

明天我就三十歲了。

但我可不會被這個數字嚇到，畢竟三十意味著成熟，有一定的聲譽和影響力，不是嗎？而且現在三十歲以上、符合財產資格的女性也有選舉權了。不過我對投票還沒什麼實感，畢竟英國已經八年沒有舉行普選，戰時也不會有，而誰知道戰爭結束時，世界又會變成什麼樣的局面呢？

前兩輛電車都已滿載，呼嘯而過，看來這週又有更多路線停駛了。等到第三輛，我硬擠了上去，橡膠鞋底在噴了消毒劑的階梯上打滑，我只好緊抓著樓梯扶手使勁向上爬。電車在漸亮的天色中行駛，上層露天座位區的乘客似乎都全身溼透了，於是我躲到屋簷下。那裡貼了一塊長條形貼紙，寫著：咳嗽或打噴嚏請摀住口鼻……只有傻瓜和叛徒才會傳播惡疾。

騎車暖和身體的效果很快就消失了，我開始打顫。兩個男人稍微移動身子，讓我擠在他們中間坐下來，把包包放在大腿上。斜風細雨打在所有人身上。

電車嘎嘎作響，聲音愈發刺耳，加速駛過一排耐心等候的出租馬車，但戴眼罩的馬絲毫沒有受到驚嚇。我看到路上有一對情侶手挽手匆匆走過一盞路燈底下，臉上的尖嘴口罩宛如某種陌生鳥類的喙。

車掌在擁擠的上層緩慢移動，他的手電筒像威士忌酒瓶一樣扁平，閃爍的光芒照亮了乘客的膝蓋和鞋子。我從手套裡掏出一枚滿是手汗的便士[1]，丟入他裝了消毒劑的罐子

1　一九七一年前，12便士（pence）等於1先令（shilling）。

裡，心裡懷疑那樣是否真能洗掉所有病菌。

他提醒我說，一便士只能搭到紀念柱[2]。

沒有沒有，那樣大家肯定會吵翻天，但現在一便士沒辦法搭那麼遠了。

以前的我聽到這種矛盾的說法肯定會莞爾一笑。所以要到醫院……

漲價了嗎？

還要加半便士，車掌說。我從包包裡掏出錢包，找出硬幣遞給他。

我們經過火車站，拿著手提箱的孩子們陸續走進車站，父母把他們送到南部，希望能藉此平安度過疫情。但據我所知，瘟疫已散布至全愛爾蘭。這個可怕的疾病有十幾個名字：大流感、卡其流感、藍流感、黑流感、流行性感冒，或是英文「the grip」……（這個字總讓我聯想到一隻手重重落在肩頭，緊抓不放的感覺）。也有「怪病」這種委婉的說法，或是「戰爭瘟疫」，將流感視為過去四年來大屠殺的副作用，一種在戰壕中醞釀出來，或是因為時局動盪，軍隊被派往其他國家打仗，因此在全世界蔓延開來的毒物。

我算幸運的了，因為我發病後痊癒，幾乎是毫髮無損。九月初時，我臥病在床，全身痠痛，因為知道流感有多麼致命而心志消沉，但過了幾天，我就能下床走路了。大病初癒後幾週，我眼前所見的色彩似乎都泛著銀光，好像透過一片煙灰色玻璃看世界一樣。除此之外，我只是比較無精打采，沒什麼好大驚小怪的。

一名穿著短褲、兩腿細如竹竿的送貨男孩騎車飛速駛過，濺起了一灘油汙水，宛若孔雀開屏。明明路上車不多，電車卻開得很慢，也許是想省電，或是為了遵循某條新法規吧。如果護理長准許我們一路騎車到醫院，我現在早就到了。

其實就算我違反規定，她也不會知道，因為過去三天，她都躺在婦女發燒病房的病床上，咳嗽咳得厲害，連話都說不出來。但我還是不想背著她偷偷摸摸做這種事。

到了納爾遜紀念柱南邊，電車發出刺耳的剎車聲，停了下來。我回頭看郵局，那裡曾是叛亂分子在六日起義[3]前的多處據點之一，現在只剩下焦黑的殘骸。那次暴動既不具正當性，也毫無意義。在世界大戰爆發前，英國國會不是正打算讓愛爾蘭實行地方自治，只是因為戰爭而延後嗎？如果可以透過和平手段達成，我倒是不介意被都柏林而非倫敦統治，但一九一六年的街頭火拼也沒讓我們離地方自治更近一步，不是嗎？大多數百姓反而因此怨恨那些以人民之名喋血殺生的亂黨。

---

2 納爾遜紀念柱（Nelson's Pillar）：一八〇九年，為紀念死於一八〇五年特拉法加海戰（Battle of Trafalgar）的海軍上將霍雷肖．納爾遜（Horatio Nelson）所建，於一九六六年被愛爾蘭共和軍炸毀。二〇〇三年於其遺址建立都柏林尖塔（Spire of Dublin）。

3 復活節起義（Easter Rising）：是愛爾蘭共和派於一九一六年發起的一場武裝暴動，從四月二十四日持續至四月三十日（為期六日），目的是結束英國在愛爾蘭的統治，建立獨立的愛爾蘭共和國。最後以起義部隊無條件投降劃下句點。

更遠處，有些商店在短暫零星的叛亂中，被英國的炮火夷為平地，其中還有我以前幫提姆買漫畫的書店，到現在都還沒有開始重建。有些小路仍被砍倒的樹木和鐵絲網封住，我想只要戰爭持續下去，混凝土、柏油、瀝青和木材都會是稀有資源吧。

迪莉雅．加勒特，我心想。伊塔．努南。

別這樣。

在路邊賣水果的女人艾琳．迪凡。她的流感變成了肺炎，昨天一整天，她都不斷咳出帶血的綠痰，體溫也像一只不受控的風箏一樣劇烈起伏。

別再想了，茱莉亞。

我下班時都盡量不去想病患的事，畢竟人不在病房，我也無法為她們做任何事。一道柵欄上貼著一場綜藝音樂會的演出資訊，上面斜斜蓋了「已取消」的字樣；還有全愛爾蘭板棍球決賽[4]的廣告，上面貼了「比賽延期」的告示。由於員工得流感病倒，很多商店都關門大吉，辦公室拉下百葉窗，或是在門上釘了歇業通知。至於還在營業的，很多看起來也是門可羅雀，因為沒有顧客上門而瀕臨倒閉。都柏林彷彿一張缺了牙的巨嘴。

我聞到了尤加利精油的味道，原來是坐在左邊的男人用沾了精油的手帕摀住鼻子和嘴巴，現在有些人也會噴在圍巾或大衣上。我以前很喜歡那種木頭的香氣，但現在這味道卻成了恐懼的代名詞。當然，我已經對這季嚴重的流感免疫了，沒理由害怕陌生人打噴嚏，生過病某方面來說也是一種解脫。

在我身後的座位，有個男人突然開始劇烈咳嗽，咳了又咳，那聲音彷彿有人想用小斧頭砍倒一棵大樹。所有人都試圖遠離他，那種咳嗽聲可能代表他要發病了，或是處於康復期，還沒完全消失的症狀。它可能是無害的普通感冒，抑或一種緊張的抽動反應，就像有時會不由自主打哈欠一樣。但現在整個城市都傾向於設想最糟的情況，這也不奇怪。

殯儀館外停了三輛靈車，馬匹已經安上了馬具，準備出發下葬早上的第一批死者。兩名穿著圍裙的男人肩上扛著一疊淺色的木板，從小巷走到建築物後面，我愣了一下才恍然大悟，原來是為了打造更多棺材啊。

天色漸亮，街燈的光線隨之黯淡。嘎嘎作響的電車駛過一輛超載的車子，車體似乎有些傾斜，我看到兩個男人在踢後輪軸。十幾名穿著喪服的乘客仍緊挨著彼此，坐在座位上，好像只要堅持到底，就能準時抵達喪禮一樣，但駕駛已然絕望，將額頭靠在方向盤上。

擠在我右邊的男人用一把小手電筒照亮他的報紙。因為怕提姆心煩意亂，現在家裡都不買報紙了。有時我會在早上通勤時帶書看，但上週圖書館因為隔離政策而收回了所有

4 年度全愛爾蘭板棍球錦標賽（All-Ireland Hurling Championships）的決賽，自一八八七年起便一直由蓋爾運動協會（Gaelic Athletic Association）舉辦。板棍球又稱愛爾蘭式曲棍球，與蓋爾式足球並稱為愛爾蘭兩大運動。

藏書。

看到報紙上方的日期，我才想起今天是萬聖節。我注意到頭版的內容有熱檸檬水、人壽保險和肉桂薄荷殺菌喉片。小廣告布滿了還願的感謝話語：衷心感謝聖心與聖靈幫助我們一家人康復。男人翻到下一頁，卻發現報紙裡面是空白的，只見一個骯髒的白色大矩形，他惱怒地哼了一聲。

坐在他右邊的男人說：一定是因為電力短缺，他們才只印到一半。

後面的女人說，雖然人力減半，但煤氣設備檢修工還是很努力維持設備的正常運作吧？

我的隔壁鄰居翻到了報紙最後一版。在手電筒搖晃的光線下，我試圖不去注意頭條：德皇[5]海軍叛變，展開最高級別的外交談判。人們都說面對協約國[6]的攻勢，同盟國抵抗不了多久，但他們已經講好幾年了。

我提醒自己，新聞有一半都是捏造的，或是為了提高士氣而有所偏頗，或至少經過審查，以免士氣更加低靡。舉例來說，報紙不再列出榮譽名冊，也就是在各處戰場上喪生的士兵的名字。愛爾蘭人從軍的原因不盡相同，有些人是為了國王和帝國而戰，有些是基於捍衛小國的正當理由，有些是單純需要工作，或想嘗嘗冒險的滋味，也有些人像我弟弟一樣，是跟朋友一起入伍的。提姆駐紮海外將近三年，那段時間我每天都會看榮譽名冊，深怕看到他的名字（加里波利、薩洛尼卡、巴勒斯坦……現在想到這些地名還是會不寒而慄）。榮譽名冊的欄目每週都增長了幾公分，標題還有分類，彷彿在玩某種恐怖室內遊戲一樣：失蹤、被俘、傷兵、傷兵（彈震症[7]）、傷重不治，以及陣亡。有時有照片、識別細節，或提供資訊的請求，但去年開始，由於傷亡人數過多加上紙張短缺，榮譽名冊就只刊登在三便士的週報上了。

我只在右下角看到一則流感相關標題：流感通報病例數增加。這筆輕描淡寫堪稱傑作，好像只有「通報數」增加，或者大流行病只是社會群體臆造的幻想一樣。不知道淡化流感的嚴重程度是報社自己的決定，還是上頭有指示。

醫院宏偉的老式建築聳立於蒼白的天空之下。我的胃裡一陣翻攪，究竟是因為興奮還是緊張，我最近已經分不清了。我穿過人群走到階梯，利用重力擠下樓。

下層有一名男子大聲清嗓，在地上吐痰，人們急忙收回腳或拉起衣襬，避之惟恐不及。

---

5 指末代德意志皇帝和普魯士國王威廉二世（德語：Wilhelm II），一八八八年到一九一八年在位。

6 協約國（Allies）主要由法國、俄羅斯、英國、日本、中國、義大利和美國組成，在第一次世界大戰與同盟國（Central Powers，由德意志帝國、奧匈帝國、鄂圖曼帝國及保加利亞王國組成）敵對。

7 彈震症（Shell Shock）是英國心理學家查爾斯．邁爾斯（Charles Samuel Myers）在第一次世界大戰期間提出的名詞，是創傷後壓力症候群的一種。

一個女人高聲抱怨道，你還不如拿槍掃射我們吧！

我一下車，就看到最新的官方告示，每隔一公尺就貼了一張，上面用大字寫著：

新敵人「恐慌」就在我們之中
這個名為厭戰情緒
集體耗弱的精神力量
為傳染病敞開了大門
失敗主義者是疾病的盟友

雖然言詞犀利，但我想當局應該是想讓我們振作起來吧，不過拿「失敗主義」去指責病人似乎不太公平。

路燈最後的光芒照射在醫院大門頂部，一行鍍金鍛鐵的字上面：*Vita gloriosa vita*，意即「生命，美好的生命」。

我剛來這裡工作時才二十一歲，第一次看到這句格言讓我從頭到腳全身發麻。我父親不情願地付了護理技術學校三年完整課程的學費，當時每週有三天下午，我必須來這裡工作。這棟笨重的四層樓建築散發一種維多利亞時代的淒涼感，某方面來說也相當典雅堂皇，而我正是在這裡累積了一身實戰經驗。

Vita gloriosa vita。我現在才注意到，文字的襯線沾上了煤灰。

我穿過院子，跟著兩名包著白色頭巾的修女進門。據說修女是最忠誠、最克己奉公的護士，是不是真的我不敢說，但在這裡工作的幾年間，確實有幾位修女讓我相形見絀。和愛爾蘭大部分的醫院、學校和孤兒院一樣，沒有修女們的專業知識和辛勤勞動，這地方根本無法運作。大部分的員工都是天主教徒，不過任何有需要的市民都能來此就醫（但新教徒通常會去他們自己的醫院，或是雇用私人護士）。

我其實應該在鄉下度假的，因為我有整整三天的休假，所以原本打算去爸爸的農場休息幾天，呼吸新鮮空氣，但最後卻不得已發電報通知他說假期取消了。沒辦法，因為很多護士都得了流感，包括護理長本人，所以醫院急需人手。

嚴格說來，那其實是爸爸和他妻子的農場。我和提姆跟繼母相敬如賓，雖然她和我們的爸爸始終沒有生下孩子，但她總是有點疏遠我們，我想我們對她也一樣吧。至少現在我們都長大成人，在都柏林自立，她也沒有理由對我們感到不滿了。護士可是出了名的血汗工作，薪水也少得可憐，但多虧有提姆的軍人撫卹金，我們倆還是設法租了一間小房子。

緊迫感揮之不去，艾琳．迪凡、伊塔．努南、迪莉雅．加勒特，我不在的時候，我的病人狀況怎麼樣了？

這幾天醫院裡面感覺比外面還冷，光線昏暗，煤火也燒得不旺。每週都有更多流感患者被送進病房，病床塞得越來越滿。四年戰爭期間的社會混亂與資源短缺，甚至是六日起義的炮火與失序，醫院都撐過去了，但流感所帶來的沉重負荷，終於使醫院井然有序的氛圍瀕臨崩潰。生病的員工就像棋盤上被吃掉的棋子一樣陸續消失，我們剩下的人只得將就，辛勤工作、提高效率，一個人當好幾個人用，但還是不夠。流感嚴重影響了醫院的運作。

我提醒自己，不只是醫院，而是整個都柏林，甚至是整個國家。據我所知，全世界就像一部運作停擺的機器。世界各地出現了數百種語言的告示，力勸人們咳嗽要摀住口鼻。其他地方也沒好到哪去，自憐和恐慌一樣，一點用處也沒有。

門房不見蹤影，希望他不是生病了。我只看到一名女清潔工在用消毒劑沖洗藍袍聖母像附近的大理石地板。

我匆匆走過報到櫃台，正準備上樓前往產科發燒病房時，卻認出了一名戴口罩的初級護士。她全身上下都是血，好像剛從屠宰場出來一樣，醫院的標準果然下滑了不少。

卡瓦納護士，妳剛從手術室出來嗎？

她搖搖頭，用沙啞的聲音回答：巴瓦護士，我在來這裡的路上……一個女人堅持要我去看看一個倒在路上的男人。那個男人抓著自己的衣領，臉色發黑。

我把手放在護士的手腕上，試圖安撫她。

她抽抽噎噎地繼續說：我試圖讓他坐起來，並解開他的衣領，幫助他呼吸——做得很好。

——但他突然劇烈咳嗽，然後……卡瓦納護士撐開五指，示意身上的血，手上的血甚至還沒乾。

我能夠聞到血液刺鼻的鐵鏽味。我的天啊，他進行分診了嗎？

但當我跟著她的眼神，看向她後方被蓋住的擔架時，就猜到他已回天乏術，我們救不了他了。拿擔架到街上、並協助卡瓦納護士把他抬到醫院的人，應該就是把他們倆丟在這裡。

我蹲下來，把手伸入裹屍布，檢查男人的脖子是否有脈搏，但什麼都沒有。

真是個怪病，有些患者會與病魔搏鬥數個月，流感以肺炎併發症的形式悄悄接近，慢慢侵蝕他們的身體，有些人則在發病幾小時內就病死了。不知道這個可憐人是長期隱忍病痛、發燒和咳嗽症狀，直到有一天，他在街上突然發現自己動彈不得、說不出話，只能把血全咳在卡瓦納護士身上？還是他今天早上還好端端的，但那只是暴風雨前的寧靜？

前幾天，一名救護車司機才跟我說了一個可怕的故事：他們接到了一名年輕女子的電話，她說自己很健康，但有一名室友病得很重，還有另外兩人身體不適。但當救護車抵達時，卻只剩下四具屍體了。

原來卡瓦納護士沒有離開報到櫃台外的走廊去請求協助，是因為擔心有人被屍體絆倒。我記得自己還是初級護士時，也是戰戰兢兢，深怕遵守一項規定的同時就會造成另一樁違規。

我會請護工把他抬到太平間，我向她保證道。去給自己泡杯茶吧。

卡瓦納護士勉強點了點頭，問道，妳怎麼沒戴口罩？

我上個月就得過流感了。

我也是，但……

所以啊（我試圖保持耐心，用溫和的語氣說），流感是不會得兩次的。

卡瓦納護士只是眨眨眼，面露遲疑，彷彿一隻停在鐵軌上，嚇得動彈不得的兔子。

我沿著走廊到了護工休息室，探頭進門。

裡面有三個人在吸菸，他們戴著皺巴巴的圓帽，和屠夫一樣身穿白衣與及膝白褲。聞到那菸味，讓我不禁想來一支伍德拜恩牌香菸[8]（護理長逼所有護士戒掉了這個壞習慣，但我偶爾還是會故態復萌）。

不好意思，報到櫃台有一具屍體。

那他來錯地方了吧？有半張金屬臉的男人哼了一聲說。

說話的護工叫做尼可斯，我私下都叫他無鼻尼可斯（這稱呼很可怕，但能幫助我記名字）。覆蓋他鼻子和左臉的銅面具很薄，而且上了藍釉，色澤活像刮過鬍子的下巴，面具甚至還焊上了貨真價實的八字鬍，半張假面栩栩如生到讓人不寒而慄的地步。

在他旁邊，雙手不住顫抖的男人則是奧謝——手抖奧謝。

第三個男人叫葛羅穎，他嘆了口氣說，又一個靈魂歸天了！

這三人都曾當過擔架兵。據說他們是一起入伍的，但只有奧謝和尼可斯被派到前線。前線裝備嚴重短缺，當擔架兵沒擔架可抬時，他們得用大衣、甚至是鐵絲網拖傷兵。葛羅穎夠幸運，被派駐到軍醫院，從沒聽過前線的炮火聲，回來時也毫髮無傷，彷彿一封退還寄件人的信。他們還是好兄弟，但在這三人之中，我就是不喜歡葛羅穎。

就叫他「報到處無名屍」吧，葛羅穎緩慢而嚴肅地說。與世長辭、命喪黃泉。這位護工的字典裡滿滿都是各種死亡的委婉說法。當患者過世時，葛羅穎可能會說：她兩腿一伸，或是翹辮子、向閻王報到去了。

此外，他自以為擁有一副好歌喉，這是我看他不順眼的另一個原因。再會——[9]，他開始低吟，一副愁眉苦臉的樣子。再會……

尼可斯在第二句加入，帶鼻音的歌聲在房間裡迴盪：親愛的寶貝，擦乾你的眼淚。

我不禁咬牙。儘管我們護士接受了多年的培訓（在技術學校取得文憑，加上在醫院的實戰經驗，每個護士還有各自的專業領域），護工還是喜歡用居高臨下的語氣對我們說

---

8 Woodbine是英國平價香菸品牌，於一八八八年推出，盛行於二十世紀初的工人階級，在兩次世界大戰期間也廣受軍人的歡迎。

9 〈再會〉（*Good-bye-ee!*）是第一次大戰期間流行的歌曲，由羅伯特・派屈克・韋斯頓（Robert Patrick Weston）和伯特・李（Bert Lee）作詞作曲。

話，好像身為弱女子就非得要他們幫忙一樣。但客氣一點總是沒壞處，所以我問道，你們有空的時候，可以派兩個人把無名氏搬下去嗎？

為了妳，什麼都可以，巴瓦護士，奧謝告訴我。

葛羅穎將手伸向已經塞滿菸蒂的黃銅菸灰缸，掐滅香菸並放入胸前口袋，打算待會再抽。他繼續唱道：

別哭泣，別嘆氣，
天空中總有一線光明。
晚安，老東西，再見，乾杯，
完蛋了，待會見，再會——

感謝你們，我說。

在前往樓梯的路上，我發現自己有些頭暈，因為我今天都還沒有吃東西。

那就到地下室吧，不是右轉往太平間，而是左轉往廚房旁邊的臨時食堂。我們一樓的餐廳現在變成流感病房了，所以改在一個沒有窗戶的密閉空間供應員工餐。那裡不僅混雜傢俱亮光漆和粥的味道，更瀰漫著焦慮的氣息。

雖然臨時食堂是醫生和護士共用的，但仍在工作崗位、還沒病倒的人卻寥寥可數，所以早餐隊伍並不長。人們倚靠著牆壁，狼吞虎嚥吃著某樣顏色看起來像蛋的東西，以及貌似香腸的食物。我注意到大約有一半的人戴著口罩，不是還沒得過流感，就是像卡瓦納護士一樣擔驚受怕，需要那層薄紗布所提供的安全感。

連續工作二十小時，卻只讓我們睡四小時！

這聲音來自我身後的年輕女孩，我認出她是今年的實習護士之一；由於她們才剛開始接觸全職病房工作，往往缺乏我們這些前輩的耐力。

他們現在甚至把病人安置在地板上，真不衛生，一名醫生抱怨道。

總比把他們拒於門外好吧，他的朋友說。

我四處張望，突然意識到我們真的是一團糟。有些醫生年紀很大了，但醫院需要他們待到戰爭結束為止，來替補入伍的年輕醫生。還有從前線回來的醫生和護士，雖然受了傷，但還不足以領全額撫卹金，所以他們又帶著瘸腿、傷疤、氣喘、偏頭痛、結腸炎、瘧疾或結核病回到了工作崗位。兒童外科還有一名護士長期以來深受全身爬滿蟲子的幻覺所困擾。

我的前面只剩下兩個人了，我的肚子開始咕嚕咕嚕叫。

茱莉亞！

我看到格拉迪絲．霍根穿過擠在餐桌旁的人群，朝我走來，便對她微笑。將近十年前，我們在受訓期間曾是好朋友，但後來我選擇助產學，她選擇眼耳鼻喉科後，我們就沒那麼常見面了。班上有些同學最後到了私人醫院或護理之家工作；有些人結婚了，有些則因為腳痛或神經緊張而辭職，這屆留下來的人已經不多了。格拉迪絲和其他護士住在醫院裡，我則和提姆一起住，我想這也是我們漸行漸遠的原因之一吧，因為當我下班時，第一個想到的總是我弟弟。

格拉迪絲責備道：妳不是在休假嗎？

結果臨時取消了。

啊，這也不令人意外。好吧，堅持下去。

妳也是，格拉迪絲。

我得閃了，她說。噢，有即溶咖啡耶。

我做了個鬼臉。

妳喝過嗎？

有一次為了嘗鮮喝過，但超級難喝。

只要能提神就好……格拉迪絲將咖啡一飲而盡，咂咂嘴唇，便把杯子留在放著髒盤子的桌上。

既然沒人可以聊天，我也不想待在這裡，所以我拿了摻水的可可和一片戰爭麵包。這種麵包顏色都很深，但摻雜的原料大不相同——當然有大麥、燕麥和黑麥，但有時也會有大豆和其他豆類、西米，甚至還會有木屑。

為了彌補剛剛去找護工搬無名屍所花費的時間，我邊爬樓梯邊吃早餐，如果被人在婦女發燒病房的護理長看到這種失禮的行為，她肯定會大為震驚。如果提姆還能說話，他一定會說：一切都亂套了。

不知不覺間，天已經亮了，十月下旬的陽光從東邊的窗戶射進來。

我通過寫著「產科發燒病房」的門，一邊把最後一口麵包塞進嘴巴。這不是一間正規的病房，而是上個月從備品儲藏室改造而成的，因為我們的上級意識到，孕婦得流感的比例不僅非常高，這種疾病也特別容易對她們和嬰兒造成生命危險。

病房護士長跟我一樣是非神職護士。我取得助產學文憑時有接受過斐尼根護士長的指導，上週她指定我一起負責這間病房時，我感到無比榮幸。待產的流感病人會被送到這裡，而三樓的產科也會將任何有發燒、全身痠痛或咳嗽症狀的女性轉到這裡。

目前還沒有人生產，斐尼根護士長說這是神的慈悲，因為我們的設備實在太原始了。我一直忘不了培訓手冊裡面的一句話：產婦周圍環境應保持寧靜平和的氛圍。不過這間臨時病房反而會讓人躁怒吧，不僅空間狹窄，每個床頭櫃上放的還是電池供電的檯燈，而不是插電式小夜燈。至少我們有水槽和能通風的窗戶，但沒有火爐，所以我們必須把病人包得緊緊的才能保暖。

一開始，我們只有兩張鐵床，但後來又塞了第三張，才能收容艾琳・迪凡。她的床位於中間，一邊的伊塔・努南正在打呼，另一邊的迪莉雅・加勒特（身穿寬短外衣、披肩和圍巾）則在看書。我的視線馬上落在中間的病床，卻發現床是空的，而且已經鋪了新床單。

麵包皮彷彿變成了一顆小石子，卡在我的喉嚨裡。那位賣水果的女人病得那麼重，不可能已經出院了吧？

正在看雜誌的迪莉雅．加勒特抬起頭，瞪了我一眼。

夜班護士從椅子上使勁起身，打招呼道，巴瓦護士。

路加修女。

教會認為修女在產科病房工作很不莊重，但由於助產士人力短缺，護理長又剛好和路加修女來自同一個宗教組織，所以她說服了上級將這名經驗豐富的普通護士「暫時」出借給產科發燒病房。

我無法控制自己的聲音，用平穩的語氣詢問關於艾琳．迪凡的事。我一口氣喝光可可，到水槽沖洗杯子，卻覺得喉嚨裡的飲料苦得像膽汁一樣。斐尼根護士長還沒來嗎？

修女用一根手指頭指著天花板說，上產科去了。

這句話聽起來竟和葛羅穎暗指死亡的詼諧語有幾分相似。

路加修女調整了眼罩的鬆緊帶，彷彿一只自己起舞的木偶。她和不少修女一樣自願到前線服務，回來時，一隻眼睛已經被彈片奪走了。她戴了面紗和白色口罩，只露出了獨眼周圍的皮膚。

她走向我，點頭示意空病床說，可憐的迪凡太太大約凌晨兩點時陷入昏迷，五點半就走了，願她安息。

她在寬闊的胸前那硬挺、雪白的襯布前畫了一個十字架。

我不禁為艾琳・迪凡感到心痛，骷髏人根本就在愚弄我們大家。在我的家鄉，孩子們都這麼稱呼死亡——骷髏人，那個把咧嘴笑的骷髏夾在腋下，挨家挨戶拜訪受害者的骸骨騎士。

我一言不發，把斗篷和大衣掛起來，並將被雨淋溼的草帽換成了護士的白帽。我從包包裡拿出圍裙，綁在綠色制服外面。

迪莉雅・加勒特突然脫口而出：我醒來時，看到一群人用布蓋住她的頭，把她抬走了！

我走向她說，這真的很令人遺憾，加勒特太太。我向妳保證，我們已盡全力幫助迪凡太太，但流感已經蔓延到了肺部，最後讓她的心跳停止了。

迪莉雅・加勒特顫抖著抽鼻子，將一縷柔順的捲髮往後撥。我根本不該來醫院，我的醫生說這只是輕症罷了。

她自從昨天入院就一直在重複這句話。由於高級的新教護理之家有兩名助產士得了流感而病倒，她才從那裡轉過來。我們的病人入院時，大部分都是披著舊披肩，但迪莉雅・加勒特卻是戴著緞帶帽和手套。二十歲的她有著南都柏林上流社會的口音，時髦打扮也散發出有錢人家的氣息。

路加修女脫下防水袖套，從掛衣鉤拿下她那寬鬆的黑色斗篷。加勒特太太昨晚睡得很安穩，她告訴我。

安穩！迪莉雅．加勒特激動到開始咳嗽，並用手背摀著嘴巴。妳說待在這個簡陋的小房間，睡在這張要命的折疊床上，旁邊還有人死掉很安穩嗎？

修女的意思只是妳的流感症狀沒有惡化。

我把體溫計和帶錶鏈的銀色懷錶放入圍裙口袋，並檢查腰帶和鈕扣有沒有繫好，才不會刮傷病人。

迪莉雅．加勒特說：那幹嘛不今天就讓我回家？

修女警告我說，用她脈搏的強度估算血壓，指數還是過高。

迪莉雅．加勒特的高血壓究竟是不是流感造成的，我和斐尼根護士長還無法下定論，因為懷孕五個月後血壓也容易偏高。但無論是什麼原因，除了保持平靜和多加休息之外，也沒有別的治療方式了。

我了解妳的感受，加勒特太太，但還是讓我們照顧妳，直到完全康復為止吧，我說。

我到水槽洗手，幾乎在享受煤酚皂[10]的刺痛感，因為這樣才代表它確實有消毒作用。

我看向睡在左邊病床上的患者。修女，那努南太太狀況如何？

沒什麼變化。

修女的意思是，伊塔·努南還是神智不清。她從昨天開始就精神恍惚，就算教宗從羅馬來拜訪她，她大概也不會注意到吧。唯一令人欣慰的是，她的症狀是呆滯型的，不是那種會追打我們或對人吐口水的亢奮型。

夜班護士補充說，我在她睡著前給她敷了糊藥，所以十一點要換藥。

我也只能點頭。要準備溼熱的亞麻籽，並敷在呼吸不順的病人胸口上，這項任務既繁瑣，又會弄得滿手髒兮兮，總讓我頭痛不已。年長的護士們非常相信敷糊藥的效果，但我覺得敷熱水袋還比較快。

斐尼根護士長何時會回來呢？我問道。

噢，妳恐怕得靠自己了，巴瓦護士。她指著天花板說，斐尼根護士長今天要負責產科，因為同時有四人要生產，又只剩下普倫德加斯特醫生一個人。

現在醫生就像四葉幸運草一樣稀有珍貴。我們醫院有五名醫生入伍，在比利時和法國服役；一名參與武力反抗，被關在貝爾法斯特的監獄；還有六名病倒了。

我感到口乾舌燥，問道：所以我是代理護士長？

路加修女聳肩說，在這種非常時期，我們也只能全盤接受。

修女的意思難道是，我們的上級做了不明確的決定嗎？還是她只是想說，我應該勇於

10　煤酚皂是一種稍有消毒作用的藥皂，含有苯酚或甲酚，因此呈深粉色到紅色，對皮膚略有刺激性。

承擔新的責任，不要心不甘情不願的？

她又補充說，喬根護士也不知道去哪了。

我嘆了口氣。瑪麗．露易絲．喬根應該能幫上大忙的。即使她對助產學不甚了解，但她在病人護理方面還是很熟練。在這種緊要關頭，她也提早拿到了護士證書。我想他們應該會派一名初級或是實習護士來幫忙吧？我問道。

勸妳還是別抱太大希望，巴瓦護士。

修女把包頭巾拉正，繫好黑色斗篷，準備離開。

或至少一名志工？一個幫手就好？

我離開時會幫妳問一下，看看能怎麼幫妳。

我勉為其難向路加修女道謝。

雖然病房相當寒冷，但門在修女身後關上時，我已將袖子捲到手肘上，並扣上漿得筆挺的袖套。由我全權負責，我告訴自己，情勢所迫，沒時間抱怨了。

首先需要更多光線。我走向位於高處的小窗戶，並稍微拉開綠色百葉窗。我看到一艘飛艇在都柏林港上空盤旋，留意有無德軍潛艇來襲。

我之前學到，每位病人應有一千立方英呎的空間，代表每床周圍要有大約三乘三公尺的留空，但在這間臨時病房，大概只有三乘一吧。我轉動把手，讓窗戶上半部維持半開狀態，以促進通風。

迪莉雅．加勒特抱怨道：妳還嫌不夠冷嗎？

通風對於恢復健康至關重要，加勒特太太。要不要我再給妳拿一條毯子？

喔，不用費心了。

她繼續看雜誌。

她和伊塔．努南之間的空床是一種沉默的責難，一座擋住去路的墳墓。我想起艾琳．迪凡下垂的臉龐；她平常都把假牙放在床邊的玻璃杯裡（這些住在市中心貧民區的女人似乎每生一個孩子，就會掉好幾顆牙齒）。她多麼愛我兩天前給她洗的熱水澡啊！那是她有生以來第一次體驗，她偷偷告訴我。真是奢侈的享受！

真希望我能把艾琳．迪凡的空床推到樓梯頂端的過道，稍微騰出一點空間，但這樣只會擋住大家的路，而且很快就會有下一個得流感的孕婦來填補空缺，這點我敢肯定。

艾琳．迪凡的病歷已經從床頭的牆上取下來了，大概是被塞進牆角文件櫃「十月三十一日」的資料夾裡了（我們是按照出院日期歸檔，有時這就等於死亡日期）。如果是由我在她的病歷兩側用小小字體寫下死因的話，我想寫「被人生消磨殆盡」。年僅二十四歲，就已經是五個孩子的母親，加上身為窮人家的窮女兒，營養不良、面色蒼白、眼睛充血、平胸、足弓下塌、骨瘦如柴，且皮膚下的青筋宛如纏結在一起的藍色麻線。艾琳．迪凡自成年後，就一直遊走在懸崖邊緣，流感不過是最後一根稻草罷了。

這些都柏林母親總是一刻也不得閒，餵飽先生和小孩，自己則省吃儉用，靠剩菜和大量摻水的紅茶維生。她們在貧民窟想盡辦法存活下來，我想那種糟糕的環境也是她們生病的一大因素，但病歷上只能寫像脈搏和呼吸頻率這種客觀的檢查結果。所以針對病因，我不能寫「貧窮」，只能寫「營養不良」或「體質虛弱」。至於「生太多小孩」的替代說法，我可能會寫「貧血、心肌勞損、背痛、骨脆弱、靜脈曲張、情緒低落、失禁、瘻管、子宮頸撕裂、子宮脫垂」等。我聽幾位病人說過一句俗語，使我不寒而慄：女人為男人生一打孩子才算愛他。在其他國家，女人可能會偷偷採取一些措施，來避免這種情況發生，但在愛爾蘭，這種事不僅非法，甚至是不堪說出口的。

專心點，茱莉亞，妳現在可是代理護士長。為了讓自己皮繃緊點，我在心裡默念道。

放下艾琳·迪凡吧，現在我必須竭盡全力幫助生者。

標準程序是先從病得最重的病人開始，於是我繞過艾琳·迪凡的空床，取下左邊的病歷。早安，努南太太。

這位育有七名子女的母親毫無反應。六天前，伊塔·努南被送進來時，沒有一般流感患者的咳嗽症狀，卻發著高燒，還說頭、背和關節痛到好像被公車撞一樣；那時她講話還有條理。

她告訴我們，自己在彈藥工廠工作，手指都被三硝基甲苯[11]染黃了。等她病好了，就會馬上回到工作崗位，雖然她戲稱為「跛腳」的右腳導致她行動不便（自上次生產以來，她的右腳就腫成左腳的兩倍大，膚色慘白，整隻腳硬梆梆又冷冰冰的，就算用力按壓都很難按出凹陷。伊塔・努南其實不應該用那隻腳施力，甚至應該抬高休息，但上班日怎麼可能做到呢？）。等她一月生產後，她就會回到彈藥工廠，繼續做這份薪水優渥、又提供便宜飯菜的工作。她向我們保證，她會叫大女兒定時帶小嬰兒來餵奶。自停工以來，老闆們解散工會後，努南先生就一直處於失業狀態，他曾試圖加入英軍，卻因為患有疝氣而被拒之門外（但他有個一隻手臂萎縮的朋友，穿著外套也成功加入了），所以他現在四處演奏手搖風琴，多少賺點打賞。伊塔・努南很想知道孩子們的近況，但疫情期間，醫院謝絕訪客，而她的丈夫又沒有寫信的習慣。噢，她也很愛聊天、開玩笑和發表個人見解。她沒完沒了地怒罵一九一六年的起義，說她們那些忠於英國國王的金絲雀女孩[12]們，每天辛勤工作，那一週竟填滿了八百枚炮彈。

但昨天她的呼吸變得紊亂吵雜，且體溫飆升，導致她神智不清。根據病歷上的紀錄，雖然路加修女給她服用高劑量阿斯匹靈，她昨晚還是發燒了兩次，分別飆到三十九點八度和四十點五度。

11　Trinitrotoluene（TNT）是常見炸藥之一，至今仍大量應用在軍事和工業領域上。易與苦味酸混淆，被誤稱為「黃色炸藥」。

12　在第一次世界大戰期間，英國和愛爾蘭許多女性到兵工廠生產軍火，皮膚被三硝基甲苯染黃，像金絲雀的羽毛一樣，因此被稱為「金絲雀女孩」（Canary Girls）。

我試圖在不叫醒伊塔・努南的前提下，把體溫計塞到她的舌頭下，但她醒來了，我只好趁她用僅剩的牙齒咬下去之前，趕緊把體溫計抽出來。每個護士都犯過這樣的錯誤，把病人弄得滿口碎玻璃和水銀。

她眨眨淺藍色眼睛，彷彿從沒見過這間病房一樣，並掙扎著想擺脫把糊藥固定在她胸口的膠布。她頭上的披巾滑落，稀疏的短髮立了起來，好像刺蝟一樣。

努南太太，我是巴瓦護士，妳剪頭髮了啊？

路加修女把頭髮裝到紙袋裡了，迪莉雅・加勒特咕噥道。

有些年長的護士堅稱剪掉發燒病人的頭髮有退燒的效果，而且剪掉後會再長，但如果是因為流感而掉髮，就再也不會長回來了。這根本就是迷信，但我認為沒必要為了這種小事和夜班護士吵架。

迪莉雅・加勒特用手指輕觸自己美麗的頭髮，說：如果頭髮沒長回來，這可憐人禿了頭，留下來的頭髮應該可以做一頂假髮吧。

我量一下妳的體溫喔，努南太太。

我鬆開她睡袍的衣領。體溫計放腋下的所需時間比放舌頭下還要多一分鐘，腋溫也會略低於口溫，但至少不會有病人咬碎玻璃的風險。我注意到伊塔・努南的脖子上戴著錫製十字架，大小不超過我的指節。聖物最近都很受歡迎，被當作驅除恐懼的護身符。我把體溫計塞到她溼熱的腋下。來吧。

伊塔・努南回答：鹹肉火腿！她上氣不接下氣，牛頭不對馬嘴。好，好。

永遠不要反駁精神錯亂的病人。

難道她是肚子餓了，想吃早餐嗎？以她的狀況來說不太可能，因為流感重症病人通常不會有胃口。她三十三歲就形容枯槁，膚色慘白但臉頰通紅，鼓起的肚子宛如一座硬梆梆的小山丘。伊塔・努南的病歷上寫著：生產過十一次，現有七名子女存活，而第十二胎的預產期是兩個半月後（由於努南太太無法告訴我們她是何時懷孕，或是她何時感覺到胎動，斐尼根護士長只好根據子宮的高度估算預產期）。

我提醒自己，我的工作不是治好伊塔・努南所有的病，而是讓她平安度過這波疫情，把她的小船推回她那艱辛不堪的人生之流。

我將兩根手指放在她拇指那側的手腕處，肌腱和骨頭之間的皮膚上，並用左手掏出沉重的懷錶。我在十五秒內數到了二十三下脈搏，並把數字乘以四。脈搏率九十五，是正常範圍的上限，我用小小的字記錄下來（因為戰爭時期要節省紙張）。脈搏節奏是「有規律的不等」，這是發燒期間的典型症狀之一。血壓正常，這點令人欣慰。

我從伊塔・努南的腋下抽出體溫計，玻璃拖過她暗沉的肌膚。水銀升到三十八點三度，代表口溫會是三十八點九度左右，雖然不至於高得嚇人，但通常清晨的體溫會是最低的，而她的體溫肯定會再升高。我用鉛筆在體溫圖上做紀錄。許多疾病都有典型的曲線，可以看出暴露、潛伏期、發病、退熱期、恢復期各階段，形成一個熟悉的山脈形狀。

伊塔．努南喘著氣，用很重的市中心貧民區口音對我傾訴道：和樞機主教，在衣櫃裡！

嗯，安靜躺好，全都交給我們吧。

我們？差點忘了我今天只能靠自己。

伊塔．努南的胸口吃力地起伏，乳房宛如兩顆被風吹落的果實，在枯枝上逐漸腐爛。十五秒呼吸了六次，乘以四之後，我寫下「呼吸頻率二十四」，還是有點高，我又補上「輕微鼻翼搧動」。

她用她鮮黃色的手指示意我靠近點，我俯身便聞到了糊藥的亞麻籽味，還有……蛀牙的臭味？

伊塔．努南低聲說：有個小寶寶。

我不確定她的老么多大，有些女人很不幸，一年甚至會生到兩胎。家裡有個小寶寶嗎？

但她往下指，一副神祕兮兮的樣子，沒有碰到被汗水浸溼的睡袍底下的大肚子，甚至沒有看著它。

噢，對啊，還有一個寶寶，但還要好一陣子呢，我附和道。

她的雙眼凹陷，該不會脫水了吧？我取下水壺，替她煮一些牛肉汁。在這個狹窄的空間，我們只有一對酒精燈可以拿來烹飪，其中一個上方就放著水壺一直煮，另一個上面則放了用來消毒的寬平底鍋，以代替用蒸汽消毒的高壓滅菌鍋。我拿起一壺煮開後放涼的冷水，加一點到牛肉汁裡，伊塔・努南才不會燙到。我把加蓋的茶杯放到她手中，並確認她在神智不清的狀態下還記得怎麼從杯子的洞口喝東西。

我用力甩了體溫計一下，水銀馬上退回到末端的水銀球。我把它浸入消毒盆，再用水沖一沖，放回口袋裡。

迪莉雅・加勒特「啪」的一聲放下雜誌，生氣地咳了一聲，還不忘用拋光的指甲摀住嘴巴。我想回到女兒們身邊。

我握住她胖乎乎的手腕，一邊數脈搏，一邊看著小床頭櫃上的銀框全家福（為了衛生起見，病人的物品本應放在抽屜裡，但我們有時會睜一隻眼，閉一隻眼）。那妳丈夫上班時，是誰在照顧她們呢？

她哽咽道：住在同一條街上的老太太，但她們不喜歡她，我也不怪她們。

脈搏正常，稍微有點不規則而已，也不需要用體溫計，因為她皮膚的溫度跟我的一樣。我比較擔心的是她的血壓。高血壓，我寫下來。這究竟是流感症狀，還是焦慮不安所引起的，實在很難說。

接著我觀察她的呼吸頻率。

幸好妳只是輕症，對吧，加勒特太太？我九月時也是這樣。

我和她聊天是為了分散她的注意力，因為絕對不能讓病人發現自己在數她的呼吸次數，不然她意識到就會算不準。呼吸頻率二十，我寫下來。

迪莉雅．加勒特瞇起她那雙漂亮的眼睛。妳叫什麼名字？我是說名字，不是姓氏。

按照規定，我們不應該提供任何個人資訊；斐尼根護士長教導我們，保持距離就能保持威嚴。如果跟病人過分親近，她們就不會那麼尊重妳。

但現在可是非常時期，而且這是我的病房，既然今天歸我管，我就要照我的方式來。雖然我其實也沒有在「管」什麼，只是盡力而為，能做多少算多少而已。

所以我回答，我叫茱莉亞。

迪莉雅．加勒特難得笑了。這名字我喜歡。那麼，茱莉亞．巴瓦，他們當時有把妳塞在一間儲藏室裡，夾在瀕死之人和瘋子中間嗎？

雖然這個有錢的新教徒愛吵鬧又難搞，但我開始對她有好感了。我搖頭說，其實我是在家養病，讓弟弟照顧我。但如果孕婦得流感，可能會導致一些……併發症。

（例如流產、早產、死產，甚至是孕產婦死亡，但我怕列出來會嚇到她。）

今天早上有頭痛嗎？

有一點，迪莉雅．加勒特瞪了我一眼，承認道。

哪裡痛？

她兩手一揮，從胸部移到耳朵，好像在趕蒼蠅一樣。

視力有問題嗎？

迪莉雅．加勒特吐了一口氣。這裡有什麼好看的？

我點頭示意她的雜誌。

我讀不進去啦，我只是喜歡看照片。

她講這句話時，聽起來好年輕。

寶寶會讓妳感到困擾嗎？例如踢妳之類的？

她搖搖頭，摀住嘴巴咳了一聲。只有咳嗽和全身痠痛。

或許妳今天也會收到加勒特先生的信。

她美麗的臉龐沉了下來。流感都在整座城市蔓延了，禁止家人探訪到底有什麼意義？

我聳肩說，這是醫院的規定。

（但我懷疑這項措施主要不是為了隔離病人，而是我們人力不足，沒有餘力應對家屬。）

但如果妳今天是代理護士長，妳肯定有權力給我止咳藥，然後放我出院吧？而且我聖誕節才要生耶！

和其他較貧窮的病人不同，迪莉雅．加勒特知道自己確切的預產期，因為她的家庭醫生在四月時就確認她懷孕了。

很抱歉，加勒特太太，但只有醫生能讓妳出院。

她嘟嘴，一臉不高興的樣子。

我應該詳細說明風險嗎？莫名其妙被關起來的惱怒情緒，以及知道事態嚴重所引發的焦慮感，究竟哪個對她血壓的影響會更大？

聽著，太激動對妳的身體不好，對妳和寶寶都不好。妳的血壓——

要怎麼向只受過淑女教育的女人解釋何謂高血壓？

——也就是血液流過血管的力量，遠高於理想的狀況。

她嘟著下唇問，力量不是越大越好嗎？

嗯……就把它想成是水龍頭開太大吧。

（加勒特一家搞不好二十四小時都有熱水可用，而我大部分的病人都只能抱著寶寶從三、四樓的公寓走到院子，用公用的冷水龍頭洗澡。）

她的表情變得嚴肅。噢。

所以要盡快回家，最好的辦法就是保持安靜和心情愉悅。

迪莉雅·加勒特重重躺回枕頭上。

好嗎？

我何時才能吃早餐？我好幾個小時前就醒了，快餓死了。

有食慾是很棒的跡象。廚房人手不足，但我想餐車很快就會上來了。妳需要先去廁所嗎？

她搖搖頭說，路加修女有帶我去了。

病歷上還沒有排便紀錄，流感的確常常會導致便祕。我從櫥櫃拿了蓖麻油，倒了一匙給她。這能幫助妳正常排便，我告訴她。

迪莉雅·加勒特嘗到那味道，整張臉都皺了起來，但還是乖乖吞下去了。

我轉向另一張病床。努南太太？

那個頭腦不清的女人甚至連頭也沒抬。

妳想去廁所嗎？

我掀起潮溼的被子，扶伊塔·努南下床，她也毫無反抗。她緊緊抓著我的手臂，踉踉蹌蹌地走出病房。是頭暈嗎？我猜想。再加上滿臉通紅，可能代表她脫水了。我提醒自己待會要記得檢查她喝了多少牛肉汁。

伊塔·努南重重靠在我身上時，我感到身側一陣劇痛。做護士這行幾年，一定多多少少都會背痛，但受不了的人大概也早就辭職了吧。

我扶她坐到馬桶上後，就走出廁間，等待排尿的聲音。就算她神智不清，她的身體應該也記得該怎麼做吧？

護理這份工作還真奇妙。對病人來說，我們完全就是陌生人，卻因為形勢所需而親密相處了一段時間，雖然之後也不太可能再見面了。

我聽到撕報紙的聲音，還有伊塔·努南擦屁股時發出的輕微摩擦聲。

我進入廁間。好了嗎？

我拉下她皺巴巴的睡袍，遮住她右腿蜿蜒的青筋。她浮腫的右腿穿著彈性襪，細瘦的左腿則穿著普通的黑襪。

我幫伊塔．努南洗手時，她在鏡中的眼神有些空洞。等我叫妳時再過來，她喃喃道，聲音有些嘶啞。

嗯？

在那邊胡搞瞎搞。

不知道她心裡想的是誰。

回到病房後，我讓伊塔．努南躺回床上，把棉被蓋到她的胸口。我在她的肩膀披了披巾，但她又撥掉了。我把加蓋的茶杯端到她的嘴唇前，感覺杯子還是半滿的。喝吧，努南太太，這對妳身體很好。

她咕嘟咕嘟地喝了。

病房護士長的小桌（今天是「我的」桌子）上放了兩個早餐餐盤，桌子小到餐盤甚至突出桌子邊緣。我看完廚房房附的紙條後，把迪莉雅．加勒特的那盤給了她。

她一掀開錫蓋，就開始大發牢騷。怎麼又是米布丁和燉蘋果！

看來今天沒有魚子醬囉？

她不禁微微一笑。

努南太太，妳的早餐……

如果我能說服她吃點東西，應該能幫助她恢復一點體力。我幫她把腳伸直，對浮腫的那隻腳更是特別小心翼翼。我把餐盤放到她的腿上。如果妳不想喝牛肉汁，還有好喝的熱茶喔。

但看得出來茶早就不熱了，而且也不好喝。現在茶葉價格高昂，廚師只好把茶沖到像洗碗水一樣淡而無味。

伊塔・努南靠向我，用嘶啞的聲音低聲傾訴道，老闆跟女人在外面。

是喔？

她心裡想的可能是努南先生吧，雖然在城裡四處演奏手搖風琴，以養活生病的妻子和七個小孩的男人，被冠以「老闆」這個稱號是有些奇怪。不知道在神智不清的狀態下，可以隨心所欲說出心中所想，是不是也有幾分暢快？

迪莉雅・加勒特起身，眼巴巴地盯著伊塔・努南傾斜的盤子。為什麼我不能吃英式早餐啊？

因為血壓的關係，妳不能吃太油或太鹹，記得嗎？

她哼了一聲。

我坐在伊塔・努南的病床上（因為兩床之間沒有空間可以塞椅子），並把其中一條香腸切成小塊。如果斐尼根護士長看到我打破規定坐在床上，她會說什麼呢？她在樓上到處奔走，忙著接生嬰兒，沒時間告訴我所有我該知道但從沒想過要問的事情。

妳看，有好吃的炒蛋喔。

我又起噁心的黃色塊狀物（顯然是蛋粉做的），端到伊塔．努南的嘴唇前面。她乖乖張嘴，而當她意識到我放入她手中的是叉子時，她便握住叉子，呼嚕呼嚕地吃了起來，每吃一口都要停下來喘氣。

我發現自己的目光再度停留在中間的空床上。我記得掛艾琳．迪凡病歷的釘子鬆脫了，所以我起身，小心翼翼地把它從牆上拔了出來，接著掏出懷錶，感受溫暖的金屬盤面在掌心的重量。我轉過身去，以免另外兩個女人注意到我在做什麼，並用釘子的尖頭在懷錶閃閃發亮的背面刻了一個稍微變形的滿月，以紀念逝去的艾琳．迪凡。

我是在第一次有負責的病人死亡時，養成這個習慣的。當時我才二十一歲，眼睛哭得紅腫，我必須用某種只有自己知道的方式記錄所發生的事。新生兒是否會存活本來就充滿不確定性，但在這間醫院，我們以盡量保全母親的性命而自豪，所以我的懷錶上也沒有那麼多圓圈，大部分都是今年秋天加上去的。

我把釘子塞回牆壁裡，該繼續工作了。每間病房在忙亂中總會有片刻的寧靜，重點是如何把握這些機會來完成一些待辦事項。我把橡膠手套和指甲刷放入袋子，放在平底鍋上加熱消毒。我走到房間另一側，清點淺櫥櫃的內容物。儘管心裡不這麼認為，我還是努力表現得像個稱職的代理護士長。這些年來，我都必須遵照病房護士長的指示，不能夠也不需要靠自己的判斷行事，但今天卻沒人告訴我該怎麼做，真是奇妙的感覺，讓人有些興奮，但同時也令人窒息。我走到辦公桌填寫需求單。自戰爭爆發以來，哪些物資短缺根本沒人知道，所以也只能禮貌詢問了。我沒有申請棉片和棉花棒，因為在戰爭期間不可能有。我在斐尼根護士長的清單中發現，有些補給品甚至已經缺貨了好幾週。

填完需求單，我才想起沒有人幫忙跑腿送單，但我又不能離開病房。我暫時推開焦慮的情緒，先把需求單放入口袋。

伊塔・努南盯著牆角發呆，下巴還黏了蛋。大部分切塊的香腸還在她的盤子裡，但完整的那一根不見了。難道迪莉雅・加勒特剛剛跪在空床上，從鄰居的盤子裡偷走食物了嗎？

那個年輕女子故意不和我對上視線，嘴角露出一抹得意的笑容。

好吧，不管現在香腸的成分是什麼，一根也不會要了她的命，而且伊塔・努南似乎也不想吃。

那個神智不清的女人突然倒向一邊，她的餐盤哐啷一聲掉到病床和藥櫃之間的地上，茶也灑了滿地。

努南太太！我跨過散落一地的食物，查看她的狀況，同時掏出體溫計。她通紅的臉頰發亮，我幾乎能聽到汗水在發燙的皮膚上滋滋作響。妳能幫我把這個塞到腋下嗎？

她沒有反應，所以我自己抬起她的手腕，把體溫計塞到她的腋下。

在等待的同時，我拿出懷錶，數了伊塔・努南的脈搏和嘈雜的呼吸聲，兩者都沒有變化，但水銀升到了四十點一度。雖然發燒能夠殺死病菌，但我不忍心看到伊塔．努南這樣滿頭大汗的痛苦模樣。

我跨過翻倒的早餐，想去拿冰塊，但盆子裡只剩一顆半融的冰塊，孤伶伶地坐在一小攤水中央。於是我裝了一盆冷水，又拿了一疊乾淨的布，一塊塊浸入水盆裡，扭乾後放到她的後頸和額頭上。

伊塔．努南打了哆嗦，但出於本能的禮貌，還是對我微笑，雖然眼神並未聚焦在我身上。我真希望她的意識清楚到能夠告訴我她需要什麼。更多阿斯匹靈或許能讓她的體溫降下來，但只有醫生才能開藥。現在值班的產科醫生只有普倫德加斯特一個人，但我何時才能看到他呢？

我不知道還能為伊塔．努南做些什麼，便彎腰拾起托盤和盤子，發現杯柄斷成兩半了。我把地板拖乾淨，免得害人滑倒。

這應該叫人來清吧？迪莉雅．加勒特問道。

噢，大家都忙得不可開交。

理論上，如果沒有病房女傭、實習護士或初級護士，清理工作就落到護工身上了，但我才不會傻到真的去請他們來。如果有人叫他們來清理打翻的茶，他們可能會感到不滿，等到下次血濺整面牆時，就對我們的請求置若罔聞。

伊塔．努南躺在枕頭上，通紅的臉露出全神貫注的表情。天氣真好，正適合在運河裡游泳！

她認為自己正在洗澡嗎？出於直覺，我掀開棉被檢查，發現——她尿床了，我忍住不嘆氣。我剛剛帶她去上廁所時，她肯定都沒排尿。現在必須換床單，如果病人能夠配合，兩名護士就能完成，但現在只有我一個人，而伊塔・努南的狀況實在難以預測。

我用分期付款買了那台機器，她抱怨道，他們卻把它從陽台弄掉了……

這個神智不清的女人顯然沉浸在過去或想像出來的災難當中。

來吧，努南太太，請妳下床一下，我幫妳換乾淨的衣服。

他們摔壞了我最重要的東西！

我需要去廁所，迪莉雅・加勒特宣布道。

如果妳能稍微忍一下——

我忍不住了。

我掀起伊塔・努南床單的一角。那我給妳便盆吧。

她伸出一隻白皙的腿，準備下床。不要，我自己去就好了。

那樣恐怕不行。

迪莉雅・加勒特不快地咳嗽。我自己去完全沒問題，而且我也需要活動筋骨，一直像母豬一樣躺在這裡，我全身都僵硬了。

我會帶妳去，加勒特太太，再稍等一會兒。

我快尿出來了！

我不能擋住門，或追著她到走廊上，只好用嚴厲的語氣說，請妳待在原地！

我丟下伊塔・努南和她溼漉漉的病床，快步走到走廊上。最近的一扇門上寫著「婦女發燒病房」。

裡面似乎很平靜。不好意思……班奈狄克護士長？

還是她是班傑明護士長？坐在辦公桌前的嬌小修女抬起頭來。

我今天負責產科發燒病房，我告訴她，但我的音調太高了，與其說是身心憔悴，聽起來更像是趾高氣揚。我用拇指往身後一指，好像在暗示她可能沒聽過我們的臨時病房一樣。我應該先自我介紹的，但卻錯過了時機。護士長，我想請問妳們能不能借我一名初級或是實習護士？

她的聲音輕柔，說話得體。護士，請問產科發燒病房有幾位病人呢？

我不禁臉紅。目前只有兩位，但——

病房護士長打斷我說，我們有四十人。

我四處張望，一邊數人頭，發現她底下有五名護士。那妳可以幫忙傳話給——

護理長不行，我提醒自己。在這混亂的一天，護理長搞不好也躺在這間病房裡。我的眼神快速掃過一排排病床，但我不確定自己是否能認出沒穿制服的護理長。

妳能幫忙傳話給代理護理長嗎？我真的急需協助。

相信上級很清楚狀況，班奈狄克護士長說。每個人都要盡力而為，所有人都要齊心協力。

我沒有回答。

修女像一隻好奇的鳥一樣，歪了歪頭，好像心裡正在記下我做得多麼失敗，她待會就能跟斐尼根護士長報告。妳知道嗎？我總是說護士就像茶葉。

我怕只要自己一開口，就會忍不住對她大吼大叫。

她微微一笑，說出笑點：泡進熱水裡，才知道到底有幾兩重。

我勉強點點頭，假裝同意這句「充滿智慧」的諺語，班奈狄克護士長才不會向上級告狀說我違抗命令。我靜靜關上門後，才想起口袋裡的需求單，只好折返，再次開門。護士長，妳們可以幫我送需求單嗎？

沒問題。

我一把掏出捲曲的紙條，丟在桌上。

我幾乎是用跑的回病房。

伊塔．努南還躺在被尿浸溼的病床上。我決定另一個女人的生理需求比較緊急。那我帶妳去廁所吧，加勒特太太。

她吸了吸鼻子。

我拉著她的手肘引導她，但我們一到走廊上，她就開始碎步快跑，一隻手緊緊摀住嘴巴。噢，快點，護士！

在半路上，她突然彎腰，一陣嘔吐。

我注意到在嘔吐物中，也有她剛剛偷吃的香腸。

我從圍裙掏出一塊乾淨的布，擦拭迪莉雅．加勒特的嘴巴和胸口。親愛的，妳沒事的，這個討厭的疾病會影響消化系統。

現在我真的必須找護工來清理嘔吐物了，但迪莉雅．加勒特緊緊抱住肚子，小跑步往廁所移動。我跟在後面，她的拖鞋和我的橡膠鞋底在大理石地板上啪嗒作響。

聽廁間傳來的聲音，我推測她也有腹瀉的症狀。

我兩手交叉在胸前，等待迪莉雅．加勒特的同時，目光被剛印出的海報上的兩個字吸引：排便。

記得定期排便。
養精蓄銳，隨時做好準備。
感染只會淘汰弱者。
每日一洋蔥，疾病遠離我。

真可笑——無名氏在街上，把血吐了卡瓦納護士滿身都是，而政府卻自作聰明，宣稱吃洋蔥就不會生病？至於「淘汰弱者」這句話，真是荒謬又殘酷。這次流感和大家熟悉的冬季流感截然不同，常見的那種只會帶走最孱弱的老年人（如果引發肺炎，他們會安詳離世，我們還戲稱冬季流感為「長者之友」呢）。但這次的新流感是個奇怪的瘟疫，席捲正值青春年華的男男女女。

廁間安靜下來了。加勒特太太，我能否在妳沖水前看一下馬桶……

（如果是黑便，就代表可能有內出血。）

少噁心了！

她猛拉鏈子，水從上方的水箱沖了下來。

我帶迪莉雅．加勒特回病房，她走路似乎有些不穩。我本希望有護工經過，順便清理了大理石地板上的嘔吐物，但可沒這種好事。我帶她繞過去，一邊提醒自己以病人為重，髒亂是其次。待會給妳在床上擦澡，再換件新睡袍，妳就會舒服多了，我喃喃道。我先安頓好努南太太。

那個神智不清的女人表情木然，毫無反抗。她讓我扶她下床，坐在床尾的椅子上。我把她的身體擦乾淨，給她換上新睡袍，並用布膠帶固定好，才不會掀起來。

迪莉雅．加勒特抱怨說她快冷死了。

我從櫥櫃拿出摺好的毯子，遞給了她，接著又給伊塔．努南裹了一條保暖，直到能給她換乾淨床單為止。

這毯子好臭！

那代表它很安全，加勒特太太。他們把毯子掛在空房間的架子上，然後在桶子裡燒硫磺，產生足以殺死所有細菌的氣體。

就像戰死沙場的可憐湯米大兵[13]，她喃喃道。

這個養尊處優的年輕女人時不時會讓我大開眼界。

至少我弟弟從沒被毒氣殺傷過。提姆在土耳其中暑過兩次，也得過戰壕熱，但他撐過來了，而許多士兵的病情卻一再復發，正如餘燼隨時會復燃一樣。可笑的是，光看外表的話，我弟弟和上戰場前沒兩樣。在從軍前，他在一間男子服飾用品店工作（現已倒閉），一有機會就和好友連恩·考菲利往溜冰場跑。

門突然打開，嚇了我一跳。

穿著全套正裝的普倫德加斯特醫生終於來巡房了。我當然很高興看到他，但時機實在是太不湊巧了。拜託別問為何我的兩位病人都蜷縮在椅子上，還有他那雙擦亮的鞋子上該不會沾到迪莉雅·加勒特的嘔吐物了吧？如果斐尼根護士長聽到，才第一天早上，我代管的病房就一團混亂，她肯定再也不敢把責任託付給我了。

普倫德加斯特正忙著繫好口罩。以他的年紀來說，他的頭髮相當多，彷彿頭上長滿了白毛羊鬍子草。

醫生，你有聽說迪凡女士昨晚去世了嗎？

他的聲音因疲倦而毫無起伏。死亡證明是我開的，護士。

代表他從昨天早上值班到現在都沒有休息。他雙手握著掛在脖子上的聽診器，就像乘客在搖晃的電車上會緊抓著頭上的握把一樣。

這個怪病真狡猾，他低聲說。當病人的病情有好轉的跡象，我叫家人別擔心時，結果……

我點點頭，但現在我們護士被告誡絕對不准浪費醫生的時間，怎麼能在這裡白白為一個死去的女人發愁。所以我趕緊從牆上拿下伊塔・努南的病歷並遞給他。努南太太懷孕第二十九週了，醫生。

普倫德加斯特醫生用手摀住嘴巴，打了個哈欠。看來有輕微的發紺症狀。她的呼吸狀況如何？

相當費力，而且連續兩天神智不清，體溫最高到四十點六度。

我發現她的毯子拖在地上，趕緊撿起來，包在她身上。拜託別讓他發現她尿床了。要給她更多阿斯匹靈嗎？我問道。

---

13 湯米・阿特金斯（Tommy Atkins）是用來泛指普通英國陸軍士兵的俚語，在第一次大戰期間尤其流行。德國士兵如果想和英國士兵對話，就會向三不管地帶大喊「湯米」。

（護士不應該提供任何開藥建議，但他實在太疲倦了，我想說可以輕輕幫他一把。）

普倫德加斯特嘆了口氣說，不，劑量太高會讓一些病人出現中毒症狀，奎寧和甘汞也沒好到哪去。試試威士忌吧，她能喝多少就給她喝多少。

威士忌？我一頭霧水地問道。用來退燒嗎？

他搖搖頭說，是用來緩解不適和焦慮，並促進睡眠。

我寫下這些指示，免得待會被其他醫生質問。

那麼，另一位……

他的眼神渙散。

加勒特太太，我提醒他，一邊遞給他迪莉雅．加勒特的病歷。她最近有嘔吐和腹瀉的症狀，至於血壓……摸起來感覺還是很高。

我必須字斟句酌，他才不會生氣，認為我在暗示助產士只要手指一摸就知道血壓，不用像醫生還要用高級儀器來測量。

普倫德加斯特遲疑了一下，我怕他說沒時間量血壓，但他隨即從包包裡拿出了血壓計。

我把迪莉雅．加勒特粉嫩的手滑入袖帶，在她的上臂束緊，醫生便手動充氣袖帶。其實流程並不難，就像綁緊繩子一樣，任何人都能學會使用，也不一定要醫生操作吧。

很痛耶！

再一分鐘就好，加勒特太太，我說。

她用咳嗽表達她的不滿。

他戴上聽診器，將聽頭貼在她柔軟的手肘內側，讓袖帶消氣，開始仔細聆聽。

過了一分鐘，普倫德加斯特說：收縮壓一百四十二。過了一會兒，他又說：舒張壓九十一，護士。

舒張壓九十一，我寫在病歷上。

普倫德加斯特似乎對這個數字不以為意。懷孕後期血壓升高是很常見的事，在我幫他收拾儀器時，他低聲說。如果她太過焦慮，可以給她服用鎮靜劑。

他沒聽到我說迪莉雅．加勒特剛剛才吐了嗎？服用鎮靜劑會讓腸胃不舒服，我不想讓她受苦……

但我受過教導，絕對不要反駁醫生，因為如果指揮系統被破壞，就會天下大亂。

普倫德加斯特揉揉眼睛說，我要回家了。

我問道，你休息時，是由哪位產科醫生——

他們會請一位全科醫師來幫忙顧婦女病房。

所以是私人開業的全科醫師，不是我們需要的專科醫師。我有點忐忑不安，便問道：那位先生到醫院了嗎？

普倫德加斯特搖搖頭，走到門邊時補充道，對了，林恩醫生是女的。

從他的語氣，我似乎聽出了一絲輕蔑。現在也有幾位女醫師了，不過我還沒和任何一位共事過。我必須知道的是，在這位醫生來支援前，病患有緊急狀況該找誰處理？

迪莉雅．加勒特跳了起來。茱莉亞護士，能讓我換掉髒衣服了嗎？

好的，等我給努南太太服藥就好，但妳還是先坐著休息吧，好嗎？

她坐回椅子上。

我為伊塔．努南準備了一杯摻水稀釋的熱威士忌，為了容易入口加了糖，出於安全起見也有加蓋。她啜飲了一口後，就開始像吸母奶一樣猛喝。接著，我從櫥櫃幫迪莉雅．加勒特拿了一件乾淨的睡袍。

她裸露的肚皮布滿了白色的妊娠紋，那是她前兩次懷孕加上這次所留下的痕跡。有些較年長的女性警告我說，這一行做久了就會想生孩子，但我目前還沒有這種感覺。我之所以專攻助產學，是因為被整個懷孕和生產的過程所吸引，但我從不曾想像自己處於新生命誕生之謎的中心；一直以來，我都只是旁觀者。

明天就「三十歲」了，年過三十彷彿在暗示年華不再。

但三十其實也不算老，要結婚生子也不會太遲，只是可能性較低罷了，我告訴自己。而現在有那麼多男人在戰爭中離開，不是葬身異地，就是根本不想回來這座小島，女人要找到對象就更不容易了吧。

我替迪莉雅．加勒特穿上睡袍，綁好側帶，並讓她躺回床上，把她包得緊緊的，以抵禦從高處小窗吹入的秋風。

我拆下伊塔．努南的床單，心裡慶幸防水保潔墊攔截了所有尿液，下方的棉質床單和褥墊還是乾的。

但我說不出自己到底想不想要一個丈夫。之前也不是沒有機會，也有幾位不錯的年輕男子追求過我。我並沒有白白丟掉這些機會，但我確實也沒有好好把握。

請問妳是巴瓦護士嗎？

我猛然轉身，看到門口站著一位穿著便服的少女，一頭紅髮往後梳成油頭，但後面的捲髮卻亂糟糟的。妳是誰？

布芮蒂．史維尼。

沒報上職稱，代表她連實習護士都不是。現在有好多年輕女人都只做過基本急救培訓就倉促上工了。

史維尼小姐，妳是志願護士嗎？迪莉雅．加勒特問道。

陌生人咧嘴一笑說，我不是護士。

迪莉雅．加勒特翻了個白眼，便繼續看她的雜誌。

布芮蒂．史維尼轉向我說，路加修女派我來幫忙。

所以那位夜班護士最後只找到這種幫手——沒受過專業訓練，從口音聽來也未受過教育，彷彿沒見過世面的初生之犢，從沒經歷過什麼壞事一樣。我大失所望，真想賞這位布芮蒂・史維尼一巴掌出氣。

醫院沒有資金付錢給一般員工，路加修女有跟妳說沒有薪水吧？我問道。

我沒有要薪水啊。

她是個皮膚白皙、長著雀斑的紅髮女孩，有一雙淺藍色的眼睛，眉毛顏色淡到幾乎看不見。她那白皙清透的耳朵有些孩子氣，左耳稍微向前傾斜，彷彿渴望清楚捕捉到每個字一樣。她穿著薄大衣和破舊的鞋子，換作是平常，護理長絕對不會讓她進門。

好吧，我說，我需要人幫忙跑腿和送東西，所以歡迎妳。這兩位是加勒特太太和努南太太。

早安，女士們，布芮蒂・史維尼向她們點頭問好。我從櫥櫃拿了一件摺好的圍裙給她。

這位志願者瘦巴巴的，脫下大衣後看起來更是如此，圍裙的帶子還要繞兩圈才能繫緊。她看著伊塔・努南坐在床邊的椅子上前後搖晃身體，一邊喘息一邊唱歌，絲毫不掩飾自己的好奇。這是我第一次來醫院，她說。

對了，史維尼小姐，妳應該免疫了吧？

那個年輕人似乎沒聽過「免疫」這個詞彙。

既然妳沒戴口罩就走進發燒病房，代表妳應該對流感免疫了吧——

噢，我得過流感了。

我是說今年這種很嚴重的，我明確指出。

早就好啦。好了，現在要做什麼，巴瓦護士？

她直接請求指示，讓我鬆了一口氣。那就先來鋪努南太太的床單吧。

我檢查底下幾層是否有任何起皺或突起物，包括套著帆布床單的彈簧床墊是否有正放在木板上，以及上方套著棉質床單的毛床墊。我確認紅褐色的防水墊有固定好，再來是褥墊和床單。

散發著酒味的伊塔．努南試著爬上床。

再等一下下，我說，並用手臂輕輕擋住她。

我從被褥櫃拿了乾淨的保潔墊、床包、床單和棉被。妳看，我們每層都要拉平，努南太太才不會躺到皺褶不舒服，我說。

布芮蒂．史維尼點點頭。

我扶伊塔．努南上床時，她深吸一口氣，喊道，胡說！

胡說什麼？新來的問道。

我搖搖頭。

她的臉頓時僵住。抱歉，我不能跟她們說話嗎？

我微笑說，我的意思只是，如果努南太太說什麼奇怪的話，不用擔心。發燒會讓人胡言亂語，我輕拍自己的頭說。

我把一條披巾披在病人的肩膀上，另一條蓋在她的頭上來擋風。

伊塔・努南拿杯子在空中亂揮。那些沒教養的人，把我的碗盤都摔破了！

是喔？布芮蒂・史維尼把枕頭拍鬆。

看來這個年輕人對病人很關心體貼，這是教不來的。

我把那坨髒床單塞入洗衣桶，用拇指指向走廊說，把這個丟下「洗衣槽」，別丟成「焚化槽」了。

布芮蒂・史維尼拿著洗衣桶匆匆忙忙跑出去。

那女孩該不會是遊民吧？迪莉雅・加勒特問道。

這個嘛，既然是路加修女推薦的……

她哼了一聲。

我們人手短缺，有誰能幫忙都好，加勒特太太。

我沒說什麼啊，她對著雜誌嘟囔道。

布芮蒂・史維尼回來時，我教她如何分辨各種不同的紗布敷料（方形、紗布球、六英尺長的繃帶）、亞麻消毒棉、拋棄式布料、縛線和貓腸線。

真的是貓的腸子做的嗎？

其實應該是羊腸線，我也不知道為何會那樣叫，我承認道。

她對大家露出燦爛的笑容。所以妳要治好這些女士們的流感嗎？

我吐了一口氣。我也希望，但這種病沒有有效的治療方法，只能讓病人自然痊癒。

要多久？

幾天或幾週（我試著不去想那些毫無預警猝死街頭或家中的人），甚至長達好幾個月，我承認道。老實說，這種事情很難肯定，我們只能讓她們穿暖點、多休息和好好攝取營養和水分，她們才有力氣戰勝流感。

我的年輕助手似乎興致高昂。她低聲問道，為何努南太太的臉是那種顏色？

啊，這個簡單。我告訴她，當病人血液裡氧氣不足時，臉就會發青，這個症狀叫做蒼藍症。

但她的臉不是藍色的，而是紅通通的，布芮蒂．史維尼說。

這個嘛，一開始會泛紅，可能會誤以為是健康的紅潤。如果病況惡化，病人的臉頰會變成紅褐色（我不禁想到秋葉轉紅）；若是重症病患，嘴唇可能會發紫，而臉頰、耳朵甚至是指尖都會發青，因為病人快窒息了。

好可怕！

我轉向另一位病人說，別擔心，加勒特太太，妳完全沒有蒼藍症的症狀。

她打了個哆嗦。

所以最深就是藍色嗎？布芮蒂．史維尼問道。

我搖搖頭。我有看過變成藍紫色，直到整張臉都發黑的。

（例如今天早上在街上倒下的無名氏，等卡瓦納護士趕過去時，他的臉已經黑得跟煤渣一樣了。）

感覺好像什麼祕密暗號，布芮蒂・史維尼興奮地說。紅、褐、藍、黑。

其實，在受訓期間，我們想出了……

不知道她聽得聽不懂「助記順口溜」或是「頭韻」。

……一些方法可以幫助記憶醫療知識，我告訴她。

像什麼？

這個嘛……會導致產後出血有「4T」：組織殘留「tissue」、子宮張力「tone」、組織損傷「trauma」和血小板減少症「thrombocytopenia」。

巴瓦護士，妳知道的真多。

我給那位年輕人介紹其他架子和櫥櫃的用品。史維尼小姐，如果我給妳用過的金屬器具，代表需要消毒。用這裡的鉗子把它放入這鍋滾水，看手錶算十分鐘。

抱歉，我沒有——

那邊的牆上有時鐘。然後再從這個棕色紙袋拿一塊乾淨的布，用鉗子把器具放到布上面。如果沒時間用滾水煮，也可以泡在這盆強力消毒劑裡面。

了解。

但她真的明白這些事情的重要性嗎？

我繼續說：當器具風乾後，妳就用鉗子把它移到這個架子上的無菌盤，那裡所有東西都消過毒，徹底清潔過了，隨時可以供醫生使用。除非有我的指示，不然絕對不要碰，明白了嗎？

布芮蒂．史維尼點點頭。

迪莉雅．加勒特開始咳嗽，而且越咳越厲害。

我過去檢查她的脈搏。妳的肚子感覺如何，加勒特太太？

稍微好一點了吧，她承認道。都是那噁心的蓖麻油害的。

我想那樣的劑量不太可能會讓她上吐下瀉才對。

只是一點小感冒就把我關在這裡，實在是太荒謬了！我的預產期總是很準，誤差不超過一週，而且我只躺床上半天就活蹦亂跳的了，輕輕鬆鬆。這個黃毛丫頭幹嘛一直盯著我笑？

布芮蒂．史維尼馬上掩住自己的笑容。抱歉，我不知道妳……

迪莉雅．加勒特摸著肚子，怒瞪她說，難道妳以為這些都是肥肉？

史維尼小姐，門上就有寫「產科發燒病房」，我指出。

我又不知道那是什麼意思，她咕噥道。

她的無知讓我大吃一驚。

好吧，我說，現在我教妳怎麼洗手。

她似乎覺得很好笑：這我會啦。

我稍微厲聲問道，妳聽過產褥熱嗎？

當然聽過。

症狀可能會在分娩後三天開始出現，而且致死率極高。我們現在唯一的防範手段就是無菌法，也就是避免細菌進入病人體內。徹底清潔手部能救人一命，妳明白了嗎？

布芮蒂．史維尼一臉慚愧地點點頭。

把袖子捲起來，才不會弄溼，我告訴她。

她似乎有些遲疑，捲起袖子時，我發現她的右手臂看起來好像被燙傷了。她注意到我的視線，便嘟囔道，是一鍋湯啦。

看起來很痛。

布芮蒂．史維尼微微聳肩，動作有些淘氣。

希望她不是那種笨拙的女孩，看她的樣子應該不是。發紅的雙手代表她習慣幹活。

史維尼小姐，首先要從水壺倒出滾水，再從水罐加入冷水。

她把雙手泡入水盆。好溫暖呀！

用這把高溫殺菌過的指甲刷仔細刷洗雙手，尤其是指甲和周圍的皮膚。

我等她照做。

然後再用清水把肥皂全部沖掉。最後，再把手泡到第三盆水裡……還要加入一個瓶蓋的消毒劑。

我為她倒了一瓶蓋，並補充說，像這種苯酚做的消毒劑其實很危險——

我知道，如果不小心誤食或噴到眼睛就糟了，她馬上接話。

我糾正她說：我的意思是不能只想著依賴消毒劑，就懶得好好刷洗手。

布芮蒂·史維尼點點頭，兩手還在滴水。

我用手示意一疊乾淨的布，她才不會用圍裙把手擦乾。

還沒有人回來收早餐餐盤，於是我問道，妳能把這些拿回廚房嗎？

她問道，廚房在——

在地下一樓。

我在她離開時替病人量體溫、脈搏和呼吸頻率。沒有任何變化，這對迪莉雅·加勒特來說是好事，但伊塔·努南的狀況還是令人擔憂。或許喝威士忌有讓她舒服點，但也僅此而已。

當布芮蒂·史維尼回來時，我對她說，謝謝，妳來真是幫大忙了。

她低頭看著自己紅腫的指節，忍不住抓了幾下。

是凍瘡嗎？

她點點頭，似乎感到不好意思。實在是癢到不行。

瘦弱的女孩好像特別容易得凍瘡，我說。來，這應該能止癢。

我從架子上拿了藥膏，但她似乎不打算接過去，於是我用手指挖了一些，握住她的手，並仔細塗抹在紅腫的部位上。她的左手背上有一圈紅腫的皮膚，是癬菌病，很多病人身上都有，簡直是貧窮的烙印。不過紅腫已漸漸消退，所以不具傳染性了。

布芮蒂．史維尼似乎覺得有點癢，一直在憋笑。病房裡瀰漫著尤加利精油的味道。除了她的手指，她整個人白皙清透，幾乎有點白裡透藍了。

冬天不要讓手太溼冷，出門時一定要戴手套保暖，我告訴她。

我不常出門。

迪莉雅．加勒特刻意咳了幾聲。妳們做完手部保養後，可以幫我泡杯茶嗎？我快渴死了。

我請布芮蒂．史維尼去拿水壺，我則從架子上取下茶葉罐和茶壺。病人想喝多少茶都行。

她說，好的，要加糖嗎，加勒特太太？

加兩匙，還要牛奶。啊，等等，那個煉乳實在是太噁心了，還是別加好了。

如果病人有食慾的話，可以給她們葛根餅乾配茶，我告訴布芮蒂．史維尼。

和豐腴的迪莉雅．加勒特不同的是，較貧窮的母親們入院時都骨瘦如柴，而在產科，我們的方針是盡量讓她們長點肉，生產時才有力氣。

布芮蒂．史維尼自己也是個瘦皮猴，但應該是瘦而結實、吃也吃不胖的那種吧。順便幫我們兩個各泡一杯吧，史維尼小姐。

我趁此機會暫離一會兒，但走到門邊時又回頭說，妳應該知道自己一無所知吧？

布芮蒂．史維尼愣了一下，接著點頭如搗蒜。

我告訴她，一個好護士知道何時要叫醫生，同理，一個好幫手也要知道何時要叫護士。如果病人需要一杯水、一條毯子或乾淨的手帕，就直接給她們，但如果她們有任何不適，就馬上來廁所叫我。

她微微行禮，動作有些滑稽。

我馬上回來，我說完便匆忙離開。

我把病房交給新手，不知道斐尼根護士長會說什麼？但我已經盡己所能，所有人都是。

如廁後，我突然想看看外面的世界，便走到窗邊，俯瞰街上零星的行人。雨已經停了，但空氣仍很潮溼。一名穿著毛皮大衣的女士（還沒十一月就穿成這樣，實在有些奇怪）下了出租馬車，邁步走進醫院大門。她一手拎著大皮革包，另一手提著笨重的木箱。她甩了甩頭，華麗的大衣風帽落下，露出了老式的捲髮造型。門房應該會跟她說明禁止探訪的規定吧。

我回到病房時，布芮蒂．史維尼剛喝完她的那杯茶，嘴角還殘留著餅乾屑。超美味！

我想她應該是真心這麼認為。我喝了自己那杯，感覺倒像是從哪裡掃起來的煤灰泡的。

都壞了，沒救了，伊塔．努南嘟囔道。

布芮蒂．史維尼走向我，對我耳語道，她該不會酗酒吧？

不是，威士忌是普倫德加斯特醫生開給她的。

她點點頭，輕拍自己的腦袋問道，她會一輩子都這樣嗎？

我向她保證神智不清只是暫時的。

所以……她會痊癒嗎？

雖然我知道這是很愚蠢的迷信，但還是緊緊交叉手指到會痛的程度，做出祈求好運的手勢。我低聲告訴布芮蒂．史維尼：這些母親們比表面上看起來還要堅強，一旦她退燒……我敢打賭她會平安度過這波疫情，在一月產下第十二胎。

第十二胎？

那個年輕女人聽起來如此驚駭，我沒有告訴她十二胎只有七個孩子還活著，而是說，妳有聽過「女人為男人生一打才算愛他」這種說法嗎？

我完全無法接受，她露出厭惡的表情說。

我打了個哆嗦，承認道，我也是，反正我們倆是當不成什麼婦女楷模的。

布芮蒂．史維尼噗哧一聲笑了出來。

天色又暗了下來，雨水劈哩啪啦打在開了一半的窗戶上，雨滴從傾斜的玻璃滑入室內。

可以關窗嗎？不然會淋溼耶，迪莉雅．加勒特說。

不好意思，但空氣流通非常重要，對於呼吸道相關疾病尤其是如此，我說。

她把頭埋在枕頭底下。

我讓布芮蒂．史維尼用布接住濺入的雨水，才不會噴到病床。接著，我派她去供應室的電冰箱拿冰塊。那台機器像一個大箱子，而冰塊應該會在最上層的一個小隔間裡，我解釋道。如果沒有了，就上樓去問。

我再次測量體溫、脈搏和呼吸頻率，替病人更換手帕，並調整她們的枕頭。我扶伊塔．努南靠著枕頭稍微坐起來，她的呼吸似乎就比較順暢了。

布芮蒂．史維尼拿了一盆冰塊回來，我便讓她顧病房，自己輪流帶病人去廁所。

她似乎夠溫柔可靠，可以進行病人照護，所以我請她做一遍剛剛教過的洗手步驟——她記得很清楚——並請她用冰水擦洗伊塔．努南的臉和脖子。當她喝完威士忌時告訴我，好嗎？

迪莉雅．加勒特咳了幾聲，似乎感到很無聊。與其給我這難喝的茶，可以給我一些威士忌嗎？

酒精是可以幫助孕婦放鬆，但……很抱歉，只有醫生才能開給妳，我告訴她。

（雖然現在也沒有醫生在顧我的病人。那個姓林恩的傢伙到底何時才要出現？）

還是妳想喝點熱檸檬水，加勒特太太，或是大麥湯？

好噁！

在病房的另一頭，伊塔·努南猛拽布芮蒂·史維尼的手，把它們放到自己的肚子上。

恐懼攫住我的心頭。怎麼了，努南太太？

我的小幫手必須跪在床上才不會跌倒。她盯著手掌下圓滾滾的肚子。伊塔·努南緊抓著她的手腕，一邊哼著歌，但似乎並不感到痛苦，而是相當興奮。

紅髮女孩露出驚愕的表情。它在動！在她的肚子裡一直動！

不然咧？迪莉雅·加勒特有些嗤之以鼻。

肚子裡的寶寶都會游泳和翻筋斗，我告訴布芮蒂·史維尼。

真的假的！就跟活的一樣？

我皺眉，心想她該不會是在逗我吧？當然是活的啊，史維尼小姐。我隨即糾正自己：嬰兒活在母親體內，是她的一部分。

我還以為出生後才活過來耶。

我盯著她，心想那該會是多麼神奇的魔術啊——神用泥土捏塑出亞當，並向他吹氣，他就活了過來。但我知道自己不應該太驚訝，也有病人入院準備生產時，卻還是幾乎一無所知。

我從書架取下婦產科醫師亨利·傑萊特（Henry Jellett）寫的助產學書籍，翻開脆弱的洋蔥紙，給布芮蒂・史維尼看卷首圖畫，圖片說明寫著「足月子宮」。

她瞪大雙眼。我的天啊！

我愣了一、兩秒鐘，才推斷出她以為圖片中的女人是真的被切成兩半了。不是啦，這是剖面圖，是為了讓我們透視她才這樣畫的。妳有看到寶寶的身體整個蜷曲起來嗎？

而且還是倒過來的！

我微笑說，我想這樣它也比較開心。史維尼小姐，妳今天學到了不少對吧？

是個小小雜技演員呢，她低聲說。

但大部分的時間都在熟睡。

迪莉雅・加勒特插話說，我的第二胎沒有，克萊麗莎從早到晚都像頭騾子一樣踢個不停，不過妳就是個乖女孩，對吧？

她撫摸自己的肚子，動作充滿憐愛。

或是乖男孩？布芮蒂・史維尼說。

迪莉雅・加勒特搖搖頭。我不想要男孩，而且我的婆婆總是看得出來寶寶的性別。給我看看那張圖吧？

當我把書遞給迪莉雅・加勒特時，她對卷首圖畫做了個鬼臉，但似乎也感到自豪。看她的內臟都擠在一起了！難怪我的肚子這麼不聽話。

我把書放回書架上。快十一點了，該換路加修女給伊塔・努南敷的糊藥了。我用酒精燈加熱亞麻籽，必須要濃稠到湯匙能立在裡面才行。我解開她的睡袍和胸前的繃帶，並剝下已經結塊的敷藥。她的臉色發黃且憔悴，我用亞麻消毒棉和肥皂水把她發紅的鎖骨擦乾淨，布芮蒂．史維尼則站在旁邊，隨時遞來我需要的用具。

等我叫妳時再過來，伊塔．努南喘著氣說。

測量她的脈搏時，我傾向她，但她沒有再說話。她的心率比剛才快，但血壓似乎稍微降低了。

我將煮好的亞麻籽鋪在軟紗布上，並放上紗布敷料和一層消毒過的亞麻布。我把整個東西翻面，放在她下垂的胸部之間，並用絨布繃帶蓋住。繃帶必須在她的背後和肩膀固定住，我和布芮蒂兩人馬上就綁好了。如果我相信敷糊藥真的有實際用處，就不會對這種耗時費力的工作感到不滿了。

伊塔．努南的呼吸仍很不順暢。我給她一匙吐根糖漿作為化痰劑，以改善呼吸道阻塞問題，希望不會反而引發嘔吐。她嘗到味道後，整張臉都皺了起來，但還是乖乖吃藥。

不久後，她咳出一些海草色的痰，我用她的手帕接住，交給布芮蒂丟下焚化槽。

布芮蒂沒有馬上回來，所以我在她回來時問道，迷路了嗎？還是掉到焚化槽裡了？

布芮蒂．史維尼承認道，抱歉，我在廁所逗留了一會兒。不但門可以鎖，上廁所有隱私，還有用不完的熱水，跟那種方方的衛生紙，我覺得醫院滿不錯的。

我忍不住笑了出來。

尤其是味道很好聞。

她是指尤加利精油、亞麻籽和消毒劑嗎？現在還有威士忌的酒味？我心想。對我來說，這些都無法掩蓋生產與死亡那種混雜糞便與血腥味的味道。

這裡通常比較井然有序，我告訴她。其實妳來的時候，我們有點措手不及，因為病人是平時的兩倍多，但員工只有四分之一。

她一臉高興，我想是因為我把她這個幫手也包含在「員工」兩個字裡面吧。

我突然意識到她雖然皮膚蒼白且骨瘦如柴，卻是個美人，宛如在垃圾桶裡閃爍的珍珠，不知道路加修女是從哪裡找到她的。妳住附近嗎，史維尼小姐？

嗯，轉個彎就到了。

她有些閃爍其詞，但她看起來很年輕，可能還跟父母住吧。不介意的話，可以告訴我妳幾歲嗎？

她聳肩說，二十二，二十二歲左右。

二十二歲「左右」，又是含糊其辭的說法，但我也不想深究。

妳可以叫我布芮蒂嗎？她提出了意料之外的請求。

當然，如果妳想要的話。

語畢，我一時不知道要說什麼，就看了看懷錶。快中午了，妳可以去吃午餐了。

我沒帶便當，但沒關係。

不是啦，廚房旁邊的食堂有供餐。

她仍猶豫不決。那妳呢？

噢，我還不餓。

她的洋裝和鞋子沒辦法補救了，但……在下樓之前，妳可以先把袖子拉下來，然後稍微整理一下頭髮。

布芮蒂滿臉通紅，急忙把擋住臉的紅色捲髮撥開。

我馬上後悔自己這樣為難她；畢竟她也只來一天，服裝儀容有那麼重要嗎？

她使勁想扯下綁頭髮的橡皮筋。

我問道，妳沒帶梳子嗎？

她搖搖頭。

我從包包裡拿了一把硬橡膠製的扁梳。

布芮蒂把頭髮梳整齊，便伸手要把梳子還我。謝謝妳借我。

妳留著吧，我說。

不行啦！

真的啦，我比較喜歡另外一把，看起來像玳瑁殼，但其實是賽璐珞製的。

別再喋喋不休了，茱莉亞，我告誡自己。

走廊上傳來男中音的吟唱，是葛羅穎。

你在那嗎，麥可，你在嗎？
我們究竟能否在夜臨前抵達？[14]

迪莉雅．加勒特抱怨道：是昨天帶我進來的討厭鬼。護工把門推開，他讓我想到《科學怪人》[15]裡面令人毛骨悚然的僕人。我沒有打招呼，而是說，你的歌總是唱不完呢，葛羅穎。他對我草草鞠了個躬，好像自己在音樂廳表演一樣，然後把輪椅轉過來，讓我們看看新病人。她非常年輕，如果沒看到她的大肚子，我肯定會說她只是個少女。她有一頭烏黑的頭髮，滿臉驚恐的神情。

又一個美女加入妳們的姐妹會了。她快生了，但因為她會咳嗽，所以產科不收。我看了一眼葛羅穎遞給我的病歷，只有最上方寫了一行字：瑪莉．歐萊希利，十七

14　為十九世紀末、二十世紀初的愛爾蘭作曲家珀西．弗倫斯（Percy French）所作的歌曲〈你在那嗎麥可〉（Are Ye Right There Michael），諷刺西克萊爾鐵路局（West Clare Railway）嚴重誤點的情形。

15　《科學怪人》（*Frankenstein*）為英國女作家瑪麗．雪萊（Mary Shelley）於一八一八年所作，是西方文學中的第一部科幻小說。

歲，初產婦。

雖然生產當天總是會有不確定因素，但生過孩子的女人狀況還是較容易掌握。像瑪莉・歐萊希利這種初產婦就是另外一回事了。接收她入院的醫生甚至沒估算預產期，他今天肯定忙到沒時間了。

歐萊希利太太，我扶妳起來吧。

她完全可以自己起身，但卻全身顫抖，不知道是因為寒冷、緊張還是兩者皆有？大肚子使她的身形顯得更加嬌小。我拍拍中間病床床尾的椅子說，先坐在這裡吧，待會給妳換衣服。

護工將空輪椅推向門口。

葛羅穎，你知道新醫生何時會來嗎？

啊，那個女叛徒啊！

八卦就是這個男人的食糧，我平常不會鼓勵閒言閒語，但這次我忍不住挑眉。

妳沒聽過她嗎？他問道。

你在暗示她是新芬黨[16]的支持者嗎？

（愛爾蘭蓋爾語「Sinn Féin」的意思是「我們自己」。那些人一天到晚叫嚷著說地方自治是遠遠不夠的；唯有獨立並建立共和國，他們才會滿意。）

我沒有「暗示」什麼，葛羅穎告訴我。林恩小姐來自梅奧郡，是牧師之女——但卻誤入歧途，成了社會主義者、婦女參政運動者和挑動政治爭端的無政府主義者！

這些話駭人到令人難以置信的地步，而且這個護工也常常說職階比他高的女性的壞話，但他又提供了很確切的細節。

她真的是牧師之女嗎？我問道。

雖然那些穿綠色的「愛爾蘭萬歲」主義者大部分都跟我們一樣是天主教徒，還是有少數幾隻新教狗，他露出厭惡的表情說道（他沒注意到迪莉雅·加勒特冷冷地瞪了他一眼）。而且這個人在起義時還是個女領袖，在市政廳屋頂給那些恐攻狗縫合槍傷的人就是她。

他往上指向三樓的辦公室，說道，高層真的已經沒人可用了。

好吧，現在也沒得挑了，我說，但還是感到不安。

新病人雙眼圓睜，問道，醫院雇用了罪犯嗎？

護工點點頭。林恩小姐和其他人曾一起被驅逐出境，被關在英國，但他們雙手染血，去年還不是被放出來，又偷偷跑了回來？

我必須掌控話題走向，免得恐懼蔓延開來。

---

16 新芬黨（Sinn Féin）建立於一九〇五年，是愛爾蘭共和軍的正式政治組織，在一九一〇年代主張武力促成愛爾蘭完全脫離英國獨立，並於一九二二年成功爭取建立愛爾蘭自由邦。

先撇開政治不談，我相信如果林恩「醫生」不夠有能力，她今天也不會被叫來，我說。

我特別強調她的職稱，但葛羅穎只是冷笑道，啊，我就不多說了。

當這個護工說出這句話，就代表他還有很多話要說。他似乎不打算走了，還把輪椅的把手當吧檯靠著。現在啊，人講話都要很小心，不然一不小心就會得罪女性唷！女郵差、兵工廠女工，甚至還有女消防員呢，真是沒完沒了。

我們就不耽誤你的寶貴時間了，葛羅穎。

他聽懂了我的暗示。祝妳好運，歐萊希利太太。

他悠然離去，一邊對著輪椅高歌：你在那嗎，麥可，你在嗎？

那個人真搞笑，布芮蒂說。

我差點笑了出來。

妳不喜歡他嗎，巴瓦護士？

葛羅穎的黑色幽默不對我的胃口。

好吧，但還是滿好笑的，她說。

我們兩個幫瑪莉·歐萊希利脫下披巾、洋裝和內褲，但還是讓她穿著長統襪保暖。她仍然渾身顫抖。我們把睡袍套過她柔順的黑髮，我總是說「這樣妳會比較舒服」，但其實是基於衛生考量，因為有些病人入院時，全身都爬滿了蝨子。如果是在設備充足的病房，為防萬一，我會用蒸汽消毒瑪莉．歐萊希利的衣服，但現在我只能請布芮蒂用紙把它們包起來，放在頂架上。我教她如何綁好病人睡袍的側帶，並給那女孩穿上寢居外套，把醫院披巾圍在脖子上。

瑪莉．歐萊希利突然全身僵硬，整張臉皺成一團。

我等到這陣發作結束後，便問道，陣痛很劇烈嗎，親愛的？

（我們被教導不能說「很糟」。）

我想不算太劇烈吧。

不過初產婦也沒得比較就是了，我心想。妳知道預產期是何時嗎？我問道。

她有氣無力地說：我的鄰居說可能十一月吧。

妳上次生理期來是何時？

她一臉困惑。

我是說月經。

她頓時臉紅。抱歉，我也不太清楚，應該是去年冬天吧？

我沒問她是何時感覺到胎動，因為初產婦沒有經驗，感覺到的時間點通常已經沒有參考價值了。

那陣痛的部位大概在哪裡？

瑪莉．歐萊希利大略指了指肚子。

我知道那比較有可能是假性陣痛，像是假警報，而不是全面來襲。產前陣痛的位置會偏後面，所以這女孩可能還要過幾週的時間才會分娩。

我繼續追問：那陣痛通常會隔多久時間？

她聳肩，一副悶悶不樂的樣子。

有規律嗎？

我不記得了。

頻率不規則，一下有、一下又沒有，聽起來就像假性陣痛。那請告訴我，歐萊希利太太，妳是何時開始陣痛的？

我不知道。

幾小時前？

幾天前。

子宮頸擴張，陣痛一天一夜很常見，但如果這是真陣痛，而且已經持續了「好幾天」，瑪莉．歐萊希利該不是馬上就要生了吧？

她的聲音有些哽咽：代表它要出來了嗎？

啊，我們很快就會知道了。

但那個人說——

我忍不住哼了一聲。葛羅穎當過擔架兵，肯定學會了不少關於傷口和發燒的知識，但生育就不好說了，我告訴她。

我以為能逗瑪莉・歐萊希利笑，但她卻擔心得笑不出來。或許她和我大多數的病人一樣（包括經產婦），是第一次入院吧。

我一邊詢問她的病史，一邊從中設想未來可能會發生的問題。尤其是佝僂病，可說是市中心貧民區的詛咒——小孩很晚才長牙，兩歲才學會走路，還有肋骨、腿或脊柱彎曲等狀況。但沒有，瑪莉・歐萊希利只是身材嬌小而已，骨盆大小和身體成比例，也沒有腎功能不佳所造成的水腫問題。在得流感前，她是個完全健康的孕婦。

她瑟瑟發抖，用小小的手背摀住咳嗽。我真的很小心，護士，我都有用蘋果醋漱口，也有喝下去。

我點點頭，不予置評。有些人相信糖蜜可以預防流感，有些人則靠大黃，好像家裡總會有能拯救所有人的東西一樣。我還遇過以為自己安然無恙是因為穿紅衣服的蠢蛋呢。

我把拿著懷錶的手放在瑪莉・歐萊希利的胸口上，就能偷偷看錶數她的呼吸。扣除掉中間的咳嗽，她的呼吸頻率有些高。我把體溫計放到她的舌頭下，接著在病歷上註記「脈搏正常但有些微弱」。對了，妳手腕上的瘀青，是跌倒了嗎？妳會暈眩嗎？

她搖搖頭，咕噥道，我只是容易瘀青而已。

一分鐘後，我檢查體溫計，發現她的體溫只比正常高一點而已。妳的症狀滿輕微的，我告訴她。

我和布芮蒂扶她躺上中間的病床（也就是艾琳．迪凡臨死所臥的病榻）。

喂，不要這樣想，妳想詛咒這可憐的女孩嗎？

人們很怕靠近彼此，因為中標就是一瞬間的事！前幾天，警察撞開了我們家後面公寓大樓的一扇門，發現全家人死在一張床上，瑪莉．歐萊希利低聲說，聲音帶了點氣音。

我點點頭，心想在那之前，沒有半個鄰居關心他們，實在有點糟糕……但在這個人心惶惶的時期，又怎能評斷他人呢？

我需要她躺下來，我才能摸她的腹部，但如果膀胱腫脹可能會痛，所以我問她是否需要先去廁所。

她搖搖頭。

迪莉雅．加勒特不耐煩地說：那「我」要去。

布芮蒂自願帶她去。

我猶豫了一下。好吧，但妳要扶好加勒特太太，她才不會跌倒。

我為什麼會跌倒？

她們離開後，我查看伊塔．努南的狀況，她仍然神情恍惚。

我回到瑪莉．歐萊希利身邊，掀起她的睡袍，但用被子蓋住她的私處和大腿。她和許多青春期懷孕的母親一樣，肚子下面有很明顯的紫色爪痕，因為年輕緊緻的皮膚不習慣這樣撐開來。不過年輕的好處就是身體很快就會復原。

我坐在床緣，面對她的頭，並用力搓熱手掌心，但放到她的肚子上時，她還是嚇了一跳。

抱歉，待會就會暖起來的，請試著放鬆肚子。

我的手貼在她的肚子上滑動，特別小心不要像彈鋼琴那樣用手指輕敲，因為那樣會導致肌肉收縮。我閉上眼睛，試圖用雙手摸到的資訊，描繪出瑪莉．歐萊希利肚子裡的情況。找到了，子宮頂部距離她的肚臍六個手指寬度，代表她已經足月或很接近了。所以流感沒讓寶寶提早蹦出來，謝天謝地。

只有一胎（我們很怕雙胞胎），先露部位正常，頭朝下且面對脊椎。我找到了小小的屁股，沿著背的弧度往下摸。妳寶寶的位置很完美。

真的嗎？

胎兒似乎已經入盆了，但我也無法藉此判斷她是否真的要分娩了，因為就初產婦來說，寶寶的頭骨可能在生產前整整一個月就會卡位了。

布芮蒂帶著迪莉雅．加勒特回來後，便坐在瑪莉．歐萊希利另一邊的床上，沒有尋求同意就握住了她的手。巴瓦護士，妳現在要做什麼呢？

如果妳能幫我從頂架拿一下那個看起來像助聽筒的東西，我就要來聽寶寶的心跳。請幫我深呼吸，歐萊希利太太。

我把皮納德角[17]寬的那端貼在她的肚皮上，對準寶寶後背中點以下的位置，並用耳朵湊近窄的那端。

妳在——

說話的是布芮蒂，我把手指放到嘴唇前面，示意她安靜，一邊盯著懷錶的秒針數心跳。

胎兒心率一分鐘一百三十八下，我記錄下來，挺正常的。

瑪莉．歐萊希利突然一陣咳嗽，於是我讓這位年輕母親坐起來，請布芮蒂去幫她泡杯熱檸檬水，並先讓她喝一大杯水。她的下次陣痛開始時，我查看懷錶，和上次間隔了二十分鐘。我讓她向左側臥，請她深呼吸數到三，吐氣數到三，一直重複。如果只是假警報，喝水、側臥搭配深呼吸應該能緩解疼痛。

我查看伊塔．努南的狀況，她還在熟睡。

還好嗎，加勒特太太？還有拉肚子嗎？

她咂咂舌。恰好相反，我現在根本上不出來。

才剛拉完肚子怎麼會便祕呢？我實在想不通。

瑪莉．歐萊希利小小、不安的呻吟聲停止了。

和剛剛的感覺差不多嗎？還是沒那麼痛？我問道。

她回答得不太肯定：好像差不多？

或許是真陣痛吧，我如此判斷。但如果陣痛間隔還有二十分鐘，又持續超過一天……天啊，這女孩或許還有很長的路要走。

不過當然，我可不希望在醫院沒有半個產科醫生的狀況下，病人在這間狹小的房間開始生產。

如果進行內診，知道子宮頸擴張的程度，就更能掌握情況，但我之所以推遲這件事，是因為我的訓練告訴我，每次把手伸入女人體內都會有感染的風險。

不確定時就靜靜觀察、耐心等待，我是這麼被教導的。

歐萊希利太太，如果妳能起來走走，或許會舒服一些。

（因為那能促進子宮頸擴張，而且也讓她有事做，不會專注在疼痛感上。）

她大吃一驚，問道：走去哪？

我絞盡腦汁思考。我不能讓具傳染性的病人在走廊上遊蕩，但在病房裡連轉個身都困難……只要在床周圍走動就好。來，我們把這些椅子拉開，妳可以邊走邊喝檸檬水。

我都還沒開口，布芮蒂已經把椅子疊好並收到辦公桌底下了。

瑪莉·歐萊希利小心翼翼地在病床兩側來回走動，不斷重複U字形的路線。

---

17 皮納德角（Pinard Horn）是一種聽診器，因形如法國號的吹管而得名，通常由木頭或金屬製成，用於在婦女懷孕時貼著放大聲音聽胎兒的心律。

還好嗎？會不會冷？

不會，謝謝妳，小姐。

是巴瓦護士，我溫柔糾正。

抱歉。

沒事。

瑪莉．歐萊希利抱著大肚子，將一根手指頭戳入肚臍。

是那裡痛嗎？我問道。

她搖搖頭，用手背摀住咳嗽。我只是在想，我要怎麼知道它何時會打開？

我盯著她。妳是說妳的肚臍眼嗎？

它會自己打開嗎？還是要由醫生……動手？她來回踱步，聲音不住顫抖。

我為她感到尷尬。歐萊希利太太，妳知道小寶寶不是從那裡出來的吧？

那女孩對我眨眨眼。

想想是從哪裡開始的。我頓了一下，低聲提示：下面。

她大吃一驚，一時目瞪口呆，隨即又閉上嘴巴，再次咳嗽，雙眼發亮。

布芮蒂站在瑪莉．歐萊希利的另一側，手裡拿著架上那本助產學書籍，雖然她沒有事先詢問能不能拿。妳看這裡，妳可以看到寶寶的頭頂，然後妳看下一張圖……

她翻頁。

……就出來了！

瑪莉・歐萊希利看到那些圖片，猛地一顫，但還是點點頭，吸收這些新知。但她馬上就走開了，好像再也受不了了一樣。

謝謝妳，布芮蒂。

我揮了揮手，示意她把書放回架上，免得她注意到那些讓人感到不適的章節：胎位不正、畸形、產科手術等。

瑪莉・歐萊希利在床邊搖搖晃晃地來回走動，嚇得都看不清楚了。

那些認為無知能守護純潔的清教徒，真讓我感到生氣。我對她說，妳的母親應該要跟妳解釋才對，她不就是這樣把妳帶到這個世界上的嗎？我看過幾十次，不，幾百次，那真的是無比美麗的景象。

（我試著不去想各種突發狀況，不去想剛來第一個月時，一名年輕的金髮女子分娩了三天，醫生才終於用剖腹生產，讓她產下將近五公斤的巨嬰，而她後來因傷口感染而死亡。）

瑪莉・歐萊希利的聲音小到幾乎聽不見：媽咪在我十一歲時過世了。

我馬上後悔自己責備了她的母親。我很遺憾，是因為……

她試圖生下我最後一個弟弟，但沒有成功。

她壓低聲音，好像這是一個丟臉的祕密，而不是隨處可見的家庭悲劇。就算這個女孩對生產機制一無所知，她還是知道最基本的事實：風險。

或許是因為這樣，我才告訴她，我的母親也是那樣走的。

這三個女人現在都在看著我。

瑪莉．歐萊希利似乎感到些許安慰。是嗎？

我當時四歲，弟弟有活下來，我說。

布芮蒂看著我，露出同情的表情。

瑪莉．歐萊希利畫了個十字，觸碰額頭、肩膀和胸骨後，才繼續走路。

我感覺自己好像跟這些陌生人在一艘漏水的船上漂流，等待暴風雨過去。

迪莉雅．加勒特突然開始呻吟。我的肚子——我需要上廁所，護士，但我知道上不出來！

我認真盯著她。我剛才把注意力全放在新來的病人身上，完全沒想到便祕可能是分娩的早期徵兆之一。但迪莉雅．加勒特離預產期還有將近八週，我反駁自己。這是她的第三胎，她肯定知道這是不是陣痛吧？

只是她這麼不願意待在醫院，可能會否認任何暗示她將開始分娩的徵兆。而且這種流感不是很常會導致胎兒早產嗎？

她一陣咳嗽。

加勒特太太，請告訴我，妳想如廁時，整個肚子會緊緊的嗎？

緊到不行！

又是一個徵兆。

我讓她躺下來並稍微彎曲膝蓋，開始進行觸診。寶寶是頭下腳上，很好。布芮蒂，可以給我聽診器嗎？

迪莉雅．加勒特瞪大眼睛，試圖坐起來。不要用那東西戳我。

不會痛的。

我受不了有任何東西壓在肚子上。

好吧，那我直接用耳朵聽。

我將臉頰貼在她的肚子上，請她深呼吸。

我說我很想上廁所！

我想應該不是那樣，加勒特太太，但妳可以用便盆。

布芮蒂馬上跑去拿。

我把耳朵貼回她那發熱又緊繃的皮膚，也聽到了脈搏……但我連數都不用數，就知道脈搏太慢，肯定是迪莉雅．加勒特自己的。

她的咳嗽聲在我的腦中迴盪。

我來換個位置聽……

但那個年輕女人不斷掙扎，抗議說我壓太大力了，我聽不到自己在尋找的跳動聲，也就是幾乎比母親快兩倍的胎兒心跳聲。

拜託妳，加勒特太太，請不要動。

這樣平躺著很痛！

我讓語氣保持平靜，像在跟一匹受驚的馬說話一樣：我明白。

迪莉雅．加勒特尖聲說：妳這老處女懂什麼？

布芮蒂雙眼圓睜，和我四目相接。

我微笑並搖搖頭，讓她知道我沒有放在心上。即將臨盆的女人到了緊要關頭常常會脾氣暴躁，這也是個徵兆。

迪莉雅．加勒特整張臉又皺起來，開始呻吟。

我看了一下時間。

在等待她陣痛結束的同時，我查看伊塔．努南的情況，她仍滿臉通紅，正在打盹。

瑪莉．歐萊希利像幽魂一樣在兩張病床間來回踱步，往窗戶走三步，再往回走三步，試圖不要擋到我們的路。

歐萊希利太太，感覺如何？

還好，我可以坐一下嗎？

當然沒問題。

我繞過她，走到伊塔．努南身邊，掀起她的嘴唇，將體溫計放到她的舌頭底下，她沒醒來。

我回去跪在迪莉雅．加勒特的床上，因為我還需要最後一樣證據：胎兒入盆了沒？

加勒特太太，拜託妳再平躺一下下。

我面對她光滑的肚子，用帕夫利克氏手握法[18]，右手拇指與其餘四指分開，放在恥骨上方，手指陷入肚皮，好像握住一顆大蘋果一樣，並試圖輕輕移動小小的頭骨——

呃啊！

迪莉雅．加勒特用膝蓋把我狠狠撞開。

我一邊揉碰傷的肋骨，一邊思考。就算我用手指推，寶寶的頭也完全沒有移動，所以沒錯，這個女人提前兩個月分娩了。

布芮蒂用手指了指。

努南太太口中的體溫計掉到棉被上了。

妳能幫我撿起來嗎，布芮蒂？快點，免得它涼掉。

她快步走到兩張病床間。

給我看看好嗎？

---

18 帕夫利克氏手握法（Pawlik's grip）是腹部四段式觸診（Leopold's maneuvers）的其中一種，用來確認胎兒在子宮裡的位置。由於這種方法較容易造成產婦的不適，現在多改用兩手來進行。

布芮蒂把體溫計直立著拿到我面前。

平放！我才能看數字。

她照做。

數字顯示四十一度，又在上升了。

她的杯子裡還有威士忌嗎？

布芮蒂回報說：還有不少。

那麻煩妳用溼布冰鎮她的後頸。

她急忙照做。

我輕拉迪莉雅．加勒特的內褲說，這個要脫下來。

她怒氣沖沖，但還是抬起屁股，讓我脫下內褲。

布芮蒂在我後面倒抽一口氣，但聲音被迪莉雅．加勒特的呻吟聲蓋過去了。

妳可以打開膝蓋一下嗎？

我根本不用碰她。陰毛結了血塊，就是我們俗稱的「落紅」，這是最確定的徵兆。

我闔上她的雙腿，並掏出懷錶，發現離上次陣痛只間隔了五分鐘。進展實在是太快了，三十二週是嚴重早產，我們只能把嬰兒放在樓上的保溫箱一週，送母子回家時，將嬰兒裹在棉絨裡，並附上餵食用的滴管，祈禱嬰兒能活過第一年，尤其是男孩，因為他們普遍比較虛弱。

我提醒自己，當務之急是照顧母親，不要讓迪莉雅．加勒特的血壓突破天際。

我握住她的手腕，她的脈搏在我的指腹下狂跳，宛如一條水位暴漲的河流。我拍鬆她的枕頭說，親愛的，坐起來躺在這上面吧。

她眨眨眼，乖乖照做。

布芮蒂還拿著體溫計，張著嘴呆站在那裡。

我請她消毒體溫計，其實是為了讓她走到水槽邊。我跟在她後面，對她耳語道，妳知道當護士最重要的是什麼嗎？

布芮蒂一臉茫然。手腳要快？

我指著我的臉，露出平靜的表情。如果護士看起來很擔心，病人也會開始擔心，所以表情要顧好。

她點點頭，謹記我的教誨。

我回到迪莉雅．加勒特身邊。親愛的，我想妳要生了。

她的語氣第一次透露出恐懼。不可能！她應該是聖誕寶寶才對。

我盡可能用溫柔的語氣說，她似乎認為自己是萬聖節寶寶。

啊，糟糕！

我轉身，看到布芮蒂一臉震驚，一隻手流血了。妳做了什麼？我質問她。

她的身體縮了一下。對不起，我把它放到鍋子裡，但它可能撞到什麼了，所以我又把它拿出來……

我原本是想要她把體溫計浸入消毒水盆就好。哪個白痴不知道易碎的玻璃球放入滾水中肯定會破掉？

但我沒把話說出口。要這個年輕人在幾小時內學會護理基本知識，根本是強人所難。

請稍等我一下，加勒特太太。

她把臉埋進枕頭裡呻吟。

我走到病房另一頭，抓住布芮蒂的手，在滾水上方輕輕甩，直到玻璃碎片脫落為止。

我用一塊消毒過的布擦乾她流血的手指，並用圍裙裡的止血筆輕擦傷口，她才不會像戲劇中的殺人犯一樣到處滴血。

好了，現在妳能跑上樓去產科病房找斐尼根護士長嗎？跟她說這裡有早產兒急產——該死，布芮蒂肯定記不住這些陌生的詞彙。

「很緊急」的早產，我換句話說。

（還是我應該花時間寫紙條比較好？）

告訴斐尼根護士長，加勒特太太的陣痛間隔少於五分鐘，我們需要醫生。如果女醫生還沒來，那任何醫生都可以。妳能記住嗎？

布芮蒂激動地重複道：緊急，五分鐘，任何醫生。

她急忙跑出去。

不要真的用跑的，我在她身後喊道。

我已經講好幾遍了，我需要去廁所，迪莉雅．加勒特生氣地咕噥道。

我把手伸向布芮蒂拿來的便盆。

我不要那個！

妳必須休息，好好保存體力，加勒特太太。

（其實我心裡在想的是，萬一她的寶寶在走廊上或廁所裡蹦出來怎麼辦？）

她勉強讓我掀起她的睡袍，把便盆放在下方，但正如我所料，她完全上不出來。我趁現在幫妳擦乾淨吧，我說。

她沒有反對，只是閉著眼睛蹲在便盆上方，一臉痛苦的樣子。我先用肥皂和清水，再用稀釋過的溫消毒水徹底清洗她的私處，以消滅可能會入侵她體內或在生產時感染嬰兒的細菌。

下次陣痛開始時，迪莉雅．加勒特垂下頭，從喉嚨深處發出低吼，接著又一陣狂咳。

茱莉亞護士，有沒有止痛藥？

我相信等醫生來——

現在馬上！

護士恐怕無法開藥。

那妳有什麼鬼用？

我無言以對。

先躺下來吧，加勒特太太，左側躺會比較舒服。

（因為如果分娩的女人右側躺，子宮可能會壓迫到腔靜脈，減少流向心臟的血液。）

深呼吸，我督促道。

我從紙袋裡拿出一塊乾淨的布，浸入滾水中。等布稍微放涼，我把它擰乾並摺疊成小塊，走到迪莉雅．加勒特的床邊。妳可以把膝蓋收到胸口，把屁股翹出來嗎？

她忍不住抱怨，但還是照做。

這裡幫你熱敷，我說，並把布貼到她的會陰部。

她嗚咽了一聲。

那個壓迫感就是寶寶的頭喔。

讓它停下來！

女人們問這個沒用的問題，不知道已經幾千年了？我心想。

不，不，這代表妳快生了，我安撫她。

（噢，那該死的女醫生到底在哪？）

年輕的瑪莉．歐萊希利蜷縮在中間的病床上，承受著她那緩慢又持續不斷的陣痛。她的額頭上有幾滴汗珠，頭髮烏黑發亮，眼睛底下有黑眼圈。生產就像擲骰子，我心想，分娩的女人可能會連續好幾天處於痛苦的停滯狀態，小孩也可能迅雷不及掩耳就出來了。

我實在無法一次照顧兩個人，而迪莉雅．加勒特的需求更加迫切。但當瑪莉．歐萊希利再次坐直時，我輕聲問道，剛剛很痛嗎，歐萊希利太太？

她無奈聳肩，好像身為一個十七歲女孩沒有資格衡量這種事一樣。她輕咳了幾聲。

等布芮蒂．史維尼回來，我請她幫妳再泡些熱檸檬水。

迪莉雅．加勒特痛得大叫。

我用一隻手繼續壓著熱敷，另一隻手掏出懷錶看時間，她的陣痛間隔只剩將近三分鐘了。我撫摸銀色盤面，好像那樣就能撫平那些可怕的刮痕一樣，再將懷錶塞回圍裙口袋。

迪莉雅．加勒特大哭道，這跟之前不一樣，茱莉亞護士，妳不能給我止痛藥嗎？

既然這麼多規定都已經被打破了，我又為何不能在緊要關頭這麼做呢？

但我把熱敷布丟到垃圾桶裡，並走到她身後。看看這樣有沒有幫助吧，加勒特太太。妳能採四足跪姿嗎？

她生氣地咕噥，但還是換成像牛一樣的姿勢。我用掌跟用力按壓她的兩邊坐骨，把她的骨盆底部往前推。

噢，噢！

希望那代表我有稍微減輕疼痛感。

三分鐘後，子宮再次收縮時，我試著用拇指揉她最後幾節脊椎骨的兩側，但效果不彰。我改成用指節抵住她的腰窩，並借助身體重量加強按壓。

有好點嗎？

迪莉雅．加勒特似乎有些焦慮：好一點點。

這些反壓的訣竅沒有記錄在任何手冊中，只是在助產士之間流傳下來。雖然我們這一行也有很一板一眼的人，認為生產這種極其自然的過程不應該用任何方式緩解疼痛，但我個人是堅決贊成用各種方法讓女人保持體力，順利生產。

在一片沉默中，迪莉雅．加勒特躺回枕頭上，並拉下睡袍。她閉著眼睛喃喃道，我當初並不想要這個孩子。

我身後傳來腳步聲。我看布芮蒂的臉就知道她也聽到了。

我握住迪莉雅．加勒特熱呼呼的手，包覆住她精心修剪的指甲。這樣想很正常。

兩個就很多了，她傾訴道。或是如果我的小女孩們能有更多時間……我不是不想生第三胎，只是不想要那麼快，我這樣很糟糕嗎？

一點也不會，加勒特太太。

現在我覺得自己肯定是遭天譴了。

沒這回事！好好休息，深呼吸。

布芮蒂也在她身邊，緊握她的另一隻手。醫生要來了。

噢，噢！迪莉雅．加勒特又開始陣痛了。

結束後，我讓迪莉雅．加勒特側躺，並讓布芮蒂右手握成杯狀，扶住她的右臂，左手平放在腰背部，讓她逆時鐘按揉。就像踩腳踏車一樣，對吧？

是喔？布芮蒂問道。

這個年輕人似乎缺乏許多日常生活經驗，例如腳踏車、體溫計和生產常識等，真令人困惑。然而，她對於乳液和有焦味的茶這種小東西都滿懷感激，而且我教她什麼，她都能很快掌握。

別停下來，迪莉雅．加勒特命令道。

我讓布芮蒂繼續幫迪莉雅．加勒特做骨盆運動，便去看看另外兩人的情況。

滿臉通紅的伊塔．努南在床上翻來覆去。不用我們平常用的阿斯匹靈和奎寧，我實在不知道該怎麼讓她退燒。

歐萊希利太太，感覺如何？

那個年輕女人身體打顫，聳聳肩。

根據我的紀錄，她的陣痛間隔仍是二十分鐘。如果睡得著就睡一下吧，我提議道。

應該睡不著。

那就再多走走吧？

瑪莉．歐萊希利將臉轉向枕頭咳嗽，又爬下床，繼續在床邊踱步，彷彿一頭被關在小籠子裡的母獅。

迪莉雅．加勒特大嘆了一口氣。我可以開始用力了嗎？

我心裡一陣恐慌。妳有臨盆的感覺了嗎？

我只是想趕快結束，她惡聲惡氣地說。

那請再稍等一下，等醫生來。

迪莉雅・加勒特頓了一下，說道，我好像破水了。

我馬上確認，很難分辨那到底是羊水還是熱敷滲出的水，但我相信她。

這時，一名身穿黑色西裝的陌生男孩衝了進來，自我介紹說他是普通外科醫生麥考利夫。

我心裡一沉。他看起來不超過二十五歲，這些缺乏經驗的醫生基本上對女人一無所知。

他當然想做內診，不過至少他要了消毒過的橡膠手套，在衛生方面並不馬虎。我去拿裝手套的紙袋，幫他拆開包裝，他則和迪莉雅・加勒特簡短談了幾句。他用肥皂和指甲刷徹底清潔雙手後，便「啪」的一聲戴上手套。

我讓迪莉雅・加勒特的大腿和背部呈九十度，臀部伸出床緣，給醫生更多空間進行內診。

但他才剛開始，她就發出慘叫。

麥考利夫說，好了，夫人——

（他顯然是從她的南方口音判斷應該這樣稱呼她，而不是叫她「太太」。）

看來進展相當順利。

也太含糊了吧。

他扯下手套。

我示意布芮蒂把手套丟進待消毒的桶子裡。

醫生，子宮頸全開了嗎？我低聲問。

啊，似乎是如此。

我不禁咬牙。他難道看不出來嗎？如果他判斷錯誤，子宮頸尚未全開，而迪莉雅．加勒特用力推到子宮頸唇腫脹並且擋住通道的話……

麥考利夫告訴她，放輕鬆就好，巴瓦護士會照顧妳。

她大聲咳嗽作為回應。

醫生，我能給加勒特太太止痛藥，讓她舒服點嗎？我問道。

到這個最後關頭，實在——

也是為了讓她冷靜下來，我繼續說。普倫德加斯特醫生很擔心她的血壓太高。

效果簡直立竿見影，因為普倫德加斯特是他的上級。好吧，那就給她氯仿，一般劑量就好，麥考利夫說。

我應該要再問他關於瑪莉．歐萊希利的狀況，但我卻不太情願。年輕醫生面對生產，傾向於採取對待懶馬的方式——也就是打響鞭，來硬的。他們特別不信任初產婦，因為她們過去沒有任何自然生產的成功經驗。如果即將臨盆的女人還得了像流感這樣的疾病，像麥考利夫這種年輕的普通外科醫生，看到寶寶還不出來可能會驚慌失措，要求採用子宮頸擴張術，直接拿鉗子進去。雖然這個十七歲女孩已經忍痛好一段時間，但我可不希望這個毛頭小子亂用什麼危險的工具，一個不小心傷到她。

於是我讓他把注意力放回迪莉雅．加勒特身上。她何時可以開始用力呢？

噢，隨時都可以，妳一看到嬰兒的頭露出來，就上來叫我吧，他一邊走向門口，一邊說。

應該很快了，你不能留下來嗎，醫生？

我們實在人手不足，他頭也不回，拋出這句話。

門在他身後關上，整間病房一片沉默。

妳可是代理護士長，我提醒自己，並挺直身體，但卻有點頭暈，搖搖晃晃的。自從早上吃了麵包和喝了可可，我就再也沒有吃東西了。

但我的一舉一動，小幫手都看在眼裡。

我勉強擠出笑容。布芮蒂，抱歉，我一直沒讓妳下去吃午餐。

我沒事啦。

至少我得到許可給迪莉雅．加勒特止痛藥了。我走到藥櫃拿吸入器，並把正確劑量的氯仿倒到棉片上。加勒特太太，請妳左側躺，把這個蓋住妳的嘴巴，隨時都可以吸。

她開始用力吮吸。我摸她的脈搏，感覺血壓沒有再升高。噢，我怎麼忘記提醒麥考利夫用他的聽診器聽胎心音呢？如果我現在詢問，或許迪莉雅．加勒特會願意讓我用皮納德角試試看？

但她又開始宮縮了。

我雙手握拳，重壓她的腰背部。即便我只是旁觀者，那整整一分鐘的痛苦也感覺度秒如年。我使勁推拉她的骨盆，好像在運作某種重型機器一樣。等待迪莉雅．加勒特的陣痛緩解時，我發現我完全無法想像自己忍受這種痛楚，然而這卻是大部分的女人都會經歷的事。我是不是個怪人，所以才像天使石像一樣，總是當旁觀者？

別分神，茱莉亞。

迪莉雅．加勒特之前說她的前兩胎是蹦出來的，最好隨時做好準備，當嬰兒的頭像火箭一樣往下衝時，盡量減少會陰撕裂傷。過程中不可能給她任何隱私，但至少我能事先準備好所有必需品和嬰兒床。

布芮蒂，妳能上去產科，要一個有輪子的折疊式嬰兒床嗎？通常會放在床尾的那種。

她馬上衝出去。

茱莉亞護士！

叫我的是迪莉雅．加勒特。再多吸點氯仿吧，我告訴她，並把吸入器推向她的嘴巴。妳做得很好。

下次陣痛結束時，我又洗了一次手，並擺出生產可能會用到的物品：泡在一盆二碘化汞裡的手套、消毒棉、剪刀、裝滿氯仿和嗎啡的皮下注射器各一、持針器和縫針。

迪莉雅．加勒特發出一聲低吼，和剛才的聲音不一樣。

準備好下次開始用力了嗎？

她猛點頭。

我拿走她手裡的吸入器，因為她必須保持完全清醒。

我突然發現，這些折疊床和樓上產科病房的正規病床不同，床尾沒有床欄，只能讓迪莉雅．加勒特換邊躺了。

親愛的，妳能轉過來，頭對著床尾嗎？

那樣有什麼幫助？

我把她的枕頭立在床頭板前。下次陣痛時，用左腳抵著這個用力推，好嗎？

我把棉被猛地拉開，好讓她轉過身來。我在鐵床底部一角纏了一條環狀長毛巾，放到她手中。然後用力拉這個。

迪莉雅．加勒特緊抓著毛巾，大口喘著氣。

我掀起她的睡袍，彎起她的右腳放到我的腿上，好看清楚狀況。

我沒有馬上注意到布芮蒂已經推來我要的嬰兒床了。她一臉蒼白，是餓昏、累壞還是單純興奮呢？醫院有這麼多病房，她今天早上偏偏走進了這間——這個年輕人當初有想到路加修女會派她來這裡嗎？

謝謝，布芮蒂，快去找麥考利夫醫生吧。

她又一溜煙跑走了。

如果讓那個年輕外科醫生站在旁邊等太久，他可能會感到不耐煩，但我寧願冒這個險，也不想讓他太晚來。

迪莉雅．加勒特痛得尖叫。

低沉的聲音最有力，我提醒她。

我跪在迪莉雅．加勒特上方，大腿抵住她的腰背部，讓她推的時候可以支撐。毛巾緊緊纏在她的手上，雙手都用力到發白了。她屏住呼吸，使勁全力推，沒有什麼比得上這個寂靜的時刻。我這才意識到：我非做這份工作不可。

呃——！

先休息一下，喘口氣，我說。

我摸她的脈搏，確認血壓沒有飆高。

門口傳來陌生的聲音：午餐來了，抱歉這麼遲。

我迅速拉下迪莉雅．加勒特的睡袍，給她一點隱私，並轉向門口，看到那位有紫色胎記的廚房女僕手裡疊著三個餐盤。現在不方便！

她一時不知所措，四處張望，但沒有任何擺得下的桌面。我可以放在地上嗎？

我知道那樣一定會有人絆倒。放「門外」，我告訴她。廚房女傭馬上離開。

我甩開惱怒的情緒，把注意力放回迪莉雅．加勒特的身上。從她眼中，我看到下一波痛楚像一列迎面而來的火車，全面來襲。下巴往內收，加勒特太太，這能幫助妳出力。用腳跟踢，用力拉毛巾。

她痛得呻吟。

我想到伊塔．努南上週入院時說的話，那時她的神智還很清楚。她一開始不願意讓我靠近，說她每次生小孩時都有一個鄰居奶奶會來幫忙接生，而奶奶有一雙幸運手——那我有嗎？我當時很想回答說自己有的是三個文憑，但要讓病人乖乖配合，說服她們擺脫恐懼就算成功一半了，所以我直盯著伊塔．努南充血的雙眼，發誓自己也有幸運手。

我再度掀起迪莉雅．加勒特的睡袍檢查，並用左手抱住她的右腿，把它拉開。她這次用力沒有發出任何聲音，臉已經脹成了暗紅色。

在她的大腿之間，在那紫色的中心出現了顏色更深的一簇毛。我看到頭了，加勒特太太！

她嗚咽了一聲，頭就又不見了。

這次不要推，小口小口輕輕吐氣，好像在吹蠟燭一樣，我告訴她。

她的會陰整個脹紅，如果嬰兒的頭在宮縮期間太快出來，可能會造成嚴重的撕裂傷。

我可以按住會陰，但那會壓迫到脆弱的皮膚，所以我照斐尼根護士長教我的方法：右手掌跟放在迪莉雅．加勒特的肛門後面，把看不見的頭往前推，左手臂繞過她的大腿到兩腿中間，隨時做好準備。用力！

她推的力道之大，我差點以為手腕要斷了。

我又瞥見頭了，就在我眼前幾公分，於是我試著用左手的三根手指頭抓住那長毛的光滑頭皮並往外拉……

迪莉雅．加勒特用力踢床欄，並發出慘叫，好像她正被狼群活活吞噬一樣。

我身後傳來啪答啪答的腳步聲，但只有布芮蒂一個人。她一看到迪莉雅．加勒特的頭幾乎垂在床緣外面，不禁倒抽了一口氣。

那一簇毛又消失在深處了。我讓聲音保持平穩：麥考利夫醫生呢？

抱歉，他在男性發燒病房。他們不讓我上去，但有傳話給他了。

我稍微閉上眼睛，提醒自己我知道如何接生這個嬰兒，因為我有「幸運手」。

我再次等待宮縮之間的空檔，用右手掌跟和左手手指試圖抓住溼滑的頭皮，彷彿在雨中攀岩一樣。現在用全身的力氣，加勒特太太——

呃——！！！迪莉雅．加勒特頭爆青筋，彷彿一把卡在鎖頭裡的鑰匙，卡住、鎖死，又突然開始轉動——

她大吼，身體撕裂開來，送出了一個血淋淋的包裹，血從我的指節間滲出。不只是頭，而是整個嬰兒都衝了出來。

太棒了！我大喊。

但這個嬰兒嘴唇發紫，而且雖然她從未照射過陽光，皮膚卻到處都是瘀青，像曬傷後一樣脫皮。是個女孩，一個一動也不動的小女孩。

我用嬰兒專用毯把她抱起來，以小小的身體來說，她的頭相當大。以防萬一我的判斷錯誤，我用力拍了她的背一下。

我等了幾秒。

雖然不想這麼做，但我又拍了迪莉雅．加勒特寶寶的背一下。

毫無反應。

我撫平脫皮的肌膚，看著那寬大的臉龐以及精緻的眼皮。

布芮蒂瞪大眼睛，看著我手中癱軟的小生物。為什麼它看起來好像——

死了，我沒有發出聲音，只是用口型默示。

她馬上住嘴。

這一切，躺在中間病床上的瑪莉．歐萊希利全看在眼裡。她一隻手撐著身體，一臉驚駭。她看到我們的表情便別過頭，又是一陣咳嗽。

布芮蒂，妳能把吸入器給加勒特太太嗎？

迪莉雅．加勒特的嘴巴一碰到吸嘴，就馬上開始吮吸。

我用指尖輕觸開始變得冰冷的小小肢體，默念道：聖母啊，請帶這個熟睡的孩子回家。

接著，我用布蓋住她，請布芮蒂幫我拿一個盆子。

我把包裹好的死嬰放入盆中。現在請給我一塊乾淨的布。

我把布平鋪，蓋住盆子。我發現自己淚水盈眶，趕緊用指節擦乾，才不致潰堤。

狹小的房間裡一片沉默，迪莉雅．加勒特筋疲力竭，閉著眼睛癱在床上。我測量她的脈搏，不幸中的大幸是，血壓已經降下來了。

那個女人睜開眼睛。是女孩嗎？

我鼓起勇氣。加勒特太太，我恐怕得告訴妳……她是個沉睡的孩子。

她似乎沒能理解言外之意。

我只好直截了當地說：是死胎，我很遺憾。

迪莉雅．加勒特像吞了石頭一樣用力咳嗽，然後開始哭泣。

布芮蒂揉捏那女人的肩膀，撫摸她被汗水浸溼的頭髮，對她耳語道：沒事的，沒事的。

這樣做並不符合規定，但看到那種發自內心的溫柔，我沒有出言制止。

我在離死嬰肚子五公分處，給亮藍色臍帶綁了平結，好像這是個活生生的嬰兒一樣，第二個結則打在迪莉雅．加勒特腫脹的陰部外面。臍帶上的凝膠狀物質讓我的手指很難找到著力點。我在寶寶的結上方約一公分處，剪斷了很有彈性的橡膠狀臍帶。

我拿起盆子。

加勒特太太，妳想看看女兒嗎？布芮蒂輕聲問道。

我停下腳步。在過去的訓練中，我學到要盡快帶走死嬰，才能讓母親早點放下。

迪莉雅．加勒特緊閉雙眼搖搖頭，淚如雨下。

我這才拿著蓋住的盆子穿過病房，放在桌子上。

布芮蒂，妳能幫她躺回原本的方向嗎？

在一片沉默中，我想起應該查看其他病人的情況。瑪莉．歐萊希利躺在隔壁床上，跟雕像一樣全身僵硬，一動也不動，但我從她雙手環抱身體的動作就能看出她正在陣痛。

歐萊希利太太，妳還好嗎？

她點點頭，但卻別開視線，好像見證了另一個女人的悲劇讓她感到尷尬。但產科病房不就是這樣，像一個裝滿各式鈕扣的錫罐，拿起一顆就會驚動整罐嗎？

牆邊的伊塔．努南似乎又睡著了。

加勒特太太，我們要等胎盤出來，所以我需要妳平躺。

看布芮蒂的臉，就知道她完全沒聽過這個詞。

我低聲解釋：是臍帶末端的一個大器官，負責維持寶寶的生命。

（但這次沒能做到。）

垂在迪莉雅．加勒特身體下方的臍帶彷彿被沖上岸的墨角藻。我一邊用消毒過的布按著她的傷口，一邊輕拉臍帶。

布芮蒂輕聲細語，並不斷撫摸這個母親，彷彿她是一隻受傷的狗一樣。

過了十五分鐘，滲出的血不斷將布染紅，迪莉雅．加勒特也從未停止哭泣。在這十五分鐘，我一直拍著她的腹部頂端，想促使子宮收縮，排出已經沒用的胎盤和胎膜。在狹小的病房內，所有人都一語不發。但臍帶絲毫沒有變長，子宮沒有升高或變硬，也沒有任何收縮跡象，而迪莉雅．加勒特仍血流不止。

但我們的規定是要給胎盤一小時的時間自然排出，如果病人有服用氯仿，可能會拖得更久，最多可以等到兩小時。

布芮蒂低聲問道：不能用力拉一下臍帶嗎？

我搖搖頭，但我沒說出口的是，這麼做可能會導致臍帶斷掉，或是子宮整個被拉出來。我曾看過後者發生在一名四十七歲的高齡產婦身上，即便斐尼根護士長已經萬分小心，還是沒能阻止悲劇發生。每當我回想起那一刻，都會感到噁心想吐。

迪莉雅．加勒特的捲髮在枕頭上都被壓平了。我把溼黏的手背放在她的喉嚨上，確認她沒有發燒。給它一小時自然排出，我提醒自己。

但我有不好的預感。胎盤可能黏在內壁，如果是這樣，它黏得越久，她的感染機率就越高。

我應該等麥考利夫醫生來，或是再派布芮蒂去找他，叫她沒找到人不要回來，但那個年輕人哪會懂這個女人體內的情況呢？

溫熱的血滿溢出來，流到了床上。噢，天啊，胎盤肯定是脫落了一部分，很多母親都是因此而死去的。

我用力揉子宮，想促進胎盤排出，並像擠檸檬一樣擠壓她。來吧，加勒特太太，再推一下——

臍帶連接的組織滑了出來，是一個褐紅色的肉塊。出來了！

但我一看到最不願見到的景象，如釋重負的感覺就瞬間消失了：胎盤少了一半，而鮮血不斷湧出，浸溼了被褥。

我想起規定：除非所有控制產後出血的方法皆宣告失敗，且沒有任何醫生在場，否則助產士絕不能冒險進行人工移除胎盤。但已經沒時間了，如果我再躊躇不決，迪莉雅・加勒特就會失血過多而死。

我在水槽拚命刷洗雙手，皮膚甚至被指甲刷刮出數道血痕，接觸到消毒劑時刺痛不已。我感覺骷髏人就站在門外，他趁我們不注意時，已經奪走了一條小生命，現在仍在附近徘徊，一邊手舞足蹈，全身骨頭嘎嘎作響，一手像轉籃球一樣轉動不斷冷笑的骷髏頭。

我用肥皂清洗雙手，並戴上一雙橡膠手套。

我用手肘撐開迪莉雅．加勒特的雙腿，把稀釋過的消毒水倒在傷口上。她痛得嗚咽。

我說，我會盡快處理完。布芮蒂，撐開她的膝蓋，我來取出剩下的胎盤。

直至目前為止，我只用過一顆橘子練習人工移除胎盤。在我受訓的第三年，斐尼根護士長曾口頭指導我剝除一顆皮肉分離的西班牙大橘子的果肉。

我將左手放在她變得柔軟的腹部上，隔著腹壁抓住子宮，往下推到伸手可及之處，並盡量固定位置，同時右手五指指尖相觸，手呈圓錐狀，便往裡推。

迪莉雅．加勒特痛得哀嚎。

我進入血色瀑布後方的熾熱山洞，深入到手臂時，找到了子宮頸。我盡量慢慢通過，她則不斷掙扎，一邊嚎啕大哭。

布芮蒂按住她的肩膀，對她柔聲低語：妳很勇敢！

我進去後，馬上收起五指，以免指甲刮到子宮壁。我是個心驚膽顫的竊賊，在黯淡無光的房間內四處摸索。

迪莉雅．加勒特試圖用大腿夾住我的手臂，但布芮蒂把它們拉開並告訴她，讓茱莉亞護士幫妳，再一下下就好了。

她怎能輕易做出那種承諾？我現在毫無頭緒，根本不知道現在透過橡膠手套摸到的是什麼。

有了，在那狹小的空間，我的掌根抵到了一個突起物，不會錯的。

快停下來，迪莉雅．加勒特哭道。

馬上就好。

我把小指伸到胎盤後面，刮斷還連在一起的組織。我伸了兩指、三指進去，隔著手套笨拙地剝下那可怕的果肉。下來吧，我在心裡求那東西。放開她吧。

求求妳，護士！

但我不能心軟，還不行。

布芮蒂壓住迪莉雅．加勒特，像母親一樣安撫她。

直到剝下全部之前，我都沒有停手。這就是全部了嗎？我把那團亂七八糟的膜和組織揉成球握在手裡，簡直就是一坨糾纏在一起的溼滑肉塊。我要出來了！我故作開朗地宣布。

我帶著手裡的寶藏退出子宮頸。有點卡住了——

出來了，那團血淋淋的組織落到了床上。

迪莉雅．加勒特繼續哭泣。

布芮蒂，可以給我另一個盆子嗎？

我仔細觀察盆裡的胎盤，感覺應該是全部了，但保險起見，我必須再檢查一次有沒有殘留物或血塊。我再快速檢查一次，加勒特太太——

她用力闔起雙腿，我甚至聽到了膝蓋骨撞擊的聲音。

必須這麼做，才能確保妳不會感染，我用嚴厲的語氣說。

我換了乾淨的手套，撕開一包消毒紗布球，對布芮蒂點點頭，她就抓住迪莉雅·加勒特的膝蓋。我再次把手伸進去，動作盡可能溫柔。

她哭得更厲害了，但沒有抵抗。

我用紗布球把整個子宮壁擦過一遍，一邊感覺有無任何殘留的膜，會成為細菌滋生的溫床。好了，好了，都結束了。

我步履蹣跚走到水槽，脫下手套。我準備了灌洗陰道的消毒水，以殺死所有跟著我的手一起進去的細菌，並用酒精燈加熱，因為熱水更能抑制出血。我不斷回頭看，深怕即使剛才那麼拚命，她還是會被死神帶走。

布芮蒂蹲在病床上，握著那個女人的手，一邊輕聲細語安撫她。

我取下消毒過的沖洗球。這個橡膠球體和軟趴趴的管子總讓我想到只剩下兩隻腳的紅色蜘蛛。我把消毒液滴在手腕內側試溫度後，便裝滿一大罐。我戴上新手套。

出血量似乎變少了。好了，加勒特太太，我們把子宮清洗乾淨。

我把沖洗球的一條管子放入那罐消毒液，並將玻璃管嘴插入她的子宮頸。我不斷擠壓沖洗球，將液體灌入，並用另一隻手按摩她皺巴巴的腹部。血水從她體內溢出，流得滿床都是，浸溼了我和布芮蒂的圍裙。

終於，我的手掌感覺到子宮開始收縮，血漸漸止住了。我不需要給她服用能縮宮止血的麥角，或是拿一整罐紗布塞住傷口。結束了，母親也活下來了。

誰是這裡的負責人？

我猛然轉身，不禁感到心虛。

這位陌生人穿著一身黑色裝束，肯定就是臭名昭著的林恩醫生吧。她像男人一樣穿襯衫打領帶，但下半身穿的是樸素的黑裙，也沒有戴圍裙。年紀大概四十幾歲吧？盤成辮子的長髮已經開始變得灰白；她就是我稍早從窗戶瞥見，那位穿著毛皮大衣的女士。

她看到我和布芮蒂身上沾滿血，站在迪莉雅．加勒特一團亂的病床旁邊，以及空空如也的嬰兒床。她轉頭，看到了用布蓋住的盆子。

II

褐

我報告完狀況時，迪莉雅．加勒特仍在小聲哭泣，我這才發現天已經開始黑了；在一團忙亂中，秋天的太陽已西斜。我走到開關旁，打開了刺眼的頂燈。

謝謝妳，護士。

林恩醫生沒有半句責難。

我袖套上的血已經開始乾了，讓醫生看到我這髒兮兮的模樣，讓我感到尷尬。我趕緊解開袖扣並將其丟入洗衣桶，清洗前臂後再戴上新袖套。

布芮蒂站在角落，似乎還沒從過去一小時的混亂當中回過神來。

林恩醫生把鼻樑上的眼鏡往上推，快速瀏覽迪莉雅．加勒特的病歷，並在最下方寫了一些字。

我知道自己應該要清理環境，但又不想走到醫生和病人中間。迪莉雅．加勒特病床旁的空嬰兒床彷彿無聲的責難，至少我能把它移開。我把嬰兒床推到護士長的桌子旁（今天是「我的」桌子，一切都是我的責任），一只輪子嘎嘎作響。

加勒特太太，我很遺憾，林恩醫生說。

她只嗚咽了一聲。

（是我做得不夠好嗎？真想逃離這間令人窒息的病房。）

從妳女兒的狀況看來，我認為她的心跳在幾小時前就停止了，這很可能是流感造成的，林恩醫生說。

醫生的意思是死胎不是我的錯，但一想到今天早上，當迪莉雅．加勒特在發牢騷、翻雜誌和偷吃香腸時，她體內的小小乘客已悄悄下車，我仍不禁感到消沉。

但另一個醫生──普倫德加斯特──說我只是輕症，迪莉雅．加勒特說。

林恩醫生嚴肅地點點頭。我們發現即便是輕症，也可能會危及子宮內胎兒的生命，或是導致早產。

迪莉雅．加勒特又開始抽泣。

林恩醫生輕聲說：加勒特太太，就算我當時在場，也無法挽救妳女兒的生命，但遲來了我還是很抱歉。現在稍微睡一會吧，接下來交給我們。

正在哭泣的母親沒有回答。

林恩醫生轉向我，但她還沒開口，我已經去拿氯仿了。

在醫生消毒手指的同時，我把厚實的面罩套到迪莉雅．加勒特的臉上，繫在她亂蓬蓬的頭後面，並滴了麻醉劑。她幾秒鐘內就昏過去了。

醫生低聲說，護士，我也要跟妳說聲抱歉──我人在自己開的免費流感診所，因此遲了好幾小時才收到辦公室發到家裡的電報。

難道這位穿毛皮大衣的醫生是什麼有錢的女慈善家嗎？她看起來嚴肅又能幹，而且如果她有自己開業，還額外經營慈善診所，她今天來醫院肯定是為了履行公民職責，而不是為了賺替班醫生微薄的工資。

但我差點忘了，她也是反抗軍的一員，雖然表面上完全看不出來，但她曾因參加暴力起義而被驅逐出境。我實在摸不透這位林恩醫生。

我清洗雙手，從架上拿了手術器械托盤，將一根長長的彎針插入持針器，並穿了一條貓腸線。

林恩醫生打開了迪莉雅．加勒特的雙膝，正小心翼翼地觸摸傷口。天啊，被那顆大頭整個撐破了，最終也是徒勞。

我忍不住懷疑她是否有足夠的經驗，能夠完成接下來的任務。請問妳是全科醫師嗎？

她那雙銳利的眼睛和我對到眼，薄唇似乎露出了一抹微笑。巴瓦護士，妳是想問我夠不夠格縫合外陰撕裂傷嗎？

我嚥了嚥口水。

產科恰好是我特別有興趣的領域之一，眼科和精神科也是。

我眨眨眼，心想這興趣也太廣了吧。

請放心，我有助產士資格，也在多間婦產科診所工作過。

站在牆邊的布芮蒂看到我一臉尷尬，似乎覺得很有趣。

我在失去意識的女人兩腿間倒了消毒液，並用亞麻消毒棉擦拭。

沒有棉片嗎？

因為物資短缺，我解釋道。

林恩醫生點點頭。撕裂傷一直延伸到肛門，這對經產婦來說是很罕見的狀況，只能說她的運氣不好。

我有試著保護會陰部，我告訴她。

噢，我沒有批評的意思，她頭也沒抬，嘟囔道。我從來不喜歡直接告訴病人她死裡逃生，但老實說，如果妳沒有阻止大出血，她就沒救了。

現在布芮蒂對我笑得合不攏嘴。

我感覺臉頰發燙。我並不是想博取讚美啊。

林恩醫生接過持針器。沒有絲線嗎？比較牢固。

恐怕已經好幾週沒貨了。

她縫了第一針。護士，妳從幾點開始值班的？

啊……從今天早上七點開始。

都沒有休息？

我沒事的。

林恩醫生的縫合技術無可挑剔，但迪莉雅．加勒特的撕裂傷之大，我不確定她能不能完全康復。

布芮蒂，妳能再跑一趟供應室，從冰箱拿一塊冰敷墊嗎？我問道。

她馬上衝了出去。

林恩醫生剪斷最後一條線。好了，至少貓腸線會溶解，加勒特太太就不用回來拆線，再想起這一天。

我又滴了更多消毒水，並蓋住她腰部以下的位置。

洗完手後，林恩醫生轉動把手，把窗戶整個打開。別讓室內變悶，一定要保持通風！

好的，醫生。

我匆忙寫下一張紙條，請辦公室馬上打電話給加勒特先生，並將紙條放入圍裙口袋。

林恩醫生握住瑪莉．歐萊希利的手，好像她們是在派對初次見面一樣。那麼這位是誰呢？

歐萊希利太太，十七歲，初產婦。已經陣痛了一兩天，但仍間隔二十分鐘。

聽起來真不好受。

聽到這句同情的話語，瑪莉．歐萊希利左眼流出了一滴淚，便開始咳嗽。

我從牆上取下她的病歷，鬆脫的釘子便跟著被甩到地上。抱歉！

我將病歷遞給醫生，趕緊撿起釘子，這讓我想到懷錶的事，還有我必須為迪莉雅．加勒特的死胎做一個標記。

在醫生問診的同時，我轉身背對她們，從圍裙悄悄掏出沉重的懷錶，找到一個空位，並在銀色盤面刮了一條線。這次不是月亮，只是小小的刮痕。

布芮蒂站在一旁，觀察我的一舉一動。我將懷錶放回圍裙口袋，並把釘子裝回牆上。

她遞出一個不明塊狀物，不是我要的冰敷墊。這是裝在平紋細布套裡的溼苔癬，一個護士說用這個就行了，她告訴我。

代表他們只剩這個了。我嘆了口氣，接過那東西。說不定迪莉雅．加勒特處於淺層睡眠，聽得到我說話，我便告訴她，加勒特太太，我們要替妳綁腹帶了。

我將香腸形狀的冰敷袋放在她的雙腿之間，用安全別針固定在三十公分寬的腰帶下環，並繫緊了三條綁帶。

那是做什麼的？布芮蒂問道。

用來支撐她撐開的肚皮。對了，妳能把這張紙條送到三樓的辦公室嗎？

布芮蒂迫不及待想幫忙，幾乎是從我手中搶過紙條。

迪莉雅．加勒特在睡夢中呻吟了一下。

我必須在她醒來前把死嬰帶走。我走到狹小的工作台，從一疊空鞋盒裡面取下一個。我鋪開蠟紙，掀開蓋住盆子的布，抱起被毯子包裹的小小軀體，放在蠟紙上，並盡可能包裝得好看一點。蓋上蓋子時，我發現自己的手有些顫抖。我用牛皮紙把鞋盒包裝起來，再用繩子捆好，就像一份意想不到的禮物一樣。

沒必要寫出生或死亡證明，因為從法律上來講，這裡什麼也沒發生。我在鞋盒上寫了「加勒特，十月三十一日」。

希望迪莉雅．加勒特的丈夫明天能來領鞋盒，雖然在這種狀況下，有些父親寧願不這麼做，所以護理長會等我們累積幾個鞋盒後再一起送到墓園。

林恩醫生正在對瑪莉．歐萊希利的肚子進行觸診，並用聽診器聽胎心音。現階段我會建議耐心等候，歐萊希利太太。我會讓巴瓦護士給妳服用安眠藥，讓妳度過這段時間並保存體力。

她來到辦公桌旁告訴我，給她三氯乙醛，也能促進子宮頸擴張，但不要給她氯仿，以免影響到早期宮縮。

我點點頭，並把指示寫下來。

醫生低聲補充道，拖這麼久讓我有點擔心，母親還沒長大成人，又營養不良。如果這個世界歸我管，我會規定二十歲以下都不准生小孩。

我喜歡林恩醫生的大膽發言。

瑪莉．歐萊希利乖乖吃了藥。

布芮蒂很快就回來了。

我把鞋盒放到她手中。妳能把這個拿到地下室的太平間嗎？

太平什麼？

我低聲解釋道：放屍體的地方。

布芮蒂低頭看鞋盒，這才意識到自己手中拿的是什麼。

好嗎？我問道。

或許我對這個缺乏經驗的年輕人要求太多了。二十二歲左右。她這樣含糊其辭是有什麼特殊考量嗎？還是這年頭真的有人不知道自己的年紀？

好的，布芮蒂回答。

她把亂糟糟的紅髮往後撥，就跑出去了。

真是朝氣十足的幫手，林恩醫生說。

是吧？

是實習護士嗎？

不是，只是一日志工。

瑪莉．歐萊希利似乎快睡著了，但伊塔．努南逐漸甦醒，呼吸聲也有明顯改變。林恩醫生握住她的手腕，我趕緊拿體溫計過去。

努南太太，妳感覺如何？

她的咳嗽聲有如槍林彈雨般猛烈，但她仍微笑說，閃亮又美麗！別管蠟了。

已經發燒六天了，林恩醫生咕噥道。她入院時腳就這樣了嗎？

我點點頭。她說自從上次生產，腳就腫成這樣，而且還冷冰冰、硬梆梆的。

伊塔．努南的體溫降了零點五度，但林恩醫生說她的脈搏和呼吸頻率都升高了。她將聽診器貼到下凹的胸口上。嗯，一般情況下，我會讓她去照X光，但樓上的病人已經排了半條走廊。

我試圖回想起所謂的「一般情況」是何時——夏末嗎？

醫生補充道，反正X光只會告訴我們她的肺部阻塞情況有多嚴重，但我們還是幫不了她。

伊塔．努南親切地對她喘息道：妳會留下來參加派對嗎？

當然會，謝謝妳，努南太太。

林恩醫生對我低聲說，我看她的左手臂會不自主顫抖，這可能也是流感症狀。她會暈眩嗎？

會，稍早帶她去廁所時，她似乎有些暈眩。

林恩醫生在病歷上做紀錄。沒辦法直接從神智不清的病人口中問出確切答案，真讓人乾著急，對吧？在疾病的語言中，每個症狀都是有名字的，但有時我們卻聽不出來。

就算聽出來了，也不是每次都能拼湊出完整的句子。

她點點頭。所以我們只能一個字、一個字讓它們安靜下來。

我問道，要再給努南太太更多熱威士忌嗎？普倫德加斯特醫生說——

她的語氣透露出一絲疲憊：嗯，總的說來，對流感病人來說，酒精似乎是最安全的。

有個我不認識的初級護士站在門邊。林恩醫生？婦女外科病房需要妳。

醫生推了推眼鏡說，我馬上過去。她臨走前告訴我，我會請一位牧師上來和加勒特太太談談。

那她可以喝威士忌緩解產後痛和咳嗽症狀嗎？

可以，按妳的判斷給病人服藥吧。

我大吃一驚。妳的意思是，就算沒有特別指示，我也能開藥嗎？

那樣可是違反規定，如果我誤會她的意思，可能會因為越權而丟了工作。

林恩醫生點點頭，似乎有些不耐煩。他們今天要我跑不下五間病房，而巴瓦護士妳似乎也十分能幹，所以我准許妳讓病人服用酒精，或是氯仿或嗎啡緩解劇痛。

我的內心充滿感激，因為這樣就不會綁手綁腳了。

跑進門的布芮蒂差點撞上醫生。她稍微有些喘，長滿雀斑的臉頰上覆了一層汗水。難道她是三步併作兩步跑上樓梯的嗎？

喘口氣吧，親愛的，林恩醫生說。

我沒事，布芮蒂說。妳還需要什麼呢，巴瓦護士？

我請她把迪莉雅．加勒特生產過程中造成的一包廢棄物丟下焚化槽，再派她把染血的床單丟進洗衣槽。

我環顧狹小的病房，視線落在裝著碎裂體溫計的鍋子上。我把冷卻的水倒入水槽，讓閃閃發光的玻璃碎片和水銀留在水槽底部，再用報紙做成容器，全部倒進去。

布芮蒂回來看到這一幕。我真是笨蛋，竟然把它弄破了。

不是妳的錯，我應該警告妳滾水會讓水銀膨脹太多，導致玻璃碎裂。

她搖搖頭說，是我太沒常識。

沒學好是學生的錯，但如果沒教好，或是根本沒教，就是老師的錯，我說。

她咧嘴一笑。所以我現在是學生囉？好酷喔。

我把報紙包起來，喃喃道，我現在恐怕也不是什麼好老師。

沒有啦，現在一切都亂套了。

布芮蒂低聲說，好像擔心這樣說不妥，會冒犯到我一樣。

聽到她和提姆講一模一樣的話，我不禁暗自微笑。

在睡夢中的迪莉雅・加勒特翻了個身。

布芮蒂對她點點頭。如果妳沒把那坨血塊挖出來，她就會失血過多而死，醫生是這個意思吧？

我做了個鬼臉。誰知道呢？

她的藍眼睛閃閃發亮。實在是太厲害了！

那女孩的崇拜重重壓在我身上。如果我今天下午失手了，可能就會撕裂迪莉雅・加勒特的身體，讓她再也生不出孩子，甚至丟了性命。每個護士多多少少都犯過幾次重大失誤。

布芮蒂繼續說，好像在自言自語一樣：我想她這樣也比較好吧。

她是指他們家境富裕嗎？但我不認為錢能彌補加勒特一家的喪女之痛。比較好是什麼意思？我低聲問道。

沒有它比較好。

我愣了一秒才明白她的意思。我低聲問：沒有……寶寶嗎？

布芮蒂吐出了一口氣。不然到頭來只是更痛苦，不是嗎？

我震驚得說不出話來。這個年輕人怎麼會對人類的傳宗接代形成如此扭曲的價值觀？加勒特太太不是自己說不想要生第三胎嗎？

但不代表不會心碎，我結束話題。

我看向那包水銀和碎玻璃，硬是把注意力拉回現在該做的事。不知道拿去焚化會不會產生危險的有毒氣體？

我請布芮蒂把那包垃圾丟到醫院外面最近的垃圾桶。順便吃個午餐吧，不過現在可能算晚餐了。

我在忙的時候很少會感到飢餓，好像生理需求會全部暫緩一樣。我想起自己之前叫有胎記的女傭離開。布芮蒂，午餐餐盤還在外面嗎？

她搖搖頭說，應該是有人收走了。

廚房人力短缺，我不能要求他們特別送餐來。那這樣好了，妳能去食堂幫大家拿點食物上來嗎？

她放下那包碎玻璃，開始整理變得亂糟糟的頭髮。她迅速拿出我送她的梳子，盡力把頭髮梳整齊。

去吧，這樣就可以了。

她衝了出去。

布芮蒂．史維尼真是個奇怪的人，但做病房工作倒是一次就上手。

病房裡一片沉默。

我的圍裙沾滿了血，所以我換了件新的，並把它撫平，聽到自己平坦的肚子咕嚕咕嚕叫。值班還沒結束，我也就繼續撐下去。

迪莉雅．加勒特眨眨眼，逐漸甦醒了。她一側身——

我趕緊從架上拿了盆子和布跑過去，幾乎接住了她所有吐出來的東西。

等她乾嘔完，我把她的嘴巴擦乾淨。吸入氯仿之後常常會這樣，加勒特太太，妳只是在清出體內的毒素而已。

她想起剛才發生的一切，彷彿被狠狠揍了一拳，開始四處張望。她在哪……妳對她做了什麼？

她希望自己當初有看女兒一眼嗎？或許我應該堅持讓她看的。但萬一她看到那對發黑的嘴唇，反而更難過怎麼辦？

她去了天使之地，我告訴她。

她的聲音沙啞：什麼？

那是墓園裡一個特別的區塊。

（要怎麼描述亂葬崗呢？）

我隨口胡謅：那裡長了花花草草，很漂亮。

迪莉雅・加勒特胖嘟嘟的雙頰上有數道明顯的淚痕。我該怎麼跟比爾說？

有人會打給妳的丈夫說明情況。

（其實也沒什麼好說明的吧？）

我用布把地上的嘔吐物擦乾淨。我扶妳坐起來。來吧，加勒特太太，這樣對妳比較好。

我不想直接說明坐起來是為了讓子宮排出分泌物。她的身體疲軟無力，我幾乎是把她拖了起來。

她的心律和脈搏都回到正常，生產後血壓也降低了。我檢查她的護墊，發現出血量已經很少了。迪莉雅・加勒特除了咳嗽和陰部被寶寶的頭撐破之外，身體沒有什麼大礙。但是小孩沒了，她將空手而回。

我怕威士忌對她的胃負擔太大，便泡了比平常更濃的茶，並加了三塊方糖幫助她平復情緒，還在茶碟上放了兩塊餅乾。

迪莉雅・加勒特小口喝著茶，眼淚都流到嘴角了。

我鼓勵她吃點東西。

她心不在焉，伸手去抓餅乾。

整間病房相當寧靜，彷彿一場安靜下來的茶會，話題都聊完了，於是所有人都默不作聲。

伊塔・努南在左手邊的病床上踢了踢腳，嚇了我一跳。她兩眼無神，坐起來咂嘴，又皺起鼻子，好像聞到了臭味一樣。除了幻視和幻聽，譫妄的確也可能導致幻嗅。

妳會口渴嗎，努南太太？

我把之前加蓋的杯子遞給她，但她似乎不知道那是什麼，我拿到她的嘴巴前面時，她又別過頭去。她滿臉通紅，所以我試著在她的脖子後面敷溼布降溫，她卻把布丟到地上，整個人窩到被子裡。我伸手想握住她的手腕量脈搏，但她卻抽回手，藏在身體下面。

我身後傳來聲響，原來是布芮蒂拿著盛滿食物的餐盤，倒退走進病房。

我趕緊在桌面清出一個空間。

有兩碗混濁的燉湯，裡面蒼白的塊狀物有如傾覆的船隻；有一坨搗爛的白菜和聞起來像蕪菁的泥狀物；還有塗了人造奶油的戰爭麵包、兩塊疑似是兔肉做成的餡餅，以及一碗梅乾。

看，還有雞肉切片呢，布芮蒂說。

在我看來倒像某種罐頭膠狀物。

還有炸魚耶！
接著，布芮蒂的臉一沉。但有廚師說流感可能就是從這裡開始蔓延的。
妳說……魚嗎？
她點點頭。吃了士兵屍體的魚。
那都是胡說八道，布芮蒂。
妳確定嗎？
我百分之百確定，我告訴她。
那個年輕人輕聲笑了出來。
怎麼？
妳不可能百分之百確定，因為沒人知道疾病真正的來源，對吧？
我有些惱怒，便說，那就百分之九十五吧。
盤子下壓了一張墨跡都還沒乾的餐墊紙。

保持清潔、溫暖和營養充足，
但要避免
使用過多燃料和食物。
早早就寢，窗戶打開，

但小心不要著涼。
通風和衛生
將是國家的救贖。

看到這種自相矛盾的建議，我不禁嘛嘴。無論是為了健康多用點煤氣，或是為了節約錢少用點好像都不對。每當我因為某樣生活必需品匱乏而心生不滿時，又會同時感到羞愧，因為我已經算幸運的了。內疚宛如我們每天在呼吸的煤煙，躲也躲不掉。

但看看布芮蒂站著吃兔肉餡餅，如此心滿意足的模樣，好像她在五星級餐廳享用美食一樣。

我強迫自己拿起一碗燉湯，一匙一匙慢慢吃。糧食部宣稱戰爭開始後，營養攝取反而有所提升，因為我們減少糖分攝取，反而蔬菜吃更多了，但他們當然會這樣說。

我告訴布芮蒂，在疫情之前，我們護士可以在專用飯廳休息一小時。

整整一小時嗎？她驚嘆不已。

我們會朗讀報紙、編織、唱歌，甚至用留聲機放音樂跳舞。

像開派對一樣！

嗯，也沒那麼誇張啦，就算是休息時也不能喝酒或吸菸，我說。

但聽起來還是很歡樂。

妳想要的話可以叫我茱莉亞，我低聲說。

我沒想到自己會這麼說。

但在病人面前不要，我補充道。

布芮蒂點頭，輕聲重複道：茱莉亞。

抱歉，我有時脾氣比較暴躁。

沒有啦。

我低聲承認道，自疫情以來，我的脾氣就變得不太好，總有種半死不活的感覺。不可能半死不活，只要還沒入土，妳就是「百分之百」活著。

我對她露齒一笑。

布芮蒂往後瞥了一眼，確認瑪莉．歐萊希利睡著了，而伊塔．努南和迪莉雅．加勒特也沒有在聽我們的對話，才低聲說：我在食堂聽到有個精神錯亂的流感病人一發狂就殺了自己的妻子和小孩。

聽起來有點誇大不實（希望如此），但的確有病人因此自殺了，我告訴她。

她在胸前畫了十字。

曾經有個男人去幫自己和家人買藥，我說。他穿越公園，經過一座池塘……後來員警發現他面朝下，浮在水面上。

布芮蒂倒抽了一口氣。他溺死了嗎？

他可能頭腦不清醒吧。或許他當時正在發燒，認為下水感覺很涼快？或是不小心跌落水中吧？

她看了伊塔．努南一眼。那我們得多加注意燒得厲害的那位。

噢，我不會在神智不清的病人手邊放任何尖銳物品或繃帶。

布芮蒂平坦的額頭皺了起來。繃帶哪裡危險了？

我模擬用繃帶纏住脖子的動作。

噢。

我沒有告訴布芮蒂，曾經有個女孩在廁所差點把自己勒死，幸好斐尼根護士長及時趕到。她沒有發燒，卻陷入絕望，因為才十二歲就已經懷孕七個月了。從她說漏嘴的暗示，我們懷疑是她父親。

布芮蒂站在左邊病床旁，俯視著伊塔．努南。變藍色了，她說。

什麼？

她的指甲，這就是妳之前說的——紅、褐、藍、黑嗎？

我馬上趕過去。伊塔．努南的甲床顏色的確變深了，可能代表蒼藍症惡化，但她仍滿臉通紅且大汗淋漓。我更擔心的是她的喘氣聲，像困在風笛裡的空氣，把皮袋整個撐開來一樣。我看著懷錶數她的喘息聲——每分鐘三十六下，心臟和肺部全速運轉，宛如拚了命划向岸邊的划船手。見她瑟瑟發抖，我用她的披巾和另一條毯子緊緊裹住她。她的脈搏升到一分鐘一百零四下，但血壓似乎降了許多。

妳會頭暈嗎，努南太太？

她咕噥了些什麼，但我沒聽清楚。

若是低血壓的話，我應該將她的腳抬高放在方形床靠枕上，但這對她阻塞的肺部來說卻是最糟糕的姿勢。我的思緒在驚慌失措、無能為力的循環中不斷打轉，最後我什麼也沒做，只是靜靜觀察、耐心等待。

有人敲了門，是札維耶神父。

神父那張布滿皺紋的慈祥臉龐讓人完全無法猜測他的年齡，從五十歲到一百歲都有可能。巴瓦護士，這裡有一位加勒特太太嗎？他用蒼老的聲音問道。

林恩醫生派錯人了。我指向她的病床說，但她是新教徒，神父，隸屬愛爾蘭教會。

迪莉雅．加勒特一臉慘白，身體又滑了下去，半躺在枕頭上。她的茶在旁邊的小櫃子上漸漸涼了，茶碟裡還剩一塊餅乾。

神父點點頭。牧師大人病倒了，所以無論是哪個教派，今天都只有我。俗話說在黑暗中，所有的貓都是灰色的。

我向布芮蒂解釋，札維耶神父以前是這裡的天主教神父，退休後換多米尼克神父。只是多米尼克神父上週也得流感了，所以我又被召喚回來，他說。

我在迪莉雅．加勒特的床邊替他放了一張凳子。抱歉空間這麼狹窄，神父。

沒關係，坐太久反而身體會很僵硬。

他靠著牆。

加勒特太太，我愛爾蘭教會的同事生病了，所以我代他來，這樣可以嗎？

她甚至沒有睜開閉上的眼睛，不知道是睡著了，還是故意不理他？

他傾身靠近她。我很遺憾。

沒有回應。

札維耶神父嘆了口氣。我相信無論信仰為何，所有教徒都同意，那些在子宮中去世的孩子雖沒機會受洗，但主仍會以無限的憐憫給予他們救贖。

迪莉雅．加勒特抽噎著，又是一陣咳嗽。我知道這個人是一片好心，但還是希望他不要再煩她了。

耶穌不是說讓小孩子到祂那裡去嗎？所以妳必須將妳的孩子交給祂，以及守護天使。

她肯定聽到了，因為她猛然別過頭。

老人吃力地直起身子說，我就不打擾妳休息了。

他來到辦公桌旁，問道，妳有新的初級護士了嗎，巴瓦護士？

我只是幫手啦，布芮蒂搶先回答。跟您一樣是來代班的。

神父轉回來看我，向她偏了偏頭。看來她反應很快呢。

我說：這我再清楚不過了，神父。

他打了個噴嚏，擦了擦通紅的大鼻子。不好意思，女士們。

您感冒了嗎？我問道。

就是這個流感啊，但不嚴重啦。

請讓我看一下，神父——

我把手背貼到他的額頭上，發現有些發燙。那您不是應該在床上休息比較保險嗎？

啊，我寧願多走點路，緩解一下，札維耶神父說。來發燒病房至少還有點用處。

但這次疫情，以您的⋯⋯

他揚起濃密的眉毛。年輕人啊，以我的年紀，就算今晚就死了又何妨呢？

布芮蒂噗哧一聲笑了出來。

札維耶神父對她眨眨眼。我不會有事的，聽說年輕人的症狀通常比較嚴重。

通常啦，我強調。

祂的行事高深莫測，神父簡短作結。

迪莉雅．加勒特張開了眼睛，看著老人走出門外，彷彿整個人都被掏空了。

我不忍心看到她這副模樣。要喝熱威士忌嗎，加勒特太太？

我一遞給她杯子，她就一飲而盡，然後躺回枕頭上，並閉上眼睛。

又是一片沉默。我剛剛像雜耍藝人一樣，一刻也不得閒，現在終於有機會喘口氣了。

我盯著癱在床上的伊塔．努南。究竟要頭墊高以利呼吸順暢，還是腳抬高增加血壓？

還是讓她躺平——那樣究竟是最好的折衷方案，還是對任何問題都沒有幫助呢？每個症狀都有名字，但我卻聽不懂，因此被遠遠拋在後頭。

布芮蒂自動自發在拖地，這個年輕人真有耐力。我向她道謝。

不客氣，茱莉亞。

她說我的名字時有些害羞，好像在試穿衣服大小一樣。

窗外一片漆黑，所有光線都已悄然離去。

我討厭夜晚，布芮蒂說。

是喔？

當夜晚降臨，你就必須上床睡覺，但無論如何都睡不著，只能咒罵自己，因為再不睡，早上敲鐘時肯定爬不起來。

這樣的人生聽起來真慘淡，不知道史維尼一家是不是生活拮据。難道布芮蒂的家長對她很苛刻嗎？

砰！

我看向左邊的病床，卻沒看到人，被子像海浪一樣亂成一團。我一時反應不過來，不知道伊塔．努南跑哪去了。

我趕緊繞過瑪莉．歐萊希利的床，小腿還不小心撞到鐵床欄。

伊塔．努南靠著牆角，像一條離開水的魚一樣瘋狂掙扎，還翻了白眼。她的雙腿被棉被纏住，雙手胡亂揮舞，甚至用頭猛撞小櫃子的一角。

天啊！布芮蒂喊道。

我不知道伊塔．努南有沒有在呼吸。她身上傳來糞便的臭味。我跪在她旁邊，並在她的頭後面塞了一顆枕頭。一隻手猛擊我的胸口。

要在她嘴裡塞一支湯匙嗎？布芮蒂問道。

不行，她的牙齒會碎掉。給我枕頭！

她的腳亂踢，頭猛撞櫃子，砰砰作響。

我無助地跪在地上，試圖不讓正在抽搐的伊塔．努南撞斷任何骨頭。她口吐白沫，其中卻染了血。我必須讓她側躺，她才不會窒息，但她整個人卡在牆角，根本不可能做到。她的雙腳還在床上，纏在棉被中。

我在腦中不斷默念小時候的禱文：天主聖母瑪利亞，求你現在和我們臨終時，為我們罪人——[1]

布芮蒂給了我三顆枕頭。

但伊塔．努南一動也不動了，沒有掙扎，胸口也沒有起伏。

我用圍裙把她的嘴巴擦乾淨後彎下腰，臉頰貼著她的雙唇。

---

1 取自《聖母經》（Hail Mary），是羅馬天主教請耶穌的母親聖母瑪利亞代為祈求天主的傳統祈禱文。

妳在做什麼？

噓！

我靜靜等待，但臉頰感受不到任何氣息，什麼也沒有。幫我把她翻身，臉朝下。在地上嗎？但布芮蒂在開口詢問的同時，也動手把棉被扯開，讓伊塔·努南蒼白腫脹的腳和細瘦的腳雙雙落到地上。

我們讓她俯臥，一邊臉頰貼著地板。我應該坐在她的頭旁邊，但空間不夠。我盡可能用力壓她的背，試圖讓空氣進入肺部。我按照訓練所學，騎在她的背上，讓她雙手交疊在臉下方，並把手肘往後拉來擴胸。我推她的肋骨後側，拉她的手肘，推、拉、推、拉，彷彿在揉一個巨大的麵團，一個永遠做不成麵包的乾麵團。

我終於停下來時，房間裡一片寂靜。我看了看懷錶：五點三十一分。

她……

我無法回答布芮蒂。今天發生了太多事，我受不了了，只能閉上眼睛。

有人握住我的手，我試圖掙脫。

但布芮蒂不肯放開，反而抓得更緊。

所以我也緊握她的手，用力到可能都把她弄疼了。

然後我抽回手，把臉擦乾。只是汗水罷了，我絕對不能哭。

我在腦中忙著進行計算。斐尼根護士長之前測量恥骨上方宮底高度，推斷伊塔·努南懷孕二十九週。在這種情況下，我現在只能請醫生開死亡證明。理論上，胎兒從二十八週起就可能存活，但實際上，在懷孕未滿三十週出生的嬰兒存活率很低，所以如果他們沒有生命跡象，醫院的做法是不要急救。

但由於子宮會在快分娩時下降，九個月可能看起來像八個月，甚至七個月。所以即便這個可能性微乎其微且令人不敢設想，但斐尼根護士長也可能估計錯誤，加上伊塔・努南懷了第十二胎，子宮又垂得特別低，其實已經足月了。

布芮蒂，馬上找醫生來。

要不我先幫妳把她抱到床上吧？

快去！我大吼。

我在算計何等糟糕的事情，我絕對說不出口。

我馬上去，她說。找林恩醫生嗎？

我揮揮手。只要是外科醫生都行。

對於死後剖腹產來說，不一定要產科醫生來執行，因為沒有母親要救，只需要切開屍體，救出還活著的嬰兒就好。黃金時間是二十分鐘，但越快越好，才能降低傷及腦部的機率。

布芮蒂的腳步聲在走廊上遠去。

我發現自己非常虛弱。

迪莉雅．加勒特直直坐起來，用指責的眼神瞪著我，好像這間病房是地獄的前廳，而我是閻王的侍從一樣。努南太太……她死了嗎？

我點點頭。我很抱歉妳——

那妳幹嘛大叫，護士——妳到底在急什麼？

我無法告訴她，有時外科醫生會在死去女人的屍體變得冰冷僵硬前，取出她體內的果實。

我雙手架住伊塔．努南的腋下，把她拖上床，我的背一陣劇痛。我把她攤平，闔上她瞪大的雙眼，讓她十指相扣。一隻手滑下床，我又把它塞回棉被裡。由於沒有神父在場，我便喃喃道，求祢賜給她永遠的安息，並以永恆的光輝照耀她。[2]

我忍住想看錶的衝動；時間一分一秒流逝，我也無能為力。或許布芮蒂要花超過二十分鐘才找到醫生，那麼我們也不必做這個可怕的決定了。

我捲起圍裙，丟到洗衣桶中，又圍上一條，為接下來的事做好準備。除了一步一步走下去，我還能怎麼辦呢？

林恩醫生大步走進來，布芮蒂緊跟在後。醫生摸了摸伊塔．努南的脖子，檢查有無脈搏，一邊聽我快速報告情況。

但我的腦中想的是，我做了什麼？我幹嘛急著要布芮蒂去找醫生？萬一我的疑慮說服了醫生把僅僅二十九、二十八，甚至是二十七週大且發育不良的嬰兒取出來……

我看到了林恩醫生決定不剖腹的那一刻。她微微搖頭，外行人是不可能理解她所傳達的訊息的。

我鬆了一口氣，頓時感到全身無力。

死於流感引發的熱性痙攣，她在伊塔．努南的病歷最下方草草寫下，並簽了「K．林恩」。

不知道她的全名是什麼。

我會親自向辦公室報告，巴瓦護士。

不知道這是不是林恩醫生今天失去的第一位病人。

我有嘗試對努南太太的背部施壓還有擴胸，我告訴她。

復甦術總是值得一試，她斷然說。盡己所能後也能比較安心。

（但我一點也不安心。）

如果我有意識到她不久於人世，我是不是應該嘗試用興奮劑，例如嗅鹽或是一劑番木鱉鹼？我問道。

林恩醫生搖搖頭。那或許會讓她多痛苦幾分鐘，但救不了她。不，有些流感患者紛紛死去，有些則存活下來，我們解不開這個謎，而且什麼也做不了。

2 取自禱文《永恆的安息》（Eternal Rest），又譯《安魂曲》。

瑪莉．歐萊希利在昏睡中咳嗽。

林恩醫生走過去，用手背貼著那女孩粉嫩的臉頰，檢查有沒有發燒，再原地轉身，看向悲痛欲絕的女人。

妳的咳嗽還好嗎，加勒特太太？

她聳聳肩，好像在說，有差嗎？

沒有產褥感染的跡象？醫生問我。

我搖搖頭。

林恩醫生離開後，我到工作台清點消毒棉，布芮蒂悄悄走到我旁邊。剛剛說二十九週是怎麼回事啊？

我遲疑了一下，便低聲說，如果胎兒再大一點，狀況再穩定一些，醫生就會把它取出來。

要怎麼——

剖開肚子。

我用手比畫，把手指當作手術刀。

她瞪大淺藍色的眼睛。也太噁了吧。

我微微聳肩。如果能救兩條命中的一條……

但它就沒有媽咪了耶？

是啊。

現在是五點五十三分，不知道努南家最後一個孩子的心跳是何時停止的？在出生前死亡究竟意味著什麼？

布芮蒂，妳能請護工來帶走努南太太嗎？

當然。

在她離開的期間，我輕輕清理伊塔．努南的身體，彷彿這個死去的女人還能感覺到一切。既然我現在有時間，總覺得不想把準備工作留給殮房人員。

迪莉雅．加勒特轉向牆壁，似乎想給倒下的夥伴一點隱私。

我給伊塔．努南換上新睡袍，解開她脖子上的小小錫製十字架，放在她的手中，再用白布蓋住她的臉龐。

我打包她的少數幾樣個人物品，其中一個紙袋裝的是她剃掉的頭髮——我差點當場崩潰。等著她回去的努南一家，演奏手搖風琴的男人和七個小孩，等到的卻不是妻子和母親，而是一包頭髮。

葛羅穎跟著布芮蒂走進來，一邊為她演唱：

當我離開妳，請替我打氣，
緩解思念之情。

鼓勵的話語，痛苦的療癒，
彷彿雨過天晴……[3]

我厲聲說：我說要「兩個人」。
抱歉，我只找得到葛羅穎先生。
他瞥了一眼左邊的病床。啊，那個戴披巾的瘋婆子該不會死了吧？
我咬著牙說，努南太太只是神智不清而已。
他毫無歉意，還繼續說：所以她加入了隱形的合唱團，天堂合唱團；可憐的老太婆蒙主寵召，越過了生死邊界。她——
閉嘴！
迪莉雅．加勒特從床上咆哮道。
葛羅穎終於住口了。
我把嬰兒床推向他，一只輪子嘎嘎作響。你能把這個推走，再找人一起抬擔架來嗎？
護工默默接過嬰兒床，把它推出病房。
我檢查迪莉雅．加勒特的體溫、脈搏和呼吸頻率。光論身體狀況的話，她恢復得非常好。
布芮蒂用消毒劑擦拭工作台和桌子，把伊塔．努南留在牆角的體液拖乾淨，再換水拖整間病房的地板。

我們都假裝沒有一具屍體躺在病房裡，臉上蓋了一塊布。

感覺好像過了幾小時，尼可斯和奧謝像搬梯子或一塊玻璃一樣，把擔架抬了進來。

瑪莉・歐萊希利對兩個男人眨眨眼，一手摀住嘴巴，好像醒來卻發現自己在做惡夢一樣。我的天啊！

尼可斯低垂著眼睛。抱歉，女士們。

原來她沒看過他的金屬面具，我這才意識到這個男人的處境有多麼悲慘：戴著半張銅臉走在人群當中，雖然比面具下那張毀容的臉好一點，但還是相當詭異。

我用溫和的語氣對護工說：麻煩了，尼可斯。

布芮蒂摟著瑪莉・歐萊希利，對她耳語些什麼，應該是在解釋伊塔・努南發生什麼事了吧。

兩個男人很輕易就把屍體抬到擔架上了，雖然手抖奧謝顫抖個不停，但還是相當強壯。他在前線傷到的究竟是手還是大腦呢？好多退伍軍人都像我的弟弟一樣，淪為殘缺品，表面上安然無恙，內心卻傷痕累累。

---

3 第一次世界大戰的歌曲〈請笑著送我離開〉（Send Me Away With A Smile），知名男高音約翰・馬柯梅克（John McCormack）曾演唱此曲。

當護工抬著伊塔·努南出去時，我們都在胸前畫了十字。

過了很長一段時間，布芮蒂打破沉默：他的臉怎麼了？

在戰爭受傷的，我說。

那面具下面到底長怎樣？

我也不知道，布芮蒂。

我拿下瑪莉·歐萊希利的病歷，以取出鬆脫的釘子，因為我還沒記錄伊塔·努南的死亡。我掏出懷錶，試圖在布滿刮痕的銀色盤面上找位置。現在，剩餘空間已經小到代表一個女人的滿月會和另一個滿月、出生後死亡嬰兒的新月、或是死胎的一條線重疊了。我盡可能把伊塔·努南的小圓圈鑿得漂亮一點，但最後還是凸出了一條線。我緊握著懷錶，彷彿在數它的滴答聲。代表死者的象形文字符號在我身旁飛舞，彷彿綿延不絕的星塵。

周遭突然變得昏暗，一開始我還以為是自己的眼睛有問題，後來才發現是病房燈光變暗了。

瑪莉·歐萊希利倒抽了一口氣。

又是限量供電，抱歉了大家，我溫和地說。

這種情況在傍晚時常發生，白天辛苦工作的人們陸陸續續回家，開始煮水泡茶喝，窩在昏暗的燈光下，因此每戶分到的電量有限。

在微弱的光線下，布芮蒂自動自發換下左邊病床的床單。

妳睡得好嗎，歐萊希利太太？我問道。

她似乎還有些迷糊：應該吧。

我對她的肚子進行觸診，確保胎位正，再取下皮納德角，找到了快速跳動的胎心音。那陣痛有什麼變化嗎？

應該沒有吧。

她顫抖著，又忍不住咳嗽。

我做了一杯熱威士忌，放到她手中。

瑪莉·歐萊希利喝了一大口，馬上嗆到，還差點灑了出來。

如果妳不習慣喝酒，就先小口小口喝，我告訴她。這應該能緩解陣痛和咳嗽。

其實我有點擔心她到時會沒有力氣生產。歐萊希利太太，妳想喝點蛋奶酒嗎？或是牛肉汁？

她猛搖頭，似乎相當反感。

那一點乾麵包？

或許吧。

我從架上袋子裡拿半片麵包給瑪莉·歐萊希利時，她發愁道：他寧願我待在家，也不想要我來醫院。他們甚至不讓他來探視。

迪莉雅·加勒特用沙啞的聲音說道：至少妳家裡沒有其他小孩要擔心。

瑪莉．歐萊希利點點頭，小口吃著麵包。不過我五個弟弟妹妹早晚都是我在顧，所以我不知道爹地一個人該怎麼辦，她說。

妳的丈夫不能幫忙照顧妳的弟弟妹妹嗎？布芮蒂問道。

那個年輕女人搖搖頭。歐萊希利先生以前是碼頭裝卸工，但港口作業整個停擺了，所以他開始當車掌。但不是正職，只是代班的，她補充道，有點上氣不接下氣。他每天早上都必須到電車站報到，風雨無阻，而如果他們沒有工作可以給他，就等於白跑一趟了。

或許是因為喝了威士忌，讓她的話開始變多了。那樣肯定很不方便吧，我說。

當她回答時，她的聲音很小，好像想忍住不咳嗽一樣。他氣炸了！而且我的工作進度也落後了。

什麼樣的工作啊？布芮蒂問道。

我以前在低鹽灘揀煤渣，但歐萊希利先生不贊成。

（我沒見過這男人，但已經開始討厭他了。）

那個年輕女人繼續說，所以我現在在家縫紉。一個男孩會送來一包手帕，然後我就會在上面縫花樣。

我家裡有一套耶，迪莉雅．加勒特說。

那搞不好是我做的！

瑪莉．歐萊希利又開始陣痛，身體整個僵硬起來。她摀住嘴巴，用力咳了四聲。

我在微弱的燈光下看錶，和上次陣痛間隔了十五分鐘。

當她又癱回床上時，我提議道，歐萊希利太太，可以的話，要不要再起來走一下？

她很聽話，馬上下床。

來，我幫妳包好披巾。

我用披巾蓋住她的頭和肩膀。

她的臉部表情扭曲，低聲問道，護士，為什麼我的寶寶一直不出來？我該不會……跟她一樣吧？

她微微把頭偏向相距咫尺的迪莉雅．加勒特。

我握住那女孩溫暖的手，她的皮膚有些脫皮。我告訴她，我剛剛用助聽筒清楚聽到了它的心跳聲，記得嗎？它只是還沒準備好而已。

她點點頭，試圖相信我說的話。

「自然」自有打算，她知道自己在做什麼。

瑪莉．歐萊希利盯著我。我們都是失去母親的女兒，彼此都很清楚我說的是多麼天大的謊言，但她還是盡可能從中得到安慰。

想想看，她今天早上來的時候，還以為自己的肚臍會打開呢。她自己也還是個孩子，但很快就會蛻變為母親。

芝麻開門！門口傳來男人的聲音。

葛羅穎抱著一個女孩走進來，好像在抱新娘入門一樣。

葛羅穎，你在做——

他把她重重放到左邊的病床上說，輪椅不夠用了。

（難道我以為伊塔．努南的床會一直空著嗎？）

新病人彎腰咳嗽，她挺直身體時，我在昏暗的燈光下瞇起眼睛，才發現她沒有瑪莉．歐萊希利那麼年輕，只是同樣發育不良。她有一頭淺黃色的頭髮、一雙大眼睛和大肚子。

我把一隻手放在她的肩膀上。我是巴瓦護士。

她試圖回答我，但她咳得實在太厲害。

先喝點水吧。

布芮蒂趕緊去裝一杯水。

新病人仍然很努力想說話，但我半個字都聽不懂。她的手臂纏了兩圈玫瑰念珠，在皮膚上留下印痕。

沒事的，那個……

我伸手跟葛羅穎要病歷，並就著昏暗的光線閱讀：歐娜．懷特，第二胎，二十九歲（跟我一樣）。她的預產期是十一月底，所以現在是三十六週。她在整整一個月前染上流感，但和很多人一樣都有併發症。

咳嗽停不下來嗎，懷特太太？

她繼續劇烈咳嗽，連眼淚都流出來了。看她那蒼白的皮膚，我猜她有貧血的狀況。當我掛上她的薄外套時，我注意到領子上別了一個小小的紅色聖心別針，口袋裡還裝了什麼東西。拿出來後，那堆乾燥的東西碎掉並散落在我手中。這是……大蒜嗎？

懷特太太低聲喘息道：是為了防流感。

葛羅穎大笑道，看來根本沒用嘛。

聽新病人的口音，她似乎來自西部。要等護工離開，我才能幫她換衣服。但他還在那裡磨蹭。所以巴瓦護士，妳和那個頑固分子處得來嗎？

我愣了一下，才會意過來。噢，你說林恩醫生嗎？她似乎經驗豐富。

葛羅穎哼了一聲。妳是說煽動抗議和搞無政府狀態的經驗很豐富吧？別這樣。

聽說她差點被處死耶。布芮蒂也加入話題。

我盯著她興奮的神情。我的幫手現在是站在護工那邊了嗎？我問道：妳在哪聽到的？在樓梯間。

那是真的，葛羅穎向我們保證。起義後，他們判處九十人死刑——但赦免了所有女人，而且處死第十六人後就不幹了！他似乎對此相當不滿意。

好吧（這些話病人都聽在耳裡，讓我有些不安），至少今天我們有產科專業的醫生幫忙。

難保林恩小姐不是來這裡躲警察的，他告訴我。

我皺眉，感到一頭霧水。警察為什麼到現在還在追捕她？政府不是去年就放反抗軍出獄了嗎？

葛羅穎哼了一聲。妳沒看報紙嗎，巴瓦護士？政府在五月又在抓所有叛徒，因為他們跟德軍進行軍火走私。我不知道那位大人是怎麼成為漏網之魚的，但我告訴妳，她現在可是亡命之徒，她——

他突然僵住。

我轉身看到林恩醫生大步走進來。她戴著眼鏡，從她的眼神和表情完全看不出她有沒有聽到我們剛才說的話，但我馬上羞紅了臉。

她環視昏暗的病房。晚安，加勒特太太、歐萊希利太太，還有……這位是誰呢？

我向她介紹歐娜．懷特。

醫生盤起的辮子如此整齊，衣領如此平整，我告訴自己，葛羅穎宣稱她和外國勢力勾結這件事不可能是真的。

別死囉，女士們，葛羅穎說。他漫步離開，一邊唱道：

死亡啊，你的腳步聲咚咚咚，

墳墓的勝利在哪裡？

地獄啊，你的鐘聲噹噹噹，
不是為我而是為你……[4]

在林恩醫生為歐娜．懷特做檢查時，我和布芮蒂給她換上睡袍。她沒有發燒，但脈搏和呼吸頻率都偏高。那個女人喘著氣，說她不餓，只想休息。

林恩醫生叫我給她一匙吐根糖漿，以改善呼吸道阻塞問題。

懷特太太，妳咳嗽時會痛嗎？

她揉揉胸骨，低聲說：像被刀割一樣。

妳的預產期是十一月底嗎？

歐娜．懷特點點頭。一個醫生說的。

這是多久以前的事？

一陣子前，幾個月了。

妳記得第一次胎動是何時嗎？

4〈地獄之鐘〉（The Bells of Hell Go Ting-a-ling-a-ling）是第一次世界大戰期間英國空軍的歌曲，創作於一九一一年左右。前兩句引自《哥林多前書》15章55節：「死亡啊！你的勝利在哪裡？死亡啊！你的毒刺在哪裡？」

我知道林恩醫生這麼問是因為通常第十八週會感覺到胎動，但歐娜・懷特只是聳肩。

她又開始咳嗽，所以我遞給她一個裝了少許消毒劑的痰杯。她咳出摻有深色血絲的綠痰。

護士，給她補充每日所需鐵質以改善貧血，但要注意是否會讓她腸胃不適，醫生說。

我從櫥櫃的罐子取出一顆鐵劑。

林恩醫生說，我想妳有肺炎感染症狀，代表流感已經在妳的肺部紮根了。

病人的眼裡閃著淚花，她用力拉手臂上的念珠。

但別擔心，巴瓦護士會把妳照顧得很好。

（就像伊塔・努南和艾琳・迪凡一樣嗎？我心想。）

歐娜・懷特低聲傾訴道，醫生，我覺得自己好像要裂開來了。

她把手放到肚子中央。

妳是說咳嗽時嗎？

她搖搖頭。

到這個階段有快撐裂的感覺很正常，林恩醫生安撫她。

不，但是——

雖然有點害羞，但歐娜・懷特還是拉起睡袍，露出圓滾滾的粉色大肚子。她指著一條棕色的線，那條線穿過肚臍，直達肋骨。它的顏色每天都越來越深。

林恩醫生忍住笑容。那是妊娠線，只是顏色不一樣罷了。

有些女人的眼睛下面和上唇也會有，我告訴歐娜・懷特。

真的，棕色的皮膚其實和白色的沒兩樣，醫生說。

但我之前沒有……

我猜歐娜・懷特應該是指上次懷孕吧。

迪莉雅・加勒特突然加入話題：我的妊娠線只到肚臍而已。

歐娜・懷特轉向左邊面對她的鄰居。

比爾的母親說那代表我懷的是女嬰。

說完，迪莉雅・加勒特的眼眶便盈滿淚水。

我不知道該如何治好她，因為悲傷是無藥可醫的。

我給歐娜・懷特醫生開的鐵劑，以及緩解咳嗽症狀的熱威士忌。

但她一聞到酒味就後退避開，喘息道，我是先驅會的[5]！

我想起她大衣上的小小聖心別針。噢，這是藥用的。

---

5 耶穌聖心禁酒先驅協會（The Pioneer Total Abstinence Association of the Sacred Heart）是羅馬天主教禁酒主義者所組成的國際組織，成員普遍稱為「先驅」（Pioneer）。該組織鼓勵敬禮耶穌聖心，以幫助抵抗酒精的誘惑。先驅會在領子上別一個聖心別針，一方面是為了宣傳該組織，另一方面是為了提醒他人不要給他們酒。

她搖搖頭，並在胸前畫了十字。

林恩醫生說，那就給懷特太太服用奎寧和熱檸檬水。那我們的初產婦狀況如何？

我看向瑪莉·歐萊希利，她正閉著眼睛躺著。她的陣痛間隔恐怕還有十五分鐘。

還沒有破水跡象嗎？

我搖搖頭。

醫生抿嘴，接著到水槽洗手。

啊，這代表要冒險進行內診了。

歐萊希利太太？醫生要檢查妳是否準備生產了，我說。

那個十七歲女孩像娃娃一樣乖巧溫順，但當我把她轉成檢查姿勢——側躺，屁股突出床緣——並掀起她的睡袍時，她喊道，我要跌下去了！

妳不會有事的，布芮蒂會扶妳。

布芮蒂坐在床的另一側，握住年輕女人的雙手。

我告訴她，我來幫妳做好準備……

我用來舒[6]消毒她的外陰，接著用肥皂擦洗，再用沖洗球灌洗她的陰道，確保醫生不會把陰道的細菌帶入子宮。

放輕鬆，親愛的，我很快就好，林恩醫生低聲說。

瑪莉·歐萊希利沒有反抗，但我能聽到她的呼吸加速，而且又開始咳嗽。

我知道醫生正在用一根手指找子宮頸邊緣，但暗自希望找不到，因為只有當組織薄到摸不到時，產婦才準備好可以開始用力。

林恩醫生抽出手說，我來幫妳破羊水，加快產程。

她轉向我，低聲補充道，在這種狀況下只能這麼做。

顯然瑪莉・歐萊希利從早上入院到現在，並沒有什麼進展。若是幾個月前，我們會讓她慢慢來，但醫生不想讓這個年輕女人在臨時病房捱好幾天，承受流感和生產的雙重痛苦。

我去拿了裝有無菌長鉤的托盤。

她一看到鉤子，眼淚馬上就流下來了。

噢，醫生不會拿那個戳妳啦，歐萊希利太太，只是寶寶在一個裝滿液體的袋子裡游泳，醫生要戳一個洞，讓它快點出來。

我想她應該沒聽過「羊膜囊」吧。

布芮蒂，可以給我兩條毛巾嗎？

6　來舒消毒劑（Lysol）是一個家用清潔劑與消毒劑品牌。一九一八年流感大流行期間，萊恩和芬克公司（Lehn & Fink, Inc.）將其宣傳為抗流感病毒的有效對策之一。他們也曾把來舒作為女性衛生產品推廣，暗示用稀釋的來舒溶液沖洗陰道可防止陰道感染並有除臭效果。

我把毛巾摺好，放在瑪莉．歐萊希利的身體下面，她太過緊張，忍不住一陣咳嗽。我再次灌洗她的陰道。該死的限量供電，有夠麻煩。我拿出電池供電的小手電筒，方便林恩醫生做事（當然是德國製的，能撐四年這麼久真的是奇蹟；我每天都隨身攜帶）。

醫生熟練地用左手撐開瑪莉．歐萊希利的陰道，右手護著鉤子伸進去，然後凝視著遠方，好像在夜晚走山路一樣。

羊水流了出來，在手電筒的光線下，它是透明清澈的；如果是綠色、黃色或棕色的，代表胎糞已經排到羊水裡，我們就必須盡快讓寶寶出來。

好極了，醫生說。

我拉下瑪莉．歐萊希利的睡袍，並扶她坐起來。

她一邊發抖，一邊吸著逐漸放涼的威士忌。這樣就不會再痛了嗎，護士？

她的純真令人揪心。我應該告訴她，我們想讓她的陣痛來得更快更猛，好讓她把寶寶擠出來嗎？

這樣裡面就有比較多空間，進展會快一些，我最後決定這麼回答。

布芮蒂拿走溼毛巾，我把床鋪好。

我走到正在脫手套的醫生身邊，低聲說，我今晚回家時，這裡就沒有助產士，只有普通護士了。

林恩醫生點點頭，似乎相當疲憊。那我下班前會再來看看歐萊希利太太的狀況，再請──他叫普倫德加斯特嗎？──凌晨時來看她。

她離開後，歐娜．懷特又咳出了更多痰。我把杯子交給布芮蒂拿去倒掉，並用消毒劑洗乾淨。

燈又完全亮起來了，讓人鬆了一口氣。

我又更仔細閱讀新病人的病歷，注意到「丈夫姓名」後面只寫了姓氏「懷特」，沒有名字，而且「丈夫職業」下面也是空白。所以其實沒有丈夫，「太太」只是禮貌上的尊稱吧。這種事在戰前曾令人震驚，但現在已經較為人所接受了。到底是私生子變多了，還是許多男人上戰場後就一去不復返，所以大家也沒那麼在意了？然而她是主張禁酒的狂熱天主教徒，但又未婚懷孕，這種組合真有趣。但無論如何，我也從來沒有為難過未婚懷孕的病人──像路加修女那種老派又一本正經的人就不一樣了。

在旁邊的欄位，我認出轉出機構的名字，是距離醫院僅僅幾條街的大型母嬰之家。女人會去那裡生她們不想要的孩子，還是她們是被送去那裡的，詳情我也不清楚，畢竟大家都避而不談這件可恥的事情。我只知道如果女人陷入麻煩，修女就會收留她；全國到處都有這種機構，但沒什麼人會提起內部的情況。不知道歐娜．懷特的第一個孩子發生了什麼事──有活下來嗎？

布芮蒂在水槽洗手，我走過去對她耳語道：我知道妳喜歡和病人聊天──抱歉，我一直喋喋不休。

不會啦，這樣反而能讓她們放鬆心情。但至於懷特太太……請不要過問她的情況。

布芮蒂蹙眉。

她，啊，上車後沒補票。

這個年輕人似乎完全沒聽過這種說法。

她未婚（我的聲音小到自己都快聽不見了），是從母嬰之家來的。

噢。

不知道孩子出生後會怎麼樣，我低聲說。我想應該會被領養吧。

布芮蒂的臉一沉。我看八成是丟水溝裡吧。

我盯著她；這話是什麼意思？

茱莉亞護士，我想上廁所。

我取下便盆，拿給迪莉雅．加勒特。

我不要那個，我想去——

抱歉，妳至少還需要臥床休息幾天。

（其實應該是生產後整整一週，但病床實在不夠用。）

我明明就可以走路！

迪莉雅．加勒特脾氣暴躁，代表她稍微恢復元氣了，讓我感到欣慰。來吧，我把便盆放到妳的身體下面，就沒問題了。

她哼了一聲，但還是抬起一邊臀部，讓我能放冰冷的鐵盆。

我測量她的脈搏，從她的皮膚看來，我也知道她沒發燒，但我還是俯身偷偷吸了一口氣。若病人得了產褥熱，我第一時間就能聞出來，這點我可是相當自豪。現在我只聞到血液、汗水與威士忌的味道，但我可不會掉以輕心。

我聽到迪莉雅・加勒特解放的聲音，她同時倒抽了一口氣。

隔了一張床的新病人突然一陣劇烈咳嗽，彷彿整個肺都要被撕裂了一樣。我繞過瑪莉・歐萊希利的病床，讓歐娜・懷特靠著三角床靠枕坐起來。

她的脈搏和呼吸頻率還是偏快。她在胸前畫了十字，喃喃道，這是罪有應得。

妳說流感嗎？別這麼想，大家都有可能中標，我安撫道。

歐娜・懷特搖搖頭。我指的不只是我自己。

我覺得自己方才貿然斷定實在太愚蠢了。

是我們所有人，這都是報應，她喘著粗氣說。

是我們所有罪人嗎？我心想。這可能是宗教妄想吧。

她喘息道：因為我們發動戰爭。

啊，我明白她的意思了，人類奪走了太多生命，有些人認為大自然開始反撲了。

歐娜・懷特輕聲說，神啊，拯救我們。

雖然這是希望的祈禱，但我在這女人沙啞的聲音中，只聽見了羞愧與孤獨。

妳要讓我躺在這上面一整晚嗎？迪莉雅．加勒特問道。

我把便盆抽出來，幫她擦乾淨，再用消毒紗布輕輕擦拭縫合的傷口。

布芮蒂，妳可以把這個拿去廁所倒掉並洗乾淨嗎？再幫加勒特太太拿一個冰敷墊。

晚安，巴瓦護士。

我轉身，發現是路加修女，她仍戴著口罩，還是一如往常不苟言笑。

已經這麼晚了嗎？我看看時鐘，才發現已經九點整了。仔細想想，我應該要筋疲力盡了才對，但我不想離開。

我注意到瑪莉．歐萊希利和歐娜．懷特都呆若木雞，因為她們是第一次看到這名夜班護士——她簡直就是復活的埃及木乃伊。

路加修女「啪」的一聲綁緊眼罩。今天狀況如何？

這十四小時發生的事情，實在是一言難盡。我的腦中浮現她們的臉龐：即便我盡力了，伊塔．努南還是死於熱性痙攣；加勒特家的無名女嬰在出生前就夭折了，我什麼也沒能為她做。但她的母親產後大出血，卻保住了性命。人生真是無常。

我低聲向路加修女報告現況。需要注意一下懷特太太的肺炎，還有加勒特太太的傷口，我告訴她。唯一進入產程的是瑪莉．歐萊希利，但進展太慢，所以林恩醫生剛剛進行了人工破水。

路加修女點點頭，一邊套上圍裙。拖很久了嗎，歐萊希利太太？

那女孩勉強點了點頭，溼咳了一聲。

修女豁達地引用名句，懷孕的有禍了！[7]

她這句話實在讓我感到惱火。有些年長的護士似乎認為女人只要和男人發生關係（就算是丈夫也一樣），就必須接受隨之而來的懲罰。我一點也不想把這個疲憊又害怕的女孩交給修女照顧。

若有需要，可以讓瑪莉．歐萊希利服用三氯乙醛，以免痛到睡不著。

但這名夜班護士對「需要」的定義又是什麼？

我提醒她，如果痛得更厲害或頻率突然增加，就到婦女發燒病房，請他們派人上去產科叫一名助產士下來，好嗎？

路加修女點點頭。

而且由於值班的醫生太少，林恩醫生准許我們給病人服用威士忌、氯仿或嗎啡。

聽到這種違反規定的作法，修女雖然戴著口罩，看不見表情，卻明顯挑起眉毛。

布芮蒂拿著苔癬冰敷墊衝了進來。

史維尼，妳到底有沒有幫上忙啊？

這樣直呼姓氏似乎有些無禮，但布芮蒂只是聳聳肩。

---

7 引自馬太福音24章19節。

我從她手中接過冰敷墊，並說，她可是不可或缺呢。

布芮蒂聽了嘴角上揚。

修女從包包裡拿出一條圍裙。我剛剛經過電影院，外面可是大排長龍呢！男女老少都迫不及待想擠進那個大型細菌箱。

那是窮人的小確幸啊，我一邊穿上大衣，一邊低聲回答。妳能怪他們嗎？

路加修女戴上新的防水袖，拉到手肘上方。他們是在找死。妳可以走了，史維尼。

她的無禮著實讓我吃驚。

但布芮蒂一把抓了她的大衣就走。

我向三位病人說聲晚安，並把斗篷和包包掛在手上。

我本以為她已經走了，幸好她才走到樓梯間。布芮蒂！

我追上她後，我們一起走下嘈雜的樓梯。妳不能讓路加修女那樣使喚妳啦。

布芮蒂微笑不語。

而且她對看電影的人特別嚴厲，我補充道。在這種令人沮喪的時期，誰不需要這種小確幸呢？

我看過一部電影。

噢，是嗎？哪一部啊？

我不知道片名，她承認道。等到我偷溜出去，從側門潛入電影院時，已經演到一半了。

從哪裡偷溜出去？而且為何要從側門潛入——她難道付不起電影票嗎？

布芮蒂說，但我記得女主角個子小小的，而且超級漂亮。她困在荒島上，後來有個男的出現，他們就生小孩了！

她的笑容有些靦腆。

結果呢，男人的妻子竟然坐著另一艘船出現了……

這是幾年前的電影是嗎？我問道。

我想起來了。片名是《漂流心相遇》[8]，我告訴她。主演是瑪麗．畢克馥[9]和……我忘了。

瑪麗．畢克馥？布芮蒂重複道。我沒料到她會有「瑪麗」這麼普通的名字。

她很厲害，對吧？一點也不普通。

《漂流心相遇》，布芮蒂緩緩說出片名，好像在細細品嘗每個字一樣。噢，我懂了，「漂流」是因為他們發生了船難。

8　一九一四年埃德溫．鮑特（Edwin S. Porter）執導的電影。

9　瑪麗．畢克馥（Mary Pickford），加拿大電影演員，曾獲得過奧斯卡最佳女主角獎和奧斯卡終身成就獎。她有很多暱稱，如「美國甜心」、「小瑪麗」和「金色捲髮的女孩」。

妳應該也很愛她演的《太陽溪農場的麗貝卡》[10]吧？

我只看過一部電影而已。

我心生同情，不禁停下腳步。在她大約二十二年的人生中，她竟然只看過一部電影？我從鄉下上來後就經常上電影院，提姆搬到都柏林後也會跟我一起去。難道布芮蒂的父母不讓她晚上出門嗎？還是他們家窮得連看電影的小錢都沒有？但我不想讓她難堪，所以就沒問。

我繼續走下樓梯。那幸好妳看的那部是好片。

布芮蒂點點頭，露出她那燦爛的笑容。

我開始回想起《漂流心相遇》的劇情。最後，當瑪麗．畢克馥縱身一躍，跳入火山口……

我的心都要跟她一起死了！

（布芮蒂水汪汪的眼睛宛如岸邊的鵝卵石。）

我說，但我不記得寶寶後來怎麼樣了。那對夫婦有帶它走嗎？

沒有，她是抱著寶寶跳下去的。

布芮蒂模仿動作，雙手護著胸前隱形的嬰兒，臉上充滿了狂喜。

能夠不用擔心病人的事，稍微聊個天，真令人開心。但在樓梯底部，一群趕著換班的工作人員經過我們，喧鬧聲打斷了我們的談話。

天黑了走回家沒問題嗎，布芮蒂？

沒問題啦。護士都睡哪啊？

大部分的人都住在大型宿舍，但我是和弟弟一起租屋。我會搭電車再騎腳踏車回家。提姆二十六歲。

布芮蒂點點頭。

我補充道，免得布芮蒂以為他是小男孩。

他在一九一四年入伍，我沒想到自己竟然會提這件事。

是喔？他去了多久啊？

一開始是十九個月，然後他從馬其頓傳來消息，說他升上少尉，很快就會回家休假。但他一直沒出現，我三天後才發現他因為得戰壕熱而住院了。但病一好，他就被告知生病期間也算是休假，又馬上被外派了。

布芮蒂大聲嘆息。

好吧，還是有點好笑啦，我說。

（我沒說的是十四個月後，當提姆終於從埃及被送回家時，他已經不會說話了。）

10 一九一七年馬歇爾・內倫（Marshall Neilan）執導的 *Rebecca of Sunnybrook Farm*，改編自魏琴（Kate Douglas Wiggin）一九〇三年的同名小說。

那麼晚安囉，茱莉亞。

奇怪的是，我還是不想讓對話就此結束。妳要走很遠嗎？

布芮蒂向左一指。沿著這條街走就到了。

她垂下眼簾。

到聖母之家，她補充道。

噢，我終於知道為何路加修女對她頤指氣使了，也明白布芮蒂為何衣衫襤褸、晚上沒有自由時間，也沒錢看電影了……

在尷尬的沉默中，我試圖開個玩笑：明明裡面沒有半個母親，卻叫做「聖母之家」，真妙。

她輕聲笑了笑。

所以妳是——見習修女嗎，布芮蒂？還是那叫「聖職志願者」？

她冷笑了一聲。我死也不要當修女。

噢，抱歉，我以為——

我只是住在那裡罷了。

她壓低聲音。

我是從他們在鄉下的兒童之家來的，她補充道。

我花了幾秒消化這個資訊，突然意識到在兒童之「家」長大的孤兒，其實根本沒有真正的家，這種名稱實在是有悖常理。

我很抱歉，布芮蒂，我無意探聽妳的隱私。

沒關係。

我們一時都不知道該說什麼。

我寧願妳知道我為何這麼笨，她低聲說。

笨？

他們在我十九歲時才把我送來都柏林，所以這一切對我來說都很陌生。

布芮蒂，妳一點都不笨！

啊，妳肯定無法相信我還會犯多麼愚蠢的錯誤，她苦澀地說。找錢、看路標、搭電車、迷路或搞丟帽子——

妳是身處異地的旅人，既聰明又勇敢，我告訴她。

布芮蒂露出燦爛的笑容。

巴瓦護士？

從地下室上來的林恩醫生差點撞上我們。我知道這個請求有點過分，但妳能幫我一起處理努南太太的事嗎？

我眨眨眼。現在還能為伊塔·努南做什麼呢？

進行「p.m.」。

「P.m.」是「postmortem」的簡稱，意即驗屍。

噢，當然可以，醫生。

老實說我想回家，但我怎能拒絕她呢？

布芮蒂的紅髮已經消失在人群當中。醫生打斷我們的談話，讓我有點不高興。

我跟著她下樓。

由於明天一大早，她的丈夫就會來領回屍體，所以一定要今天驗屍，她告訴我。

我們很少會跟家屬明確說明驗屍的事，因為他們很難理解我們切開他們所愛之人的屍體，對醫學有多大的幫助。

我突然想到自己可能麻煩大了。妳該不會對努南太太的死因抱有疑問吧？我問道。

沒有，醫生向我保證。自從疫情爆發，我只要有機會就會對流感患者進行驗屍，而且孕婦的案例尤其難得。

偏偏在下班時遇到這種有實驗精神的科學家，害我不能快點回家休息，真倒楣。不過林恩醫生的熱忱還是讓我對她刮目相看，特別是如果八卦屬實，她還是被通緝中。她都自身難保了，怎麼還有辦法為了大眾的利益犧牲奉獻呢？

太平間空無一人。我有下來過這個冰冷的白色房間，但我從沒看過裡面塞滿棺材，四面牆都疊了六層，彷彿準備丟入爐子裡燒的柴火。不知道殮房人員怎麼記得誰是誰——他們有在棺材上寫名字嗎？

好多！

這還不算什麼，林恩醫生低聲說。墓園還堆了數百口棺材等著下葬。我覺得這對生者來說是有害的，像德國人這個務實的民族就會火化死者。

真的嗎？

第一次聽到可能會覺得駭人聽聞，但「*fas est ab hoste doceri*」。

我一臉茫然，她便翻譯出那句拉丁文：敵人也有值得學習的地方。如果後來發現流感源自於瀰漫在戰場上的屍臭，我也不會感到驚訝。

我跟著她進入解剖室，中間的桌子宛如閃閃發亮的祭壇：台面是白瓷製的，中央有排水孔，還有宛如葉脈般深深的溝槽。我放下東西，林恩醫生則拉出一個屍櫃，並掀開屍布。

才過了短短幾小時，伊塔．努南的皮膚已經變成了灰色，因為裝填彈藥而染黃的手指反而更加顯眼了。我看到睡袍底下的大肚子。有個小寶寶，她當時對我耳語。她說這句話，究竟是出於自豪、擔憂還是困惑呢？

若是一切順利，她應該會在一月生產，幾週後去教會接受祝福，並灑上聖水。我突然覺得這個儀式實在很奇怪，好像女人生小孩就會被玷汙，需要用聖水洗淨一樣。伊塔．努南已死，是否意味著無須進行儀式了？不知道在神父眼中，死亡是否足以淨化她的靈魂？

林恩醫生在陶瓷桌面上放了一個橡膠塊。這會讓我們更容易解剖腹腔。我們兩人抬得動她嗎？還是我去找殮房人員？

她雙手緊抓著屍布另一端。

雖然很幼稚，但我一點也不想獨自待在昏暗的太平間，於是我說，沒關係。

我抓住這一頭，開始施力，但這個嬌小的女人比我想像中還重。我稍微拱背放鬆繃緊的背肌。我們兩人把伊塔·努南抬到陶瓷桌面上，把她翻到一側，再翻到另一側，以拉出底下發黃的屍布，並把橡膠塊放在她的脊椎下方。

她的鼻子流出了一點血水，我馬上抹掉。

醫生已經把手術燈推過來了，她把燈光對準屍體並開到最亮。

我開始解開睡袍的側帶，並把它脫下來，讓伊塔·努南裸體還是讓我感到難為情。

我站在林恩醫生對面，手裡拿著紙和鋼筆。

死亡之藍，「屍斑」，她低聲說。

她用指尖輕壓伊塔·努南暗紫色的手臂，皮膚馬上變白了。十二小時後，這個顏色就會固定了，她說。

屍體似乎還沒變僵硬，我指出。

那是因為這下面很冷，護士。

是喔？

這聽起來可能不太直觀，但屍僵是分解的代謝過程所造成的，而低溫可減緩腐敗過程，讓屍體保持柔軟的狀態。

伊塔‧努南的肩膀、手臂、背部、臀部和兩腿後側都有大片紫色淤斑，我對她進行急救時，還在她的手肘上方留下了淤青（我們常常為了救活病人，犧牲掉身體的尊嚴，最後卻是徒勞無功）。

林恩醫生吐出一口氣。真慘，三十三歲牙齒就已經幾乎掉光了，而且那條腿在她生前應該也帶給她不少痛苦吧。

我想到伊塔‧努南飽受摧殘的肚子，從平原到山峰的地形改變，她已經歷了十二次。妳知道我們的嬰兒與孕婦死亡率是英國的一點五倍嗎？醫生問道。

我不知道。

主要是因為愛爾蘭母親生太多小孩了，她一邊準備手術刀一邊說。真希望教宗在第六胎之後就能放過她們。

想到林恩醫生這位新教徒社會主義者、婦女參政運動者兼挑動政治爭端的共和主義者，穿著男性化的裝束，戴著知識女性的眼鏡，要求見本篤十五世[11]，以強烈表達她的主張，我差點忍不住笑了出來。

她看了我一眼，似乎想確認我沒有被冒犯。

11　本篤十五世（Benedictus PP. XV），義大利人，於一九一四年至一九二二年在位為教宗。

準備好了，醫生，我說。

我想就不要冒險進行開顱手術吧，事後很難恢復原貌。

我鬆了一口氣；我曾經幫忙掀過臉，老實說，我這一生再也不想看到那種場景了。

林恩醫生的手指輕觸伊塔．努南的髮線。這個流感很怪，我看過病人一開始出現口渴、躁動、失眠、笨拙或躁狂的症狀，接著一種或更多的感官知覺遲鈍或喪失……但這些用顯微鏡都看不出來。

我分享自己的經驗：我自己中標後幾週，臉色看起來都有點灰灰的。

那妳算是幸運的了。記憶喪失、失語症、昏昏欲睡……我看過有些倖存者身體會打顫，有些人則失去行動能力，宛如活雕像。還有人自殺，人數絕對遠遠超過報紙的統計數目。

他們是在神智不清時自殺的嗎？我問道。

不一定，上週不是有病人跳樓自殺嗎？

噢（我覺得自己被騙了），我聽說他是不小心從打開的窗戶摔下去的。

林恩醫生把手術刀移動到伊塔．努南的左肩。我從這裡切開軀幹，她的家人肯定不會發現，上帝保佑。

我看著她在下垂的乳房下方劃開皮膚，弧形切口又深又乾淨，幾乎沒有流血。

對象是自己的病人總是不容易，她低聲說。

不知道她指的是我還是自己。

醫生，冒昧請問一下，既然妳對研究這麼有興趣，為什麼不去大醫院工作呢？

她抿起薄唇，露出近似苦笑的表情。因為沒有任何一間大醫院願意雇用我。

她從胸骨、肚臍到恥骨切開一條直線，劃出了大寫的「Y」。

我在幾年前獲得一份職缺，她補充道，但那些醫生不願意跟女同事共事。

我知道自己不該多嘴，但……那是他們的損失！

林恩醫生點點頭，又乾脆地回答道，這對我來說也是好事，我後來才能遇到並研究「無數血肉之軀所不能避免的病痛」。

她繼續切，並補充道，就算不是這樣，我也會因為參加起義而被解雇。

我的臉頰發燙。我以為醫生會避而不談自己參加地下運動的事，但既然她主動提起，我便問道，所以妳真的跟叛亂分子一起躲在市政廳屋頂上嗎？

她糾正我：那是愛爾蘭公民軍。在西恩·康諾利[12]插綠旗被射殺後，我便接任了指揮官。

一陣沉默。

---

12 西恩·康諾利（Sean Connolly）是愛爾蘭共和主義者、社會主義者兼艾比劇院（Abbey Theatre）演員，曾參加復活節起義。他是愛爾蘭公民軍的指揮官，也是在起義中第一位喪生的反抗軍。

我勉強接話，那週我有一些處理槍傷的經驗。

肯定有的，林恩醫生說。

有個平民是孕婦，她被擔架抬進來，在我能止血前就失血過多而死了。她的語氣很難過：我有聽說她的事，我很遺憾。那週有將近五百人死亡，還有數千人受傷，傷亡大部分是英國砲兵造成的。

我非常生氣，因為那是提姆所屬的軍隊。我弟弟也有從軍，他是效忠國王的。（雖然有點尷尬，但我還是補充說明，以免造成誤會。）

林恩醫生點點頭。許多愛爾蘭人都為了帝國和首都犧牲了性命。

但在都柏林率先開火的是你們這些恐怖分子，而且還在世界大戰期間，簡直是背信棄義！

我的手停了下來。我竟然訓斥醫生──我到底做了什麼？我以為林恩醫生會命令我離開太平間。

但她只是放下手術刀，心平氣和地說，我五年前對國族問題也和妳抱持同樣的想法，巴瓦護士。

我大吃一驚。

我一開始是投入婦女運動，再來是勞工運動，她補充道。我把希望寄託在和平過渡到愛爾蘭自治，一個會善待勞工、母親和孩子的愛爾蘭。但到最後我才明白，英國講地方自治講了四十年，只是想搪塞我們罷了。在經過深思熟慮之後，我才成為了妳所說的恐怖分子。

我一言不發。

林恩醫生拿起大剪刀，剪開伊塔．努南的身體兩側，再一口氣掀起胸骨和前肋骨，彷彿城堡拉起吊門一樣。

我不禁渾身顫抖，因為我自己的胸腔也是如此脆弱，我們所有人都是如此。

我必須轉移話題，不要再談政治，於是我問道，醫生，妳自己得流感時有什麼奇怪的症狀嗎？

她頭也沒抬便回答，我沒得過。

我的天啊，這個女人兩隻手都爬滿了細菌。我尖聲問道：那妳怎麼不戴口罩？

有趣的是，並沒有什麼證據顯示口罩有保護作用。我勤洗手並用白蘭地漱口，其他就聽天由命了。可以給我牽開器嗎？

我把醫生要的工具遞給她，也盡力協助測量。雖然我們的政治理念天差地別，但我還是不想讓她失望。

林恩醫生繼續說，至於當局，我相信等到他們達成共識，採取最微不足道的行動時，疫情早就結束了。竟然建議大家用洋蔥和尤加利精油防疫！簡直就像派甲蟲阻止壓路機一樣。不，正如一個充滿智慧的古希臘人曾說，我們都住在沒有圍牆的城市。

她肯定是發現我沒聽懂，便進一步解釋：死亡能長驅直入。

噢，是啊，沒錯。

她取出伊塔．努南的肺——兩坨黑色的袋子——「啪」的一聲放到我準備好的托盤上。天啊，真糟糕，請採樣，雖然我覺得應該會因為充血而看不出個所以然。

我削下薄薄一層，並在載玻片上做好標記。

妳知道樓上有一台價格高昂的全新氧氣機嗎？

我搖搖頭。

林恩醫生說，我今天下午在兩個得肺炎的男人身上試了，卻徒勞無功。我們把高濃度的氧氣直接送入他們的鼻腔，但因為呼吸道阻塞，根本到不了肺。

接著，她的語氣轉為正式，口述解剖結果：胸膜腫脹，肺泡、小支氣管和支氣管都有流膿的現象。

我全部寫下來。

如果有異物入侵肺部，它們會積水，人就會被體內的海洋給淹死，我去年就有同伴這樣過世。

因為流感嗎？

不是，湯姆．艾許[13]是被強迫餵食，結果食物被灌到氣管裡了。

我聽過婦女參政運動者進行絕食抗議，但新芬黨囚犯也是嗎？這個人……因此而死了嗎？我問道，聲音有些顫抖。

林恩醫生點點頭。而我就站在旁邊量他的脈搏。

我為他們兩個感到遺憾，但還是不認同他們的理念。

林恩醫生頭上盤的一條深色辮子稍微鬆開了，在她解剖時上下晃動。不知道她被關了多久，她又是怎麼堅持下來的，到現在還充滿活力。

她口述道：聲帶磨損，甲狀腺是正常大小的三倍，心臟擴張。

孕婦的心臟不是本來就會比較大顆嗎？

她把心臟拿給我看。但努南太太的心臟兩邊都鬆弛了，看到了嗎？而一般懷孕為了給胎兒提供更多血液，應該只有左邊會擴大。

我想胎兒就是什麼都需要吧。母親的肺、循環系統，所有器官的負荷量都會增加，彷彿備戰狀態的工廠。

或許這就是孕婦的症狀特別嚴重的原因？因為她們體內的系統已經負擔太大了？我問道。

醫生點點頭。就算產後數週，發病率還是高得嚇人，代表她們的免疫力可能有下降。

---

13 托馬斯・艾許（Thomas Ashe）是蓋爾聯盟、蓋爾運動協會和愛爾蘭共和兄弟會的成員，也是愛爾蘭志願軍（Irish Volunteers）的創始成員之一，於一九一七年九月二十五日被強迫餵食身亡。

我不禁想到特洛伊的古老傳說，希臘士兵在夜幕掩護下，從木馬的腹中傾巢而出，再從裡面打開城門。來自內部的背叛，根本防不勝防。林恩醫生剛剛引用的「沒有圍牆的城市」，那句話是怎麼說來著？

她切割屍體、掏出器官，我則貼上標籤並裝袋。

她抱怨道：全世界都如火如荼在驗屍，但我們現在仍只知道這波流感的潛伏期是兩天。

那研發疫苗有進展嗎？

她搖搖頭，那條辮子整個鬆了開來。還沒有人有辦法在載玻片上分離出這種細菌，或許它小到我們看不見，必須等人做出更厲害的顯微鏡，又或者它是前所未見的新細菌也說不定。

我感到困惑和氣餒。

著實讓人感到慚愧，她懊悔地補充道。我們身處醫學的黃金時代，在狂犬病、傷寒和白喉等疾病方面取得了長足的進步，但光是一個普通流感就打得我們潰不成軍。不，現在最重要的是你們，也就是照顧周到的護士——現在能挽救生命的，似乎只有溫暖的愛護和關懷了。

林恩醫生盯著黏糊糊、充滿深色液體的腹腔，口述道：肝腫脹，有內出血跡象，腎臟發炎且滲血，結腸潰瘍。

她切哪裡，我的手術刀也跟上並採樣。

我們也可以都怪在星星頭上，她低聲說。

不好意思，妳說什麼，醫生？

這就是流感被稱作「*influenza*」的原因，她說。「*Influenza delle stelle*」，意即「星象的影響」。中古世紀的義大利人認為疾病證明了星星掌控著人類的命運，命途多舛都是星星所造成的。

我想像那個情景，天上的繁星把我們當成顛倒的風箏，試圖操控我們，或者無聊就扯一下風箏線取樂，也不知道好玩在哪裡。

林恩醫生剪下伊塔・努南的小腸，並像耍蛇人一樣將其輕輕拿起。「驗屍」則來自希臘語，代表「親眼見證」。妳我都很幸運，巴瓦護士。

我不禁皺眉。幸運？妳的意思是，因為我們還活得好好的嗎？

因為我們此時此刻在這裡，這樣我們才能學得最多、進步得最快。

林恩醫生放下手術刀，並活動一下手指，又拾起刀，小心翼翼地切開伊塔・努南的子宮。我們盡己所能增加人類的知識量，努南太太也是。

她掀開子宮，剝下羊膜囊，並低聲補充道，最後一個努南家的孩子也是。

她把胎兒從紅色的腹腔中抱出來，把它捧在手掌心。

不是它，是「他」，我現在知道他是男嬰了。

林恩醫生說，沒有受到流感影響的跡象。麻煩請測量。

她將他縱向放在碟子上，彷彿這是他人生中第一次，也是唯一一次站起來。

我把捲尺的一端固定在頭頂上，並將其拉到腳拇趾。將近四十公分，我說，我的聲音小到幾乎聽不見。

我把碟子放到磅秤上，補充道，不到一千五百公克。

那大概二十八週，而且體重不足，林恩醫生說。

我明白她為何鬆了一口氣；當初決定不剖腹是對的。

那個小小的臉龐，簡直像外星人一樣。我不小心看了太久，一下子突然喘不過氣來，淚水模糊了視線。

巴瓦護士，茱莉亞。醫生的聲音很溫柔。

她怎麼知道我的名字？我一邊心想，一邊哽咽道，不好意思，我——

沒事的。

他很完美，我哭道。

是啊。

我為了他哭泣，也為了解剖台上的母親、在他之前夭折的四個哥哥姊姊、七個失去母親的孩子，以及他們喪偶的父親。努南先生會想辦法養活他們嗎？還是他們會分別被交給祖父母、叔叔阿姨和陌生人照顧？一家人四散各地？或是跟布芮蒂・史維尼一樣，被送到兒童之家？

林恩醫生開始把器官一個個放回去，我也擦乾了眼淚。在將嬰兒放入母親體內前，她遲疑了一下。我遞給她一盒亞麻消毒棉，她便抓了三把作為襯墊，並放入肋骨。她把切開的皮膚拉起來，彷彿晚上熄燈前拉上房間窗簾一樣。我已經把針穿了線，她便開始縫合傷口。

結束後，林恩醫生向我簡單道謝，便離開去查房了。

我為伊塔．努南擦洗身體最後一次，再給她換上乾淨的睡袍，就能好好下葬了。出了醫院大門，我深深吸了一口夜晚冷颼颼的空氣，才發現自己已筋疲力盡。

我一邊走向電車站，一邊扣上大衣的釦子，還差點一腳踩進超過半公尺深的路面坑洞。不知道如果真的摔斷了腿，我會不會暗自慶幸可以請假一個月。

放下他們，每次值完班，我都這樣告訴自己，今天也不例外。艾琳．迪凡、伊塔．努南和她那從未出生的兒子；迪莉雅．加勒特的死嬰；緊抓著念珠、神祕兮兮的歐娜．懷特；產程遲遲不見進展，彷彿永遠沒有盡頭的瑪莉．歐萊希利。我必須放下一切，才能好好吃飯、睡覺，明天早上才有力氣繼續努力。

最近的三盞路燈已經燒壞了，碳電極肯定是德國製的，現在也買不到了。都柏林漸漸變得殘破不堪，路燈是否會一盞一盞熄滅呢？

我看到一彎殘月插在一座尖塔上，在雲層間隱約可見。一個紅著眼睛的報童把帽子倒

放在街道上讓人打賞，用尖銳的高音唱著反抗軍的歌：今晚我們在緊要關頭，為愛爾蘭不顧一切……[14]

我想到林恩醫生和她的同夥爬到市政廳的屋頂上，「為愛爾蘭不顧一切」，但到底是為了什麼？一個醫生竟然不救人，反而拿起武器殺人，實在讓人想不透。

但我突然想到，軍醫也是一樣，戰爭真是難分是非對錯啊。

一輛運送馬鈴薯的貨運電車經過，下一輛則載著豬隻，牠們在黑暗的車廂中尖叫。再下一輛是拖運垃圾的，我屏住呼吸，直到惡臭消散為止。

報童又唱了一遍副歌，用天真無邪、稚嫩甜美的歌聲唱出戰吼。當然，他可能根本不在乎什麼國王或自由，只要聽眾喜歡他就唱。街頭賣藝的最低年齡限制是十一歲，但這男孩看起來只有八歲，不知道他在深夜時會回到什麼樣的家。我常到出院病人家中追蹤狀況，也能猜個大概。曾經的豪宅，現在牆壁卻布滿裂縫，一家五口擠在一張床墊上，牆壁浮雕的灰泥一點一點剝落，頭上晾的衣服還在滴水。有經濟能力的都柏林人紛紛逃到了郊區，剩下的人就在首都日漸腐爛的心臟中繼續苟延殘喘。

或許那個報童根本無家可歸。我想在天氣日漸轉涼的十月底，露宿街頭一晚應該也不至於會凍死，但這樣的情況要持續多少個夜晚，甚至是多少年呢？我不禁想到林恩醫生理想中的愛爾蘭，一個會善待底層人民的愛爾蘭。

不知道布芮蒂小時候住的孤兒院是什麼樣子？她又為何會說像歐娜·懷特肚裡那種沒

人要的嬰兒會被「丟水溝裡」？布芮蒂．史維尼真是個特別的年輕人，充滿了熱情與活力。年紀輕輕的她是怎麼懂得那些人情世故的？但她又沒有自己的梳子，也只偷去了一次電影院。不知道她是否坐過汽車，或是聽過留聲機？

後方的教堂響起了〈先賢之信〉[15]的鐘聲，蓋過男孩的歌聲。搖曳的燭光照亮了花窗玻璃，門上貼了一張標題是「萬聖節日」的告示，內文寫著：在危急存亡之秋，每天晚上六點和十點都會舉辦特別的彌撒，請求上帝保護。

我這才想起明天是諸聖節，所以我應該要參加守夜彌撒，但我實在沒辦法，我已經快累死了。

我不該這麼想的，雖然全身肌肉痠痛，但那跟失去一切知覺的死亡截然不同。會腳痠、背痛和指尖刺痛，我都應該心存感激。

終於有一輛載客電車停下來了，雖然已經塞滿了人，但我還是和其他候車乘客硬擠了上去。被我們推進去的人怒瞪我們，也有些人怕我們有生病，就盡量閃得遠一點。

我爬到上層露天座位區並扶好欄杆。地上每隔半公尺就貼了一張小告示：唾液會散播

14〈戰士之歌〉（愛爾蘭語：Amhrán na bhFiann；英語：The Soldier's Song），為愛爾蘭共和國的國歌。

15〈先賢之信〉（Faith of Our Fathers）是一首天主教讚美詩，由弗雷德里克．威廉．費伯（Frederick William Faber）於一八四九年寫成。

死亡。諷刺的是，其中一張紙已經被痰給染黃了。

我和陌生人緊挨著彼此，我想像電車沿著軌道在都柏林穿梭，彷彿血液在血管裡流淌著。我想起來了，林恩醫生是說「我們都住在沒有圍牆的城市」。我的腦海浮現出各種交通路線，布滿愛爾蘭地圖，甚至延伸到全世界。從火車鐵軌、道路到船舶航道，人類的交通運輸網絡將所有國家聯繫在一起，成為一起受苦的巨大生命共同體。

電車駛過一間藥局，店裡的燈光照亮了窗戶上的手寫通知：很抱歉，消毒劑已售完。經過店面和住宅時，我瞥見有些人家裡放著挖空的蕪菁，裡面點了蠟燭，搖曳的燭光從傑克燈籠的臉透了出來。我很高興現在還有人慶祝萬聖節。小時候每逢萬聖節，我和提姆都會在火爐旁烘烤溼潤的果乾麵包，並且塗滿奶油，直到葡萄乾閃閃發亮為止。我每次都希望能吃到象徵幸運的戒指，卻總是跟它擦肩而過。想到這裡，我的肚子開始咕嚕咕嚕叫，從下午吃了那碗燉湯到現在，已經過多久了呢？

不知道布芮蒂和其他寄宿在聖母之家的人都吃些什麼。

嘎嘎作響的電車繼續行駛，經過了錯綜複雜的昏暗街道。我有許多病人都住在這裡——搖搖欲墜的樓梯、傾頹倒塌的牆壁、骯髒不堪的庭院，以及被煤煙燻黑的紅磚；門上被打破的扇形氣窗有如失明的眼睛。有個黑人癱坐在牆邊。

不對，他是白人，只是面目全非了——紅、褐、藍、黑，這個可憐人已經到了可怕彩虹的盡頭。有人打電話叫救護車了嗎？但我還來不及記路名，電車就慢慢開走了。

我試著把他拋在腦後，因為我也無能為力了。到站下車後，我聞到了愛心廚房的食物香氣。是粗鹽醃牛肉和高麗菜嗎？應該很難吃，但反而讓我更迫不及待想吃晚餐了。

約翰・布朗兒子屁股上有個膿包[16]，一名醉漢唱道。

約翰・布朗兒子屁股上有個膿包，
約翰・布朗兒子屁股上有個膿包，
那可憐的孩子坐也坐不了。

我在巷子裡找到鎖好的腳踏車，幸好沒有被偷走。為了安全起見，我先把裙子往上拉並綁好側帶。

刺眼的燈光使我睜不開眼睛，有人尖聲喊道：沒事吧？

兩名女性巡邏員拿手電筒對著我，強光照亮了整條巷子。她們究竟是為了確保我的安全，還是想確認我沒有爛醉如泥，或是打算和士兵亂搞呢？

16〈約翰・布朗之子〉（John Brown's Baby）改編自〈約翰・布朗之軀〉（John Brown's Body），是美國內戰時的進行曲，為了紀念美國廢奴主義運動家約翰・布朗而作。

一點事也沒有，我沒好氣地回答。

打擾了。

我把腳踏車從巷子裡牽到街上。

前方的兵工廠響起了鐘聲，女工們一邊聊天，一邊從建築物裡湧出，她們的手指黃到在昏暗的路燈下都清晰可見。這些女人會不會是和伊塔．努南同組的「金絲雀女孩」呢？我騎車經過她們時，其中一人大聲咳嗽，不以為意地笑了笑，又繼續咳嗽。

有一群男孩從我前面飛奔而過，身上穿戴五花八門的萬聖節裝扮：有人頭上圍了一條鮮豔的圍巾，有人在鼻子上面繫了格紋領帶，還有人反穿大人的外套，最小的男孩則是戴了紙做的鬼面具，我只希望他們細瘦的腳上有穿鞋子。沒想到大人會讓他們出來要糖果，我還以為大家都會關在家裡防疫。我試圖回想小時候住在鄉下，萬聖節時大人們都在我們小孩身上撒些什麼。

一個高個子男孩對我大聲吹軍號。他的號角有多處凹痕與銲接的痕跡，吹口上的鍍層都磨掉了。難道他的父親是退伍老兵嗎？或是已戰死沙場，只有軍號被送了回來。又或許是我太多愁善感，那男孩只是在一場賭注中贏了那個號角罷了。

年紀更小的男孩們敲打鍋蓋。這位太太，不給蘋果和花生就搗蛋！

來嘛，妳有沒有不要的蘋果或花生可以給我們？小小幽靈喊道。

他聽起來似乎喝醉了（很有可能，畢竟很多人相信酒精能防疫）。雖然他們叫我「太太」而非「小姐」，我還是從錢包裡掏出了半便士。

小小幽靈轉身離開時，給了我一個飛吻。

顯然對孩子來說，我看起來就是年過三十，我不禁想到迪莉雅．加勒特罵我是「老處女」的事。當護士就像被下咒一樣：入行時年紀輕輕，出來時卻已年華老去。

我問自己是否在意明天生日的事。其實真正的問題是，如果我單身一輩子會不會後悔。但在為時已晚之前，我怎麼可能會知道答案呢？而這也不構成結婚的理由，我才不想像某些女人一樣，只要看到差強人意的對象就急著投懷送抱，因為無論結不結婚，都很有可能會後悔吧。

當我走進狹窄的排屋時，整間屋子都冷颼颼的，果醬罐裡的蠟燭已經快燒完了。

我的弟弟坐在餐桌旁，搔著他的喜鵲烏黑有光澤的頭。

我想到數喜鵲的古老童謠：一隻代表悲傷，兩隻代表喜悅。[17]

晚安，提姆。

他點點頭。

人們總是將對話視為理所當然，像一條在雙方之間拉緊的緞帶，直到被剪斷了，才讓人意識到這層連結有多麼珍貴。

17〈數喜鵲〉（One for Sorrow）是一首傳統童謠，根據古老的迷信，喜鵲的數量象徵著人的運氣好壞。

我故作神氣地說：今天可是大喜日子呢，斐尼根護士長上去顧產科病房，所以你姊晉升為代理護士長了。

提姆上下挑眉。

因為弟弟不說話，所以我的話變得特別多。我放下包包，並脫下大衣和斗篷。這種對話的訣竅就是不要問問題，或是只問我能猜到答案的「安全問題」。你的鳥還好嗎？（我不知道他在心裡有沒有給牠取名字。）

提姆不常跟我四目相接，但他微微一笑。

夏天時，他在巷子裡發現了這隻大鳥，牠因為斷了一條腿而飛不起來。他給牠買了一個生鏽的兔籠棲身，並用一條繩子讓門保持開啟，方便牠隨時進出。這隻喜鵲富有光澤的綠色尾巴常常把東西撞倒，而且牠還會隨地大小便，但我每次抱怨牠時，提姆都裝作沒聽到。

本來今晚很期待能吃點熱的東西，但顯然沒瓦斯了。那水呢？我試著打開水龍頭，卻幾乎滴不出水來。媽的，該死！

下班時罵髒話感覺真棒，因為終於能卸下巴瓦護士的身分，做茱莉亞就好。

提姆稍早放在手提汽油爐上的鍋子還是熱的，他便點燃煤油，把水煮滾好泡茶。我推開一直放在餐桌上的筆記本。我很常寫些閒聊式的內容，提姆則是會在中間穿插一兩句（戰爭的後遺症不只是失語，寫字對他來說似乎也變得困難了）。

在一陣沉默中，我說道，今天超忙的，有位病人因為熱性痙攣而過世了。

提姆搖搖頭表示同情，並輕輕拉扯掛在脖子上的護符，好像在為我祈求保佑一樣。

他入伍的那週，我半開玩笑地送給他這個詭異的護符——有著橡木製大頭和黃銅製小身體的小妖精，一雙細細的手臂可以上下擺動。有些士兵會稱這個吉祥物為「比讚娃」，因為它的雙手比讚，以祈求好運。但提姆的比讚娃臉上只剩下兩隻眼睛，其他五官早已被他的拇指磨掉了。我想到歐娜．懷特在手腕上綁了兩圈念珠，看來會依賴護身符的不只是軍人。

但其實情況有可能更糟啦，我說。

我本想跟提姆說今天有個奇妙的紅髮女孩來幫忙，但布芮蒂未受教育、穿著破爛、在兒童之家長大，又寄宿在女修道院，可能會被人笑話，我便一時語塞，不知如何開口。

提姆掀開蓋住兩個盤子的鍋蓋，並將晚餐放到餐桌上。

他在漫長的夜晚等了那麼久，就為了和姊姊一起享用還沒完全放涼的食物。但他不喜歡太過誇張的讚美，所以我只說：噢，提姆，你又更上一層樓了。是花豆耶！

他又微微一笑。

戰前，我弟弟比我更活潑機靈，其實很像布芮蒂，充滿了活力與熱情。

那你今天肯定有下田吧。

（雖然我們只有大概半分的田地，但提姆的巧手卻讓那片田充滿生機。）

現在的馬鈴薯可是跟金塊一樣稀有珍貴，而今晚的馬鈴薯彷彿長了酒窩的完美球體，而且和橡實一樣大。提姆只有稍微川燙過，馬鈴薯皮咬下去的口感還是很酥脆。

我突然心生疑慮。讓它們長更大再採收比較划算吧？

我弟弟聳聳肩，一副無所謂的樣子。

當然也有洋蔥，我們吃的洋蔥多到都要從耳朵裡長出來了（推廣洋蔥防疫的政府肯定會很高興）。萵苣被蛞蝓咬了幾口，但吃起來十分新鮮。

看看這個芹菜！有人說能夠治神經呢，你信嗎？

我本來以為能逗提姆笑，但他面無表情，或許「神經系統受損」這點戳中了他的痛處。

在軍醫院，他們稱此為「戰爭精神官能症」，症狀五花八門，而且平民也可能患病；曾經有個英國女人在空襲時發了瘋，砍掉了小孩的頭。

他們給提姆服用三氯乙醛，讓他不會做惡夢，或至少醒來時頭腦昏沉，也不會記得細節，但副作用是他常常會噁心想吐。他們給他按摩舒壓，讓他散步以振作精神，並進行催眠，好讓他的心智恢復正常；也讓他去學習製作刷子、木工和修補靴子，讓他能派上用場。

由於和其他病人相比，提姆的生活自理能力相當良好，所以幾個月後就出院了。心理醫生承認他對失去語言能力無能為力，而且他們也需要那張病床。最後醫生開的處方是

「多加休息、營養均衡以及從事喜歡的職業」。

我讓提姆漸漸減少三氯乙醛的劑量，現在他雖然還是受不了人多的場合，但已經沒那麼提心吊膽了，而且食慾也變好了，尤其是和我一起用餐時。我只能相信安靜休養和慢條斯理消磨時光——園藝、買菜、煮飯、打掃和照顧喜鵲——能讓他慢慢好起來。

早上有信嗎？

我弟弟搖搖頭，比了個手勢。

我不明白他的意思。

他指著走廊，再次搖頭，似乎有些惱怒。

沒關係，提姆。

他把椅子往後挪，使勁拉出那個每次都卡住的淺抽屜。

這不重要啦。

我實在受不了提姆必須寫字和我溝通，畢竟我可是最接近他媽媽的存在，但每當我不明白他的意思時，就感覺我們好像相隔千里一般。

他把筆記本推向我，上面歪斜的字跡寫著「暫停服務」。

郵政嗎？喔，暫停送信服務啊，我明白了，可能郵件分類處有太多人病倒了吧。但在醫院，我們可不能「暫停服務」，就算休息一天也不行，我們的大門是不能關的，我悵然道。

不知道多久以後，我才會記得不要問提姆有沒有信，幾週後才會完全把這件事拋諸腦後？文明就是這樣，齒輪一個個生鏽，漸漸變得停滯不前。

我又開啟話題：我剛剛遇到一群變裝的男孩挨家挨戶要蘋果和花生，我就絞盡腦汁在想，小時候萬聖節時，大人是撒什麼在我們身上來防小人的魔咒啊？

提姆拿起小小的玻璃調味瓶。

沒錯，就是鹽！

我接過鹽罐，感覺勾起了許多童年回憶。我一本正經地倒了一點鹽到手中，手指沾一小撮鹽碰碰額頭，再輕觸提姆的。

我碰到他的肌膚時，他猛地一顫，但沒有躲開。

幸好提姆在我生病前一週就染上流感了，而且也是輕症，不然我肯定無時無刻不盯著他，觀察有無症狀。多年來，我深怕在戰場上失去弟弟，而他雖然回來了，卻變了一個人。如果命運連他的生命也要奪走，我可無法承受。

果醬罐裡的蠟燭快燒完了，燭光忽明忽暗。提姆仔細捲起了一支細細的香菸。

我可以來一支嗎？

他把香菸推過來，自己又捲了一支。

我們慢慢抽菸。我想到老兵從前線帶回來的香菸忌諱：一根火柴不能給三個人點菸。這究竟是為了避免狙擊手靠火光鎖定位置呢？還是只要加入第三者，就會破壞兩人一起點菸所產生的奇妙友誼？

我想起樓上提姆的書桌上方掛了一張有點歪斜的照片，是他和好友連恩彼此搭肩，秀出他們第一次穿上營部全套裝備的模樣，兩個男孩都笑得開懷。他那件肩章上有一顆星的軍服現在掛在衣櫥裡，而他的品格證書則塞在某個抽屜深處，是一張列印出來的手寫表格：

這名退伍軍人在英國軍隊服役共兩年又三百四十七天，在這段期間表現「良好」。

我弟弟捻熄他的香菸，走進食品貯藏室。

提姆的橡木棍靠在牆邊，較粗的那端沾了血漬，因為他有時會拿來打死跑進食品貯藏室的老鼠；從前線回來後，他就不再對老鼠手下留情了。

他走出來時，手裡拿著閃閃發亮的深褐色果乾麵包。

你怎麼會有？

我裝出生氣的模樣，但我其實不是真的在問他問題。這肯定是出自街上那位做蘋果派的老奶奶之手吧。

我來切吧？

我切開果乾麵包，並在我和提姆的盤子上各放了厚厚的一塊，果乾點綴著內層白白的麵包。裡面還有點溫熱，新鮮到不用烘烤，也不用塗奶油。我肯定是拿到象徵發財的硬幣。

提姆點點頭，一副嚴肅的模樣，好像我們在認真打賭一樣。

我大口咬下去，發現是貨真價實的白麵粉製作的，沒有任何偷工減料，而且每粒葡萄乾都散發出新鮮的茶香。真是太美味了，我邊吃邊說。

不知道這塊麵包多貴，不過提姆總是很小心管理收支，不會讓我們捉襟見肘。

我弟弟不知道是在盯著廚房牆壁，還是在放空，他究竟看到了什麼呢？

我咬到一個硬硬的東西。噢！

我拆開了蠟紙（在那一瞬間，又不禁想到把加勒特家的死嬰包起來的那一刻），沒想到竟然是戒指，已經開始掉金漆了。

我裝出不稀罕的模樣，炫耀道：看來我一年內會結婚囉。

提姆刻意給我拍了幾下手。

你那塊還沒找到幸運物嗎？

他搖搖頭，繼續小口咬著麵包。他現在都是這樣吃東西，似乎不得不這麼做，每一口都隱約夾雜著恐懼，好像食物隨時都會在嘴裡化成灰一樣。

以前的我拿到錫戒指可能會興奮不已吧，或許甚至會相信好預兆有機會成真。

好好享用麵包，不要胡思亂想，我告訴自己。

第二次咬到小包裝時，我差點一口吞了下去。又一個幸運物！

我還沒撕開包裝，就從形狀猜出是頂針了。我戴到小指上，並勉強擠出笑容。你說呢，提姆？果乾麵包說我在一年內會成為新娘，又變回老處女，這果然都是胡說八道。或許我們真的是星星的傀儡，他們一直都在用看不見的絲線控制著我們。

一枝蠟燭已經快淹沒在蠟油裡了，提姆便用拇指和食指將它捻熄，又捏了一次做確認。

我突然感到筋疲力盡、暈頭轉向。

晚安，提姆。

我留提姆一個人在廚房，在僅剩的蠟燭火光中撫摸他的喜鵲。我不知道他最近都何時睡覺，因為他總是比我晚睡早起。他還會做惡夢嗎？如果他完全沒睡，現在早就累倒了吧，所以如果他早上爬得起來，應該就是好現象，我也不需要擔心。

我在黑暗中走上樓梯，昏昏欲睡到腦袋都糊塗了。

我開始想，布芮蒂．史維尼就像天降恩典一樣憑空出現，如果她今天沒來幫忙，會發生什麼事呢？我會不會崩潰，把圍裙扔在地上，大吼著說這份工作已經超出我的能力範圍呢？更有可能的是，我會不會無法挽救迪莉雅．加勒特的性命呢？

我絆到了翹起的地毯，必須趕緊扶住牆壁才不至於跌倒。

夠了，茱莉亞，我告訴自己。上床睡覺吧。

III

藍

我在夢裡以為人生十分美麗[1]，這句老歌歌詞縈繞在我的腦海中。我在夢裡以為人生十分美麗，醒來時——

醒來時——

鬧鐘喚醒了我，我把它按掉，催促自己，起來吧。

但我的雙腳不聽使喚，木偶師操控木偶的線似乎斷掉了，或至少打結了。

我試圖說服自己說提姆已經泡好茶了。

我也試著斥責自己。瑪莉．歐萊希利、歐娜．懷特、迪莉雅．加勒特……她們都需要我。正如斐尼根護士長灌輸我們的觀念：病人第一，醫院其次，個人擺最後。

那首歌仍在我的腦海中揮之不去。我在夢裡以為人生十分美麗，醒來時——

我想到布芮蒂和她那亂蓬蓬的紅髮。我昨晚完全忘了問她會不會再來，或許才做一天，她這輩子就再也不想進醫院了吧。

我還在想那句歌詞：醒來時——

醒來時才——

醒來時才發現人生沉重無比。我想起來了。

在黑暗中，我硬是把身體拖下床，接著刷牙並用冷水擦洗全身。

提姆那隻瘸腿的喜鵲在廚房桌子上跳來跳去，刺耳的叫聲很像警察用來發出毒氣攻擊警告的搖鈴。牠的眼神透露出了智慧。兩隻代表喜悅，我心想。雖然有我弟弟默默的陪伴，但這隻喜鵲會不會寂寞呢？

早安，提姆。

他把兩片吐司都遞給我。

你臉上那是什麼？

提姆聳聳肩，彷彿只是沾到果醬或汙垢一樣。

過來讓我看看。

我弟弟馬上伸手擋住我。

讓我做好我的工作吧，我告訴他。

我扶住他的頭，並將他的臉轉向一邊好看清楚，才發現是一道小擦傷，藍色瘀青已經漸漸發紫。你的臉撞到什麼了嗎，提姆？

他微微點頭。

還是又是那些在路上攻擊你的小流氓做的？

他整個人縮了起來。

現在，都柏林人看待退伍軍人的眼光都不盡相同。一個老人可能會和提姆握手，感謝

---

1 源自美國詩人埃倫・史圖吉斯・霍伯（Ellen Sturgis Hooper）一八四〇年的詩〈我夢到人生無比美麗〉（I Slept, and Dreamed that Life was Beauty）。

他報效國家，但同一天，可能也有一名寡婦嘲笑他是懦夫，因為他仍四肢健全。路人可能會叫罵說流感當初就是那些骯髒的湯米大兵從國外帶回來的。但我猜真相是昨天，某個穿著綠色衣服、立志加入反抗軍的年輕人罵他是帝國的走狗，然後拿垃圾丟他，因為這種事以前也發生過。

告訴我，提姆，不然我只能用想像的，你也可以用寫的。

我把筆記本推向他，鉛筆在桌上滾了一圈。

他不予理會。

當母親肯定就是這種感覺吧，要不斷嘗試去解讀寶寶為什麼在哭，但至少小孩子每天都會學習、成長，而我弟弟……

我知道他不喜歡別人碰他，但還是冒險把手放在他的手上。

提姆沒有馬上抽回手，而是用另一隻手拉開廚房桌子的抽屜，並取出兩個用舊緞帶綁好的包裹。

對耶，今天是我生日，我說。我完全忘了這件事。

我弟弟很愛我。一滴眼淚滴到了我的裙子上。

提姆伸手拿鉛筆和筆記本，寫道，三十而已！

我大笑並擦乾淚水。不是啦。

我沒有解釋自己哭的原因，而是拆開第一個盒子的包裝，裡面裝了四顆比利時松露巧克力。

提姆！你該不會從戰爭爆發時就開始囤積了吧？

他露出得意的笑容。

第二個包裹相當渾圓，我拆開外面的衛生紙後，發現是一顆閃閃發亮的大橘子。大老遠從西班牙來的嗎？

提姆搖搖頭。

我開始玩猜謎遊戲。義大利嗎？

他點點頭，似乎很滿意。

我把水果拿到鼻子前面，吸入柑橘的香氣，不禁想到它千里迢迢橫跨地中海，通過直布羅陀海峽，再北上穿越北大西洋才來到這裡的艱辛旅程。不然就是走陸路橫跨法國——現在還有可能那麼做嗎？我只希望沒人在運送這個珍貴貨物的過程中犧牲生命。

我把橘子和巧克力放入包包當作生日午餐，提姆則開始準備下田的工具。我站在車道上，漆黑的天空隱約透出粉色晨光。他第三次發動摩托車終於成功了。這輛車是我在一名軍官寡婦舉辦的拍賣會上買給他的，但我怕他會介意騎死人的摩托車，所以從沒告訴他。

我揮手目送他離開後，便去拿我的大衣和斗篷，並扣好釦子。我站在腳踏車旁把裙子拉起來綁好。以十一月的第一個早晨來說，天氣還算暖和。

布芮蒂搞不好從沒騎過腳踏車。知道她在兒童之家長大後，很多事都說得通了：癬菌病留下的疤痕；在廚房不小心燙傷的手臂；對食堂難吃的食物、乳液和熱水都抱持無盡的感激之情。難怪她對胎動以及胎兒如何在母親體內生長一無所知——畢竟她在孤兒院長大，因為無論如何都想離開那裡，最後只好寄宿在她無法忍受的修女們籬下。

我騎車經過一間大門深鎖的學校，剛貼上去的告示寫著：「依衛生局規定，學校暫時關閉」，字跡甚至還沒完全乾呢。我不禁想到努南家的小朋友們；如果貧民窟的小孩現在沒有去上學，就代表他們吃不到免費的一餐飯了。

白煙從彈藥工廠高處的窗戶湧出，發出嘶嘶聲，代表薰蒸消毒人員正在消毒工作間，或許他們已經在硫磺毒霧中工作一整晚了吧。在工廠外面，大批女工排成蜿蜒的隊伍，一邊聊天，一邊左右踱步，染黃的雙手插在口袋裡以抵禦拂曉的寒意，迫不及待想進去開工。

我在腦中告訴伊塔．努南：妳的工作已經完成了。

我加快速度。三十歲了，那三十五歲的我會在哪裡呢？如果到時戰爭已經結束了，那世界又會是什麼樣子呢？

我把自己拉回現實——今天早上會遇到什麼狀況呢？在床上哭泣的迪莉雅．加勒特；喘不過氣來的未婚孕婦歐娜．懷特：拜託讓她的肺戰勝病魔；瑪莉．歐萊希利：拜託讓她趕快熬過去，早日抱到小寶寶。

我在巷子裡鎖好腳踏車。

經過戰士祭壇時，我注意到有反抗軍在底部的鋪路石上寫了「這不是我們的戰爭」。他會不會就是攻擊提姆的不良少年呢？

但這不已經是全世界的戰爭了嗎？戰爭不就像疾病一樣，我們互相傳染，防不勝防嗎？無法保持距離，也無法躲在某座小島上避難。或許戰爭跟貧窮一樣，永遠不會消失。或許全世界在骷髏人的統治下，永遠脫離不了兵戎相見的恐怖狀態。

我加入在等車的人群，每個人距離夠遠，不會被咳嗽的飛沫噴到，但也不會遠到電車進站時擠不上車。一個醉漢開始唱歌，對於周圍對他怒目而視的人渾然不覺，但歌聲卻意外地悅耳：

我不想加入該死的軍隊，
我不想去打該死的仗，
我寧願在家躺，
或在街上遊蕩，
當女打字員的——

我們都知道他接下來要唱出何等糟糕的歌詞。

……小白臉，他高聲唱道。

電車來了，我也成功擠了上去。

我坐在電車下層，在路上數了三輛救護車和五輛靈車。教堂鐘聲不絕於耳。隔壁乘客正在看報紙，我別開視線，盡可能不要去注意一則郵輪被魚雷擊沉的頭條新聞：全力搜索倖存者中。在下方，「停戰的可能性」這幾個字吸引了我的注意力。報紙已經兩度宣告戰爭結束了，但除非有事實證明這是真的，不然我可不會輕易相信。

在醫院外下車後，我在黎明的曙光中稍微喘口氣，呼吸新鮮空氣，覺得神清氣爽多了。路燈下釘了一張新的通知，內容比之前的還要長：

呼籲眾人
不要進出公共場所，
如咖啡廳、劇院、電影院
和酒吧。
只見必須見的人，
也盡量避免握手、大笑
或近距離交談。
如果一定要親吻，
請隔著手帕。

在鞋子裡灑點硫磺。

在家防疫至上。

我穿著沒有灑硫磺的鞋子，走進寫著「*Vita gloriosa vita*」的醫院大門。

我本想直接上去產科發燒病房，但我強迫自己再去吃點早餐，以免今天又像昨天一樣忙得不可開交。

我到地下室的食堂排隊。我對他們現在用來灌香腸的食材抱有疑慮，因此我選擇吃粥。

我聽著德皇即將投降、和平必然會到來的揣測，突然想到我們不可能和流感簽什麼和約；我們在醫院打的是消耗戰，而每個病人的身體都是戰場。

一名醫學生說有個男人到櫃台報到，因為喉嚨緊緊的，所以深信自己得了流感，結果他十分健康，只是心理作用罷了。

旁人竊笑著，但個個都顯露疲態。

但恐慌不也和其他症狀一樣，是真實存在的嗎？我不禁聯想到堵住我弟弟喉嚨的不明力量。

我們的隊伍慢慢往前，經過了最新的標語，上面用措詞強硬的文字寫道「如果我失敗，他就會死」。

我站在角落吃粥，但只勉強吃了半碗。

我快步走進產科發燒病房，卻沒看到任何紅髮女孩；布芮蒂．史維尼不在。路加修女像一艘大船一樣向我走來，仍是一身潔白的裝束，臉上毫無倦容。早安，護士。

我實在無法開口問她布芮蒂的事，因為這樣彷彿就把她當成那個年輕人的管理者一樣。

昨晚在樓梯間，我在那邊浪費時間聊電影明星，但布芮蒂根本沒說她今天會再來，對吧？因為我太想要她幫忙就自己妄下結論，我這才意識到自己有多麼指望她今天在這裡；正如剛才看到的海報所寫，她就是我「必須見的人」。

右邊病床上的迪莉雅．加勒特似乎正在睡覺。

中間病床的瑪莉．歐萊希利像蝸牛一樣蜷縮著身體。林恩醫生已經為她進行人工破水了，由於感染機率會提高，所以產程拖太長其實不太安全。有進展嗎？我低聲問道。

路加修女做了個鬼臉。陣痛間隔八分鐘，比之前劇烈，但醫生還是覺得太慢。

瑪莉．歐萊希利應該也有同感。她緊閉雙眼，一頭黑髮被汗水浸溼，連咳嗽都聽起來很疲倦。

我突然想到布芮蒂搞不好今天早上有來，但去了別間病房。辦公室當然會把志工派到最需要人力的地方。

歐娜·懷特一邊無聲地祈禱，一邊用蒼白的雙手數著念珠。

她還真會裝虔誠，修女對我耳語道。

我不禁怒火中燒，壓低聲音回答：我還以為妳會贊成祈禱呢。

是啊，「如果」是發自內心的話，但祈禱了一年，那位大小姐還是死性不改。

我轉頭盯著她。妳說懷特太太嗎？妳怎麼知道？我低聲問道。

路加修女隔著紗布口罩輕拍鼻子。我們修道院有位修女在那間母嬰之家服務，我就問了她關於這位「太太」的事。那是她第二次去了，才離開不到半年，結果又未婚懷孕？

我氣得咬牙，但又突然想到一個問題：生下第一胎之後，她還待了一整年嗎？

是啊，如果嬰兒有存活，就要待一年。

我不明白她的意思。

路加修女解釋道：如果她沒錢，就必須做家務和照顧小孩一年才能還清費用。

我實在想不通，所以因為懷孕這項「罪行」，歐娜·懷特必須住在慈善機構，而懲罰就是照顧自己和其他女人的小孩。修女們囚禁她整整一年，她還必須在那一年努力償還她們在她身上所花費的資源，真是荒謬的循環論證。

那母親可以留……滿一年後可以帶她的小孩離開嗎？我問道。

路加修女瞪大她的一隻眼睛。帶它離開要幹嘛？大部分的女人都想擺脫這種恥辱和麻煩吧。

或許我的問題太天真了，我知道未婚母親的人生並不容易，不知道她們會不會寧願假裝自己是寡婦。

路加修女說，偶爾會有初犯，如果她真的改過自新，而且很喜歡那個小孩，加上如果有已婚的姊妹或她自己的母親願意收養，她或許就可以帶寶寶回家。至於一個頑固的罪人（她對歐娜．懷特瞇起眼睛），她這次得待兩年，如果她無可救藥，可能還會待更久——因為這可能是阻止她亂搞的唯一方法。

我震驚得說不出話來。

當我看到她頂著一頭紅色捲髮走進門時，我大大鬆了一口氣。早安，布芮蒂！

她露出燦爛的笑容轉向我。

但我不應該在路加修女面前直呼她的名字。我注意到布芮蒂沒有跟我打招呼，只有點點頭而已。

吃早餐了嗎？我問道。

她點點頭，一副心懷感激的樣子。吃了黑布丁和很多香腸。

史維尼，在地板上灑消毒劑，然後把抹布綁在掃把上，把地板整個拖乾淨，修女命令道。

負責日班的是我，為什麼是修女在發號施令？我擺出一副明顯在等路加修女離開的模樣。

她脫下圍裙，並穿上斗篷。巴瓦護士，妳去參加彌撒了嗎？

我一時感到困惑，因為今天不是禮拜天。噢，妳說諸靈節的彌撒嗎？有啊（上天請原諒我撒這個謊，我實在不想被她罵）。

妳是說諸「聖」節吧。

聽得出來路加修女糾正我，心裡可是樂得很。

她提醒整間病房的人：在十一月一日，我們讚頌天上聖人，看顧世上可憐的罪人。而在明天的諸聖節，我們會榮耀悔罪者，也就是煉獄中的聖靈。

她真的以為我想讓她給我上一堂教會年曆的課嗎？布芮蒂已經在拖地了。我掛上大衣、放下包包，並開始洗手。

歐娜·懷特溼咳了一聲。

妳可以試著給懷特太太敷糊藥，路加修女說。

我提醒自己，這名夜班護士並非我的上級。修女，其實就我的經驗來說，敷糊藥對這種症狀並沒有什麼幫助。

修女沒被眼罩遮住的那邊眉毛消失到頭巾裡了。相信我，我的經驗更加豐富，如果做法正確就會有幫助。

我看布芮蒂的肩胛骨，就知道她有在聽我們的對話。

我真想指出路加修女的訓練和經驗基本上都是來自上個世紀，但我只有用溫和的語氣說，這個嘛，既然我們人力短缺，我想我就按照自己的判斷吧。

她嗤之以鼻。

祝妳好眠，我告訴她。

修女扣上大衣的釦子，一副完全不打算休息的樣子。

史維尼，今天可不要礙手礙腳的，她說。

路加修女一離開，布芮蒂就靠著拖把，噗哧一聲笑了出來。妳頂嘴了，妳給那個老太婆好看了。

但如果我挑撥離間，對這個年輕人並沒有幫助，畢竟她和修女還是住在同一個屋簷下，而且如果工作人員之間有嫌隙，病人可能也會感到不安。所以我對布芮蒂搖搖頭，並轉移話題道，妳今天也來真是太好了。

她咧嘴一笑。我怎麼不會再來呢？

我故作正經說道，噢，不知道耶，因為工作很辛苦、臭氣薰天，還有充滿血腥場面之類的？

我們在聖母之家的工作更辛苦，而且還要祈禱。

「我們」是指妳和修女們嗎？

我們這些寄宿的，大概二十個女孩，布芮蒂糾正我。總之，我當然會再來呀，改變也是一種休息，而且這裡很熱鬧，每分每秒都能學到東西呢！

她的歡樂情緒很有感染力。我想起她的手指昨天被破掉的體溫計割傷。妳的手指怎麼樣了？

她舉起來說，一點疤都沒有，妳的筆真神奇。

其實那是科學啦。

迪莉雅・加勒特在半睡半醒間試圖坐起來。我檢查她的傷口，癒合得很順利。

她全身癱軟，只咕噥了幾個字。

今天妳的胸部會腫脹嗎？

她淚如雨下。

束胸應該會有幫助，加勒特太太。

不知為何，只要束胸，胸部就不會再分泌不需要的乳汁。我拿了一卷乾淨的繃帶，沒有掀開她的睡袍，而是直接憑感覺纏了四圈。如果綁太緊或讓妳呼吸困難，請務必告訴我。

迪莉雅・加勒特點點頭，一副毫不在乎的樣子。要熱威士忌嗎？好。

其實她應該不需要喝熱威士忌來緩解症狀，但換做是我，與其天天以淚洗面，我大概也寧願睡覺吧。

以肺炎患者來說，歐娜・懷特的姿勢是正確的，但她的呼吸很大聲，而且臉色發青。我檢查她的病歷，確認路加修女有沒有記得給她補充鐵質。她有，還在旁邊註記「肚子痛」，這的確是服用鐵劑常見的副作用。我測量脈搏、呼吸頻率和體溫——沒有惡化，但也並未好轉。

我又問了一次，但歐娜．懷特仍固執己見，堅持不碰酒，於是我給她服用低劑量的阿斯匹靈退燒，以及一匙吐根糖漿緩解咳嗽症狀。我解開她的睡袍領口，在她的胸口塗了一層樟腦舒緩精油。

路加修女罵她「無可救藥」，我真為她感到心痛。歐娜．懷特經歷了這一切，接下來卻還要被監禁兩年，法律真的能允許修女違背她的意願，把她關起來嗎？

我訓斥自己——搞不好歐娜．懷特無家可歸，所以是自願待在母嬰之家的。我怎麼知道這個沉默寡言的女人到底經歷了什麼，又想要什麼呢？

中間病床的瑪莉．歐萊希利有些動靜，我便轉向她，並查看紀錄。現在的陣痛間隔是七分鐘。

我耐心等待陣痛結束，等到她的表情放鬆下來，我才問道，歐萊希利太太，妳還好嗎？昨晚有小睡一下嗎？

應該有吧。

妳需要上廁所嗎？

路加修女才剛帶我去。妳覺得還會很久嗎？

她的語氣很急切，但聲音小到我幾乎聽不到。

我只能說「但願不會」。

（我一邊試著回想羊水破了多久，感染機率會飆升，是二十四小時嗎？如果待會沒有醫生過來，我再請布芮蒂叫人來。）

喝點熱威士忌吧，加勒特太太也來一杯，懷特太太就喝熱檸檬水吧。

我還沒走過去，布芮蒂已經用酒精燈開始準備飲品了。她把杯子端過來，一一放到病人手中。

我看到她美麗但紅腫的指節；不知道凍瘡會不會很癢？布芮蒂，每次洗完手記得要再塗一點藥膏。

真的可以嗎？

請便。

布芮蒂取下罐子，把藥膏塗在紅腫的手指上，再把手湊到臉前面聞。我超愛這個味道。

我覺得她的反應很有趣。尤加利精油嗎？每天早上，我搭的電車都瀰漫著這個味道。妳知道這其實是一種樹散發出來的氣味嗎？

布芮蒂笑道：這種樹我可沒聞過。

是一種高大的樹，樹皮會剝落，生長在澳洲的藍山。聽說在溫暖的日子，這些樹會散發出濃郁的芬芳，形成藍色的霧氣，藍山因此得名。

她低聲說：真不可思議！

歐娜．懷特把頭往後靠，並閉上眼睛。又在祈禱嗎？還是因為呼吸不順暢所以累壞了？

瑪莉．歐萊希利嗚咽了一聲。

哪裡最痛？我問道。

她的小手抓了背部、臀部和肚子——全部都痛。

痛得越來越厲害嗎？

她點點頭，咬緊牙關，抿住雙唇。

不知道她有沒有便意感了，但我沒問出口，以免她被我說的話影響。她是那種溫順的類型，別人想聽什麼，她就會怎麼回答。

起來吧，親愛的，來看看能不能緩解疼痛。

我讓瑪莉．歐萊希利靠牆坐在椅子上，並用力推她的膝蓋下方，把她的雙腳骨頭推正。

啊！

這樣有幫助嗎？

好……好像有。

我請布芮蒂蹲下，把手也放在瑪莉．歐萊希利的膝蓋上方。繼續推，累了的話就坐在地上用背靠著。

我不會累的，布芮蒂向我保證。

歐娜·懷特喃喃念著《玫瑰經》，緊緊抓著每一顆念珠，彷彿一個溺水的女人緊抓救生圈不放一樣。

我突然脫口而出說，女士們，今天是我的生日喔。

生日快樂！布芮蒂說。

唉唷。

是男人的聲音。我轉身看到葛羅穎探頭進來。

如果我問是幾歲生日，會很失禮嗎？他問道。

有什麼事嗎，葛羅穎？我板著臉問道。

這名護工將一個輪子嘎嘎作響的金屬嬰兒床推入病房。路加修女說歐萊希利太太今天可能會用到。

迪莉雅·加勒特發出了痛苦的聲音，並轉過身去。

這就是昨天為她寶寶準備的嬰兒床嗎？但實在沒辦法讓她不要看到這些場景。

所以你要無視我的問題嗎，巴瓦護士？葛羅穎竊笑道。不回答也是一種回答。我發現女生在二十五歲前都不會忌諱講年紀。

我三十歲，但我不介意別人知道，我說。

哇，是成年女性了耶！

葛羅穎用手肘靠著門框，似乎不打算離開。看來妳也會投票選下一屆的國會議員囉，前提是妳是戶主啦，他語帶嘲笑地補充道。還是妳的房租每個月有五英鎊？

自從提姆從軍，房子就在我的名下了，但我可不想跟這傢伙談論家裡的事。

葛羅穎先生，難道你不贊成女性投票嗎？布芮蒂問道。

他對這個問題嗤之以鼻。

我實在是看不下去。難道對你來說，我們還沒證明自己的價值嗎？

護工做了個鬼臉。妳們又沒有服役，對吧？

我大吃一驚。從軍嗎？很多女性都有服役啊，例如當護士、司機和——

護工揮揮手，一副不以為然的樣子。但妳們可沒繳血稅，對吧？不像我們男人那樣。除非妳們已經準備好為國王獻出生命，否則怎麼有資格獲得對英國事務的發言權呢？

我怒不可遏。看看周圍吧，葛羅穎先生，所有國家都是從這裡誕生的。女人從遠古時代就在繳「血稅」了。

他離開時還在竊笑。

布芮蒂看著我，撇嘴一笑。

瑪莉．歐萊希利小聲呻吟。

布芮蒂馬上用力推那個年輕女人的脛骨，以緩解她的疼痛。

陣痛結束後，我說，間隔只剩五分鐘了。

瑪莉・歐萊希利用虛弱的聲音問道：那是好事嗎？

是，非常好。

迪莉雅・加勒特雖然背對著瑪莉・歐萊希利，但卻轉過頭來看她，眼神帶有不滿與醉意。

我不想把嬰兒床放在那女孩病床的尾端，以免她會感到著急，但放在水槽旁邊又會擋到我們的路。而且看到嬰兒床可能會提醒她一切的痛苦都是值得的，讓她打起精神，於是我把嬰兒床慢慢推到中間病床尾端，靠近瑪莉・歐萊希利的雙腳。親愛的，我先做好事前準備。

她閉上眼睛，頭往後仰，發出呻吟。

我到櫥櫃準備生產可能會需要用到的物品。布芮蒂已經把手套和用具放在袋子裡加熱消毒了。妳很自動自發呢，布芮蒂。

她聽了似乎很開心。

那妳的生日是什麼時候？我問道。

我沒有。

我揮揮手說，每個人都有生日，布芮蒂。

那我想可能是祕密吧。

我有點不高興。妳如果不想告訴我就——

我的意思是沒人告訴過我，布芮蒂低聲說。

這時，歐娜・懷特突然開始劇烈咳嗽，我趕緊去查看她的痰杯，確認她沒把整個肺都咳出來，並在她的胸口又塗了一層樟腦舒緩精油。

接著，瑪莉・歐萊希利問她能不能躺一會，所以我扶她上床，並讓她左側躺。

等我下次有機會和布芮蒂說話時，我們都站在水槽邊。妳不知道父母是誰嗎？我低聲問道。

我不記得。

他們還活著嗎？

她又做出怪好玩的招牌聳肩動作。我被送到兒童之家，或是被帶走時，他們還活著。修女說他們沒辦法養我。

那妳當時幾歲？

不知道，從那時起到我滿四歲前，我都是養女。

她看我的臉就知道我沒聽過這個詞彙。

布芮蒂進一步說明：送到別人家，給養母照顧。既然我到四歲都還四肢健全，她應該算照顧得不錯吧。

她平靜的語氣讓我為她感到心疼——又或者說是為了當時那個不知所措的小女孩。

她繼續說道：或許布芮蒂是她給我起的名字，取自聖布麗姬嗎？我以前還有另一個名字，但他們不告訴我，只說不是聖人的名字。

她的陳述太過淒涼，我一時有點難以理解。妳說「他們」是指修女嗎？

還有兒童之家的老師和照顧者。雖然美其名說是工業學校，但其實根本不是什麼學校，布芮蒂嗤之以鼻地說。管學校的是兩位修女，但她們每晚都會回修道院，只留幾個兼職員工顧學生。

我記得自己一開始是問她的生日，才開啟這個話題的。所以這些人從來沒跟妳說妳是哪天出生的嗎？

連哪一年都沒說。

同情使我的喉嚨都縮了起來。如果妳想的話，就跟我共享生日吧，說妳的生日也是今天，搞不好真的是喔，我說，自己卻覺得有點害羞。

布芮蒂露齒一笑。當然好啊。

我們在工作台安靜工作了一段時間。

她突然說，妳媽媽過世後，妳爸爸沒把妳送走，算是很幸運的耶。

我大吃一驚。為什麼他要把我送走？

我有認識三姊妹，她們被送到兒童之家是因為教區神父不讓她們和喪偶的父親同住。他說考慮到她們的年齡，這樣「不合適」，她語帶諷刺地補充道。

我不明白她的意思。為什麼？因為她們太小，沒辦法給男人撫養嗎？

不是，兩個姊姊分別是十三、十四歲，最小的十一歲。

我恍然大悟，不禁臉紅。神父竟然說出這種話，過分拘謹同時卻又思想骯髒……妳覺得她們當初待在家比較好嗎，布芮蒂？

她毫不遲疑，馬上點頭。無論發生什麼事。

她不可能認為就算父親猥褻女兒，待在家也比較好吧？布芮蒂！

至少她們彼此可以作伴。在兒童之家，她們甚至不能說話。

我再度感到一頭霧水，這難道是什麼沉默的誓言嗎？那三姊妹不能說話嗎？我問道。

布芮蒂解釋道：我是說她們不能彼此交談；修女說她們已經不是姊妹了。

這種專斷的殘酷行為太令人震驚了。

她改變話題。那妳和妳弟弟……

我當時才四歲，所以我不知道有沒有人反對爸爸在農場撫養我們，我告訴她。當我七歲、提姆三歲時，我們的父親再婚，繼母還帶著更年長的孩子，但我仍是提姆的小媽咪。

我突然想到一件事。

不過現在情況似乎完全相反，因為我像男人一樣在外面工作，而提姆負責在家煮飯！

布芮蒂笑了出來。太好了。

我想到今天早上的海報寫著：盡量避免大笑和近距離交談。噢，相信我，我真的很感激，我說。

我的意思是，你們能互相照應真是太好了。

如果妳們有空的話，能不能麻煩再給我一杯熱威士忌呢？迪莉雅．加勒特厲聲問道。

當然可以，加勒特太太。

我注意到瑪莉．歐萊希利正在默默哭泣。是因為太痛苦，還是等待太煎熬？

我拿了一條溼冷的布替她擦臉。要不要再坐在椅子上，再來推屁股？

但這時，林恩醫生衝了進來，穿著和昨天一模一樣的襯衫、領帶和裙子。她打招呼說：又是一天的奮戰，祝福我們大家。

我馬上去拿三名病人的病歷，並把瑪莉．歐萊希利的放在最上面。

我還沒開口，迪莉雅．加勒特就大聲嚷嚷道：我想回家。

醫生說，我們知道妳想回家，但殘酷的事實是，分娩後一週其實比分娩前更需要注意健康。

（我想到我母親第一次抱著提姆的模樣，想到病房裡那些看著新生兒微笑，結果卻在隔天開始打寒顫，第六天就過世的母親們。）

迪莉雅．加勒特用掌跟按壓紅腫的雙眼。我連小寶寶都沒有好嗎。

林恩醫生點點頭。妳女兒已經在上帝的懷抱裡了，而我們必須確保加勒特先生和妳的女兒們不會連妳也失去了。

迪莉雅．加勒特吸了吸鼻子，便沒有再抗議了。

接著，醫生對歐娜．懷特進行胸腔聽診，並給她開了海洛因糖漿。

歐娜．懷特上氣不接下氣地說：我不吃麻醉品。

親愛的，這是藥用的，支氣管肺炎嚴重的患者服用可以緩解咳嗽症狀。

還是不行。

懷特太太是先驅會成員，基於信仰所以絕對禁酒，我低聲說。

我叔叔也是，但他會乖乖吃藥，林恩醫生說。

麻醉品不行，歐娜．懷特喘息道。

醫生大嘆了一口氣。那就再給她阿斯匹靈吧，巴瓦護士，但不能超過一克，也再給她喝熱檸檬水吧。

醫生終於洗了手，戴上手套，並到中間病床替瑪莉．歐萊希利做檢查。我讓那女孩就定位，側躺且臀部伸出床緣。

啊，終於有進展了！

林恩醫生脫下手套。

我讓瑪莉．歐萊希利平躺，她往下盯著鼓起的大肚子。

她可以開始用力了，所以現在服用氯仿也不會拖慢產程，醫生告訴我。

陣痛又開始時，瑪莉．歐萊希利閉上眼睛，發出低沉的呻吟聲。

但到最後一刻就不要止痛了，好嗎？林恩醫生離開前又提醒道。

我點點頭；我知道藥物可能會進入嬰兒體內並影響其呼吸系統。

我從架上取下氯仿，在吸入器的棉片上滴了一匙，並交給瑪莉．歐萊希利。有需要時就吸個幾口。

她馬上用力吮吸。

妳終於準備好了，我告訴她。

真的嗎？

現在最好左側躺，腳朝床頭就可以抵住枕頭。

我把被褥都移開。

瑪莉．歐萊希利在床墊上轉成頭下腳上，動作有些笨拙。

我把這條長毛巾綁在妳的頭旁邊，這樣妳待會就可以拉，我告訴她。等下次陣痛就可以開始用力了。

多年來，我見證了許多女人的痛苦，現在幾乎可以聞到陣痛何時會來。我說，看著妳的胸口，歐萊希利太太，妳要閉氣，並用全身的力氣拉毛巾，好像在敲響教堂的鐘聲一樣。就是現在，用力！

那個疲憊的女孩照做了，她咬緊牙關，使盡吃奶的力氣，以第一次來說算是做得很不錯了。

結束後，我說，這是好的開始，現在稍微休息一下。

她突然哭喊道，我離開太久，歐萊希利先生會不高興的。

我和床對面的布芮蒂四目相接，我突然有股想笑的衝動。

別擔心他，歐萊希利太太，再怎麼樣也沒辦法催他的小孩趕快出來啊。

我知道，可是……

布芮蒂把手放在她抓著毛巾的手上。

把那些都拋諸腦後吧，妳今天只需要完成這件事情就好。

瑪莉．歐萊希利的額頭冒出冷汗，她在床上掙扎道，我做不到。

妳當然可以，就是現在，用力！

但她失去控制，被痛苦吞沒了，一邊扭動身體，一邊抽泣咳嗽。我真的不知道該怎麼做，護士，我太笨了。

我看向布芮蒂。妳才不笨，歐萊希利太太，妳自然會知道該怎麼做。

（我沒有說出口的是「自然」自有打算；我也看過自然像剝開核桃殼一樣毀了一個女人。）

我會在這裡幫妳，哪裡都不會去，我對她發誓。

瑪莉．歐萊希利喘息道，還有布芮蒂。

沒錯，布芮蒂說。

我給那女孩氯仿吸入器。

噢，噢——

下次陣痛緊緊攫住了她。

用力！

她屏住呼吸，直到臉色發紫，咬著牙低吟。

在陣痛之間盡量放鬆，保存體力，我在她耳邊柔聲低語。

但只有幾分鐘的緩衝時間。

在瑪莉．歐萊希利邊咳嗽邊喘息時，我和布芮蒂推她的腳，我旋轉她的骨盆並擠壓臀部，但似乎無論如何都沒辦法緩解疼痛。

可以給我那個吸的嗎？她喘息道。

我在吸入器滴了更多氯仿再拿給她，並檢查她的脈搏、體溫和呼吸頻率。

一波一波的痛楚越來越劇烈。我所有方法都試過了；我按摩瑪莉．歐萊希利緊繃的下顎，當她的右小腿痙攣時，我讓布芮蒂揉捏它。

我看時鐘，發現已經過了四十分鐘。

需要推幾次啊？布芮蒂對我耳語道。

沒有一定耶，我承認。

瑪莉．歐萊希利的聲音小到幾乎聽不見：我好像要吐了。

布芮蒂趕緊跑去拿水盆。

接下來十五分鐘，我開始擔心了。胎兒沒有要出來的跡象，我看著瑪莉．歐萊希利憔悴的面容，就知道這樣長時間的勞累已經讓她不堪重負，況且她還要對抗流感的病魔。

我把布芮蒂拉到一邊。妳可以去找林恩醫生嗎？說歐萊希利太太已經用力一小時了。等等——

第一胎花兩小時的時間都還算正常，但我說不出自己在擔心什麼。不知道會不會是子宮無力——那女孩是不是累到宮縮力道不足以把胎兒推出來？還是有什麼東西堵住了？我心裡閃過各種危險訊號：腫脹、破裂、出血、感染。

我在布芮蒂耳邊補充道，跟醫生說我擔心她可能難產。妳能記住這個詞嗎？

難產，她重複道。

便衝了出去。

我開始憂心忡忡，但不能讓病人發現，雖然其他女人也沒有在注意我；歐娜．懷特緊閉著雙眼祈禱，酒醉的迪莉雅．加勒特則正在打盹，束胸後的胸部像男人一樣平坦。

我用膝蓋抵住瑪莉．歐萊希利的背部，讓她腳踢枕頭時可以支撐。

當布芮蒂回來時，身後跟著兩個男人，兩人都穿著貼身的海軍夾克，頭上戴著標有星號的高大蛋型頭盔。

我盯著他們看，並急忙起身蓋住瑪莉．歐萊希利的身體。你們竟敢這樣闖進來，快出去！這裡是婦女病房。

都柏林警察只退到門外，較矮小的員警說，我們在找——

較高大的員警插嘴說，我們要的是那個叫林恩的女醫師。我們有逮捕狀（他拍拍胸前口袋），她犯了戰爭罪。

這是產房嗎？第一個人問道，語氣有些不確定。

我本來想告訴他主產房在樓上，但如果他們笨到以為這麼大的醫院只有三名產婦，我又何必糾正他們呢？我揮手示意旁邊的嬰兒床。你覺得呢？

較高大的員警皺眉，並調整了他的頭盔扣帶。那要去哪裡找林恩女士？

我哪知道啊？

老實說，現在醫院裡沒有產科醫生，所以我不能沒有林恩醫生。如果他們逮捕她，把她關起來或又把她驅逐到英國，瑪莉．歐萊希利怎麼辦呢？病人的安危優先，政治只能排後面。

逮捕狀的內容是什麼？我質問道。

員警掏出他的那張紙，結結巴巴地唸著：根據《領土防禦法》[2]第十四條之B，涉嫌進行或已做出或正要做出危害公共安全的行為。

2 《領土防禦法》（*Defence of the Realm Act*，簡稱DORA）在一九一四年四月（即第一次世界大戰爆發數週內）通過，賦予了英國政府極大的權力，包括強制徵收私人土地和禁止公眾餵食野生動物等。

那到底是什麼意思？

布芮蒂開口要說話。

我對她使眼色。

我剛剛去樓上，但找不到林恩醫生，她說。

第一名員警的肩膀垂了下來。好吧，那她下次進來時，跟她說她必須到都柏林城堡自首，這是緊急情況。

沒問題，警察先生，我說。

頭朝床尾的瑪莉·歐萊希利轉過頭來，用恐懼的眼神看著這一幕。但現在痛楚又攫住了她，她便用力拽著毛巾，發出長長的呻吟聲。

警察倉皇而逃。

這次我抬起她的右腳，讓她抵住我的臀部推，但還是沒有進展。

下次有機會和布芮蒂說話時，我們倆又在水槽邊，我低聲問道：妳說找不到林恩醫生是編出來的嗎？

布芮蒂露出淘氣的笑容。不算，他們說她在動手術，會傳話給她。

瑪莉·歐萊希利又哭喊出來。

我急忙回到她身邊，對她的腹部進行觸診，並用助聽筒檢查胎心音是否正常。我查看懷錶，發現已經過了一小時又十五分鐘以上了，但我摸起來，胎兒的頭似乎半公分都沒有往下降，到底是被什麼擋住了呢？

布芮蒂看著我，淺藍色的雙眼充滿信心，似乎相信我無所不知，彷彿對我和我的幸運手來說，沒有什麼不可能的事一樣。

是膀胱，瑪莉·歐萊希利早上到現在都沒有上廁所。

布芮蒂，請妳馬上去拿便盆。

我說服那女孩抬起一邊臀部，把便盆塞到她的身體下面。歐萊希利太太，妳必須排尿才能讓寶寶有空間出來。試著尿出來，一滴也好。

她一邊哭泣，一邊咳嗽。我尿不出來。

不知道胎兒的頭是不是壓到了尿道，所以尿液流不出來。

我來幫妳，我告訴她。

（說起來簡單，做起來卻十分棘手，但既然沒有醫生，我就必須試試看。）

我再度讓瑪莉·歐萊希利左側躺，再衝到水槽洗手，並拿了消毒過的導尿管和一瓶消毒液。

瑪莉·歐萊希利的下巴收到胸口，痛得齜牙咧嘴。她用力推，眼睛都凸了出來。

陣痛結束後，我告訴她，妳做得很好。

當我把冰冷的消毒水倒在她的私處上時，她倒抽了一口氣。

我用唇語對布芮蒂說：按住她。

布芮蒂用手按住那個年輕女人的腳踝。

歐萊希利太太，請妳暫時不要動……

雖然我有插導尿管的經驗，但次數不多，也從沒在分娩的女人身上嘗試過。

這會有點刺痛，但一下下就好，我告訴她。

她的臉皺了起來。我找到了尿道口，將有潤滑的那一端插進去一公分。她發出一聲慘叫。

但如果一切都被胎兒小小的頭骨壓到變形……萬一我刺破膀胱怎麼辦？我閉上眼睛，深吸一口氣，並將導尿管往上推——

淡茶色的尿液噴到我的圍裙上，我趕緊把導尿管口指向乾淨的便盆。

成功了！布芮蒂喊道。

瑪莉．歐萊希利像個士兵、或說像匹馬一樣撒尿，宛如源源不絕的山泉水。當她終於停下來時，我拉出導尿管，布芮蒂隨即把便盆拿到水槽清洗。

我撥開蓋住瑪莉．歐萊希利眼睛的頭髮，告訴她那應該會有幫助，但我心裡卻沒那麼肯定。

她虛弱地點點頭。

時間一分一秒流逝，但卻沒有幫助，什麼都沒有。

我有考慮進行灌腸，但想到她幾乎沒有進食，腸子裡應該沒有什麼東西。每三分鐘就陣痛一次，宛如某種上了發條的酷刑。無論瑪莉．歐萊希利多麼努力，她緊繃的大肚子裡面還是沒有任何東西往下降。難道頭部卡在骨盆緣了嗎？只見這個年輕女人越來越蒼白無力，但其他一切都沒有改變。

我試圖理清混亂的思緒，回想以前學過什麼難產相關知識。難產主要原因有3P，也就是產道大小（passage）、胎兒大小（passenger）和宮縮力道（power）——或許瑪莉．歐萊希利的骨盆腔狹小或畸形，或是胎兒頭太大或胎位不正，也可能是母親太疲憊，無法自己生出胎兒。

拜託這次不要用到鉗子。鉗子雖然能拯救生命，但我已經看過太多母親和寶寶被弄得血肉模糊……

我摸瑪莉．歐萊希利的額頭，確認沒有發燒，但當我測量她的脈搏時，卻發現已經超過一百，而且相當微弱。

我慌了起來。流感加上分娩的雙重壓力，導致她快要休克了。

靜脈注射生理鹽水。

待在她身邊，我告訴布芮蒂。

我從高架子上的無菌盤一把抓了長針、針筒和橡膠吸球。我把平底鍋裡的熱水裝到碗中，量了約一公升並加鹽，再加冷水調到體溫。

我在瑪莉．歐萊希利的右手肘上方綁了一條貓腸線並繫緊，直到一條天藍色的靜脈浮現出來，但她好像根本沒有注意到。下次宮縮時，她緊抓著環狀長毛巾，用穿著長襪的雙腳抵住床欄（枕頭掉到地上了，但我搆不著）。

我盡快將溫生理鹽水注射到她的靜脈裡。

我握著她的手腕數十五秒，再乘以四。脈搏降到九十了，很好，但血壓有升高嗎？

妳在做什麼，巴瓦護士？

是身穿時髦黑西裝的麥考利夫醫生。

該死，我需要有豐富助產經驗的林恩醫生，除非她已經被逮捕了——她該不會在走廊上遇到那些警察了吧？

瑪莉．歐萊希利有休克症狀，所以我給她注射生理鹽水，我回答。

我將插管從她的手臂拔出來，並用乾淨的繃帶貼住傷口。布芮蒂，妳可以按住這裡嗎？

為什麼她頭下腳上？麥考利夫問道。

這樣她就能用腳抵著床欄。

他已經在水槽洗手了。我遞給他一雙消毒過的手套。

麥考利夫把右手伸進瑪莉．歐萊希利體內，等到下次陣痛時，便用左手用力按壓子宮頂部。

她發出長長的呻吟聲。

我緊咬下唇。其實不能這樣硬把寶寶從母親體內推出來，如果胡亂嘗試可能會傷到母子倆。我看過因為手段太過粗暴，導致子宮穿孔或外翻的慘狀，但如果說出口等於是以下犯上。

護士，妳說她已經試了整整一小時又四十五分鐘了嗎？那頭應該要更低才對。所以我才叫醫生來啊，但我忍住沒說出口。

嗯，麥考利夫說。顯然有不對稱的問題。

我最怕這三個字了，因為這意味著母親骨盆腔狹小，但胎兒頭很大。

他繼續說：我預估枕額徑大約十到十二公分，骨盆出口可能小於十公分，但我必須用斯庫奇骨盆計進行徹底測量才能確定，而那樣可能會需要全身麻醉。

這女孩隨時都會昏厥，他還想給她麻醉，好讓他能擺弄儀器和公式來確定到底差幾公分？

但總而言之，我想是時候用手術介入了，麥考利夫繼續說。

我盯著他，心想：什麼？你真的要在這間狹窄的臨時發燒病房動手術？

剖腹產的死亡率太高，我寧願嘗試恥骨聯合切開術，或是直接切開恥骨更好，他低聲說。

我的心一沉。這種手術在愛爾蘭醫院很常見，因為不會傷到子宮，未來生孩子就不會受影響。和剖腹產相比，恥骨切開術的確有一個好處：就算是由毫無實戰經驗的年輕普通外科醫生用局部麻醉藥在折疊床上動手術，瑪莉．歐萊希利的存活率也比較高。但術後，她必須把雙腿綁在一起，臥床養傷兩週半的時間，而且很可能會有後遺症；我聽說有病人從此瘸腿、漏尿或痛苦一輩子。

我絞盡腦汁，思考如何提出反對意見。

瑪莉．歐萊希利一邊用力，一邊呻吟，但沒有發出太大聲音，好像不想引人注意一樣。

麥考利夫俯身，讓那女孩看見他，便說，萊希利女士，我現在要進行局部麻醉讓妳生產，只要進行這個簡單的小程序，妳生這個寶寶和他未來的弟弟妹妹就不會有問題了。

她對他眨眼，一臉恐懼的樣子。

這個男人難道不該告知她，他要把她的恥骨切成兩半嗎？

我該怎麼辦？

我央求道，麥考利夫醫生——

巴瓦護士，有人託我傳話。

我猛然轉身，看到之前那名初級護士在門口喘氣。什麼事？

林恩醫生問說妳試過沃爾徹位了嗎？

沃爾、撤位？我一時不知道這幾個音節組合起來是什麼意思，後來用德文去想才恍然大悟。

那沃爾徹體位呢，醫生——那不是能稍微開啟骨盆通道，讓頭往下降嗎？我問麥考利夫，急得說話都結巴了。

他噘嘴，似乎有些不耐煩。或許吧，但事已至此——

對了，麥考利夫醫生，請你馬上過去男發燒病房，初級護士補充道。

我抓住機會，用最謙卑的語氣問道，在你離開這段期間，我能不能在手術前嘗試沃爾徹體位，看看有沒有幫助呢？

瑪莉．歐萊希利來回看著我們兩人。

年輕外科醫生嘆了口氣。好吧，反正我也得去拿手搖線鋸，但麻煩妳先讓她做好準備，好嗎？

他離開後，我沒有為瑪莉．歐萊希利進行恥骨切開術前的剃毛、清洗和消毒等準備工作，而是從架上拿了那本助產學書籍。我匆匆翻閱整本書，但手抖得太厲害，找不到描述沃爾徹體位的頁面，我只好到目錄尋找「W」。

這是鮮少使用的仰臥屈膝背臥位……書上寫說或許能促使骨盆腔擴大一、兩公分。姿勢維持時間不要超過二至四次宮縮或是十五分鐘。是因為女人會承受極大的痛楚嗎？傑萊特醫生沒有進一步說明。

根據指示，該體位法需要用到手術台，或至少一張兩邊可以調整高度的病床，而我只有一張廉價的矮折疊床。

但床尾沒有床欄，她的雙腳可以垂下來，所以我只需要把床抬高就好。

請站起來一下，歐萊希利太太。

她一邊抵抗，一邊哭喊，整個人癱在我懷裡。

我用平靜的聲音說，布芮蒂，妳能從最下面的櫥櫃拿出床靠枕——

哪些？

（她已經打開櫥櫃了。）

全部，把它們塞到這一側的床墊底下，盡量墊高。

布芮蒂不可能知道我想做什麼，但她什麼也沒問，就直接抬起床墊，把靠枕像拼圖一樣，一個個疊在床架上。

瑪莉．歐萊希利又開始陣痛了，我抓住她的腋下，任她哭泣、蹲下、全身癱軟。我知道應該再測量一次脈搏，確認她是否會再度休克，但我已經沒有手了。

可以了，我告訴布芮蒂。

應該說一定要可以，因為已經沒有多的床靠枕了。

她把床墊放下來，現在床墊是翹起來的，好像發生了地震一樣。床單鬆開了，但她又將其拉平。

幸好瑪莉．歐萊希利個子小，因為這種臨時的混亂布置對高個子女人是沒有效果的。讓她的屁股對齊床尾，雙腿垂下來，我說。

布芮蒂愣了一下，但還是幫我調整她的位置。

瑪莉．歐萊希利發現自己的臀部比頭高，背部拱起，像一隻無助的昆蟲被大肚子壓得動彈不得，不禁哭喊道：不要！

相信我，妳雙腳的重量會讓通道打開，把寶寶放出來，我告訴她。

（這樣聽起來好像瑪莉．歐萊希利是寶寶的獄卒，但她自己不也被囚禁了嗎？）

噢，噢，但下一波又要來了——

她放聲尖叫，可能整條走廊都聽到了。她上氣不接下氣，哭道，我會斷成兩半的！

我就像把這女孩綁在死亡絞輪上的劊子手一樣。不要超過二至四次宮縮，這代表我應該在兩次之後放棄嗎？三次？還是四次？還是要等到麥考利夫拿著線鋸來把她剖開？

妳會沒事的，歐萊希利太太。

但對這女孩來說，沒有任何解脫的機會，也沒有喘息的空間。她彷彿在急流上泛舟，面對無可避免的命運。狹窄病房裡的空氣似乎充滿靜電。

布瑞蒂，扶住她，不要讓她滑下去。

我蹲在瑪莉．歐萊希利下垂的雙腳中間，並盯著她私處那朵綻放的紅花。歐萊希利太太，使出妳吃奶的力氣，用力！

在她一邊咆哮，一邊使勁的同時，有一瞬間，一個黑色圓盤露了出來。

我看到頭了！再來一次，不要放棄，我告訴她。

她虛弱到幾乎說不出話來：我做不到。

妳很棒，妳做得到。

我突然有個瘋狂的想法，便站了起來。妳寶寶的頭就在那裡，如果妳能感覺到……

瑪莉·歐萊希利滿臉通紅，一邊扭動，一邊喘氣。

我抓住她的右手，隨時做好準備。

她的痛楚悄悄靠近她，又折返，等待時機，全力出擊。

用力！

但這次我拉著她的手繞過大肚子，穿過張開的大腿之間，雖然不太衛生，但這或許正是她需要的動力。我一看到黑色頭頂，就把她的手指貼上去。

瑪莉·歐萊希利露出吃驚的表情。

在短暫的休息時間，我直起身子。嬰兒的頭部大概還露出了一個硬幣的大小。

我摸到頭髮了，她喘息道。

跟妳一樣是黑髮喔，我說。

既然嬰兒的頭已經露出來了，瑪莉·歐萊希利就不用採沃爾徹體位了。我抬起她的右腿，讓她用腳抵住我的肚子。

布芮蒂，把床靠枕拿出來。

她把它們拉出來。

瑪莉．歐萊希利連同床墊一起落回床架上。我將其中一個床靠墊塞到她的頭後面，並稍微扶她半坐起來。

要把它們放回——

別管它們，布芮蒂！幫我抬起另一隻腳。

她跑到床的另一側，抬起瑪莉．歐萊希利的左腳。

左邊病床上的歐娜．懷特整個人縮在牆邊，目不轉睛地盯著這一切。

要來了，歐萊希利太太。

她屏住氣息，用腳猛踢，我向後踉蹌了幾步。

一顆圓錐形、血淋淋的頭，面向側面飛了出來。

我的天啊！布芮蒂喊道。

半進半出，這是介於兩個世界之間的奇怪時刻。嬰兒的臉色看起來正常，但我也只看得出這麼多。我說，頭出來了，快結束了，歐萊希利太太。

我一邊說話，一邊檢查臍帶。為了避免細菌感染，我沒有用手指，而是輕輕將嬰兒的小臉推向母親的脊椎……沒錯，臍帶繞住脖子了。在這個位置，裡面的身體可能會被臍帶綁住出不來，也可能被擠壓，讓血液流不進嬰兒體內；無論如何，我都必須解開它，幸好只有繞一圈而已。我拉著臍帶，直到長到可以繞過小小的頭顱為止。

若是太過輕率的醫生，可能會馬上抓住頭，自己把嬰兒拉出來，但我更有概念。仔細觀察，耐心等待。

下次陣痛時，我說：就是現在，把寶寶生出來！

瑪莉·歐萊希利脹紅的臉開始發紫。

這個令人無比驚奇的場景，我見證過無數次，卻是百看不厭：尖尖的頭往下轉，活生生的嬰兒向游泳選手跳水一樣躍入我的手中。

布芮蒂開懷大笑，好像在看魔術表演一樣。

在我擦乾嬰兒的鼻子和嘴巴時，它已經開始啼哭，溼答答的身體隨著呼吸起伏。是個女孩，雙腿細瘦，私處又黑又腫。

做得好，歐萊希利太太，是個小女孩。

瑪莉·歐萊希利不知道是在咳嗽，還是在笑。或許她不敢相信自己真的完成了不可能的任務，或是從今以後「女孩」指的是她的女兒，而不再是十七歲的自己。

我一邊等待藍色的粗臍帶血流脈動停止，一邊對寶寶進行基本的理學檢查——所有手指和腳趾都健全，沒有舌繫帶過緊或囟門凹陷，也沒有肛門閉鎖或髖關節發育不良（就算母親身上滿是貧窮的烙印，幾乎每個嬰兒生出來都是完好無缺的，彷彿無論母親必須付出多大的代價，嬰兒自然都會攝取足夠的養分一樣）。雖然寶寶卡在骨盆腔好幾小時，卻沒有窒息的跡象，母親的病似乎也沒有對其造成任何傷害。

臍帶終於停止輸血了，我便將小女孩面朝下，放在母親變得柔軟的肚子上，這樣就能騰出手來。瑪莉．歐萊希利的手往下輕觸寶寶黏乎乎的皮膚。

我在臍帶兩處打了結再剪開，並用乾淨的布裹住寶寶，交給布芮蒂抱著。

那個紅髮女孩紅光滿面，一副興高采烈的樣子。噢，真是太棒了，茱莉亞。

可以給我看看嗎？瑪莉．歐萊希利央求道。

布芮蒂俯身，讓瑪莉．歐萊希利好好看看她的女兒。

母親還沒開口問，我便說，如果產程較長，寶寶的頭顱會尖尖的，但幾天後就會變圓滾滾的了。

瑪莉．歐萊希利點點頭，一臉幸福的模樣。我發現她的左眼因為太過用力而血管破裂出血。

左邊病床的歐娜．懷特用沙啞的聲音說道：孩子越磨人，越得母親疼。

我盯著她。

這是一句諺語，她說。

我從沒聽過，或許是她家鄉的說法吧。我想到歐娜．懷特的第一胎肯定帶給她各種麻煩，她未來也必須面對更多挑戰。

瑪莉．歐萊希利撫摸新生兒圓錐形的頭頂以及細緻的耳朵。好小呀！

噢，她堪稱完美，我告訴她。

我手邊沒有磅秤，但嬰兒的大小看起來很正常。

五分鐘後，胎盤從瑪莉．歐萊希利的體內自然排出，看起來很健康完整，甚至沒有出血。而且雖然歷經一番折騰，這名初產婦幾乎沒有撕裂傷；我消毒了小傷口，但應該能自行癒合。她的脈搏已經降至八十五以下的安全範圍了。

我將寶寶放入嬰兒床，並派布芮蒂再去拿苔癬冰敷墊。噢，再請他們轉告麥考利夫醫生，說瑪莉．歐萊希利已經順利生產了，我滿意地說。

我讓瑪莉．歐萊希利採半坐臥式，好排出剩下的體液，並替她綁上腹帶和哺乳帶，用薄紗布蓋住她碩大的褐色乳頭。我替她換上乾淨的睡袍，並在她的肩膀裹了一條披巾。

歐娜．懷特咳得很厲害，彷彿用鐵鎚敲打板金一樣。我給她服用吐根糖漿和更多熱檸檬水。

加勒特太太，妳需要什麼嗎？

但迪莉雅．加勒特把臉轉向牆壁。她需要的是活生生的嬰兒。

我回到歐萊希利家的寶寶身邊，用消毒過的布擦拭她的臉和嘴巴裡面，並在雙眼各滴了兩滴硝酸銀。沒有任何發燒、流鼻水、呼吸道阻塞或昏昏欲睡的症狀；她似乎沒有被母親傳染流感。在布芮蒂的協助下，我在水槽幫嬰兒洗了她人生中的第一次澡——我用橄欖油和毛巾拭去她身上的胎兒皮脂，用軟海綿抹上皂沫，將她泡入溫水中，再用軟毛巾把她輕輕擦乾。

布芮蒂指著打結的臍帶。不用把這個拿掉嗎？

不用，幾天後它就會自己乾掉脫落。

我用臍粉護理臍帶並包紮肚臍，再用小小的新生兒肚圍包覆寶寶臀部到肋骨的位置。

我扣上尿布，再為她穿上容易穿脫的衣服、襯裙、保暖的洋裝以及針織襪。

我回到寶寶的母親身邊。歐萊希利太太，辛苦了，好好睡一覺吧。

那位年輕的母親奮力坐起來。我可以再看她一眼嗎？

我把嬰兒抱到她眼前，讓她能觀察每個細節。

瑪莉．歐萊希利伸手想接過我手中的寶寶。

平時我們可能會將新生兒和生病的母親隔離開來，直接把寶寶送到樓上的嬰兒室，但我猜想那裡人手不足，而且比起用奶瓶餵養，喝母乳的寶寶通常會更頭好壯壯。總而言之，就算這裡是擁擠的發燒病房，我也認為她留在這裡比較好。好吧，我說，但小心不要對著她咳嗽或打噴嚏。

我不會的，我發誓。

我確認這名年輕的母親已穩穩抱住小女孩，她似乎憑直覺就知道該怎麼做。

歐萊希利先生一定會很高興，對吧？我問道。

一滴閃閃發亮的眼淚從年輕女人的臉上流了下來，掛在她的下頷，我立刻後悔提起她丈夫的事。難道他希望是男孩嗎？

寶寶發出微弱的啼哭聲。

要不要試試看餵奶？

瑪莉．歐萊希利馬上開始撥弄蕾絲繫帶。

我幫她解開睡袍，並掀開蓋住其中一個碩大乳頭的薄紗布。用乳頭去搔她的嘴唇。

那個年輕女人神情尷尬。真的嗎？

這樣他們才會張開嘴巴，迪莉雅．加勒特說。

她用一邊手肘撐著身體看著我們，從臉上的表情看不出她在想些什麼。

像這樣嗎？瑪莉．歐萊希利看向我後方的隔壁鄰居。

迪莉雅．加勒特點點頭。她一張大嘴巴，就讓她貼上去。

瑪莉．歐萊希利算準時機，將小小的臉蛋貼上乳房，我再用捧起的手施力，並說道，沒錯，力道要夠。

那名年輕的母親倒抽了一口氣。

會痛嗎？迪莉雅．加勒特問道。前幾週可能會。

不會，只是……

瑪莉．歐萊希利不知道該怎麼解釋。

我自己沒有哺乳的經驗，所以只能猜想被寶寶牙齦咬住乳頭的感覺。或許是一種疲倦但充滿急迫性的吸吮，彷彿蚯蚓在漆黑的土壤裡挖掘一樣？

她這樣不會窒息嗎？她問道。

絕對不會，迪莉雅・加勒特說。

布芮蒂看著瑪莉・歐萊希利和她的寶寶，表情柔和但也帶著些許不安。不知道無法撫養她的親生母親是否哺育過她？布芮蒂在一群孤兒所組成的奇怪小社會中長大，或許根本沒有實際看過這個場景吧？

這片刻的寧靜無比美麗，寶寶很快就含著乳頭睡著了，畢竟前幾天還不會分泌什麼乳汁，但瑪莉・歐萊希利不想打擾她，甚至不讓我們替她換床單。我知道讓新生兒長時間待在母親懷中會增加患上流感的風險，但另一方面，沒有什麼比哺乳更有利於嬰兒的睡眠和成長了。我將披巾裹在她身上，替兩人保暖。

布芮蒂一手拿著待消毒的工具，另一手提著一桶要丟下洗衣槽的髒衣服和床單，走出了病房。

我為大家泡茶。迪莉雅・加勒特要了三塊餅乾，或許代表她漸漸恢復元氣了吧。

布芮蒂回來後，她咕嘟咕嘟地喝了茶，並嘆了口氣，一副心滿意足的樣子。真美味。

我啜飲了一小口，試圖細細品味木屑和煤灰的味道。真的不好喝，布芮蒂，在戰前，這種東西根本難以下嚥。

但這是妳幫我們現泡的啊，她指出。還加了三塊方糖耶。

不知道寄宿在聖母之家的女孩可以加幾塊，一人一塊嗎？

還有餅乾呢。

妳簡直是心靈補藥，正是大家所需要的。我告訴布芮蒂。要的話可以再吃一塊——妳應該累得半死了吧？

她咧嘴一笑。連百分之一都沒有死，記得嗎？

妳說的對，我們都百分之百活著。

我喝完自己的那杯茶，漸漸能品嘗其美好了。

我的眼角餘光瞥見瑪莉．歐萊希利睡著了，便過去將寶寶從母親懷裡抱出，放入嬰兒床。

就像那個故事一樣，布芮蒂低聲說。

哪個故事？

母親回來的故事。

從哪裡回來？

妳知道的，茱莉亞，從彼岸啊。

我懂了。故事裡的母親「死了」嗎？

布芮蒂點點頭。寶寶一直哭個不停，媽媽為了哺育它就死而復生了。

我知道一些鬼故事，但這個倒是沒聽過。我看著歐萊希利家的寶寶。不知道鬼媽媽待在孩子身邊多久？不可能待一輩子，故事不會這樣設定，但或許待了一整晚，直到天明吧。

我突然想到新生兒還沒登記，便到辦公桌找了一張空白證書和病歷。我在「姓氏」底下寫了「歐萊希利」，並註記出生時間。

布芮蒂，我要去找醫生簽名，妳能幫我顧一下病房嗎？

我在門口停了下來。

我知道自己一無所知，布芮蒂重複道。

我不禁微笑說，不過和昨天早上相比，妳知道的更多了。

我前往樓梯間時心想，萬一被斐尼根護士長發現，她肯定會氣炸。我漸漸習慣打破各種規則了，彈性調整到令人咋舌的地步，或是不遵循字面上的規定，而是自行解讀其中的涵義。當然就像海報上寫的一樣，這只是暫時的措施，然而我卻無法想像所謂「可預見的將來」會是什麼樣子。在疫情過後，我們要怎麼回歸正常生活呢？當我從代理護士長降級回護士身分時，是否會鬆一口氣？在斐尼根護士長底下工作，我究竟會對熟悉的規定心懷感激，還是再也無法滿足呢？

他人片段的談話宛如煙霧在我身邊繚繞。

大概在第六天到第十一天之間。

（這是兩名身穿黑西裝醫生的談話。）

喔，是嗎？

這次流感通常是這樣，病人大多是這個時間離開的。

我突然意識到他說的「離開」指的是死亡，不禁想到葛羅穎和他那些五花八門的死亡委婉語。

雖然找任何醫生簽署新生兒證明都可以，但我到處打聽林恩醫生的下落，終於有一名初級護士告訴我要到醫院頂層、走廊底端的房間找她。輕柔的音樂從門後傳來，但等到我敲門時，樂聲已經逐漸消失了。

這是一間破破爛爛的小儲藏室，林恩醫生把一張桌子當書桌湊合著用。她抬起頭打招呼道，巴瓦護士。

我有點不好意思提起警察的事，便冒險問道，醫生，我打擾到妳……唱歌了嗎？

她似笑非笑。是留聲機，處理文件時，我喜歡聽華格納[3]來提振精神。

但我沒看到什麼留聲機。

她指出來，原來放在她身後的椅子上。它是沒有喇叭的留聲機，或者應該說喇叭是隱藏在裡面的，看起來順眼多了。

原來她昨天早上提著的木箱是留聲機。噢，我只是想告訴妳，瑪莉．歐萊希利用沃爾徹體位成功生產，沒有開刀。

做得好！

林恩醫生伸手接過出生證明並簽名。需要我下去幫母親縫合傷口嗎？或對嬰兒進行理學檢查？

不用，不用，她們倆都很好。

她把文件交給我說，我會請辦公室打電話告訴丈夫。還有什麼事嗎？

我遲疑了一下，感到有些不安。我在想……我是不是應該更早想到要試沃爾徹體位呢？那樣會不會縮短她的產程，她也不會休克了？

林恩醫生聳聳肩。如果她還沒準備好，也不一定有用。不管怎樣，在疫情期間，我們還是別浪費時間反省跟懊悔吧。

我眨眨眼，並點頭。

我發現她的衣領上有一塊褐色的污漬，不知道她自己有沒有注意到。放著留聲機的椅子椅背上掛著那件華麗的毛皮大衣，書桌後面的地上還有摺疊好的醫院棉被和枕頭。難道這位慈善替班醫生像流浪漢一樣睡在這裡嗎？

林恩醫生注意到我的視線，用詼諧的語氣說：在目前的情況下，我不太能回家。

因為疫情嗎？

還有警察。

那她肯定聽說他們闖進醫院找她的事了。她知道我掩護了她嗎？這個問題太尷尬，我問不出口。

3 威廉·理查·華格納（Wilhelm Richard Wagner），十九世紀德國作曲家兼劇作家，以其歌劇聞名。

最近必須出門時，我都不騎我的三輪腳踏車，而是搭出租馬車，林恩醫生說。

我想像那個畫面，不禁嘴角上揚。

我從一位嫁給伯爵的同志那裡借了這件大衣，想偽裝成軍官寡婦，她對毛皮大衣揮了揮手，補充道。我還假裝左腿有點跛呢。

我忍不住笑了出來，這整件事讓我想到電影裡打鬧劇的搞笑場景。

接著我嚴肅起來，說，我可以問……那是真的嗎？我不是指妳的腿。

什麼是真的嗎？

林恩醫生是要我明講，問她為何被通緝嗎？

她搖搖頭說，這次不是。我們這些新芬黨支持者去年春天只有抗議英國在愛爾蘭徵兵而已。所謂和德軍聯手的陰謀論只是為了合理化警察監禁我們這件事罷了。也因此在那之後，幾乎我所有的同志都以莫須有的罪名被關在英國監獄裡。

不知道軍火走私的陰謀論是不是真的是捏造的。林恩醫生並沒有否認參與一九一六年的起義，所以既然她這次聲稱自己是清白的，我會傾向於相信她。

我又想到另一件事，如果她目前在躲警察，待在自己的流感診所或私下看診較容易保持低調，那她到底為什麼要來這間大醫院代班呢？我們跟她非親非故，葛羅穎和許多其他員工也很樂見她被抓，不過……就算是葛羅穎也必須承認我們有多需要能幹的醫生吧。

我突然說，我今天下午把他們搪塞走了，我是說那些來找妳的警察。

這樣啊？謝謝妳。

我沒想到她會伸出手來。我和她握手，發現她的手堅實又溫暖。

不知為何，我的聲音有些尖銳：他們明天可能會再來，這裡對妳來說不安全。

噢，我親愛的女孩，沒有哪裡是「安全」的，但總之「一天的難處一天當就夠了[4]」。

我應該要回病房了，但仍繼續徘徊。書桌上擺了一張銀框相片，照片中的林恩醫生和一個微笑的女人手挽著手。是妳的姊妹嗎？我問道。

她撇嘴一笑。不是，我被驅逐出境時，家人還試圖宣稱我是瘋子，就連現在他們也不准我回家過聖誕節呢。

我很遺憾。

照片中的是我親愛的朋友弗倫奇．穆倫小姐，我沒住在儲藏室時都和她一起住。我們在比利時救濟難民時相遇，她現在也有資助我的診所。

林恩醫生顯然完全不因循守舊。我突然意識到自己有些多管閒事，便低聲道謝，轉向門口。

歐萊希利家的寶寶吸奶了嗎？

有，很順利。

4　取自《馬太福音》6章34節。

直接從母親身上獲取養分，非常好，雖然這些貧民窟的女人自己營養都不太夠用了，林恩醫生嘆息道。就算那個寶寶把她母親的骨髓吸乾，第一年的存活率還是不如戰壕中的士兵。

我大為震驚。真的嗎？

她用嚴厲的語氣說，都柏林的嬰兒死亡率是百分之十五，住在歐洲最潮溼、擁擠的住宅就會導致這樣的結果。人民像一群住在麻袋裡的老鼠勉強度日，當局卻只顧著鼓吹衛生，真是偽善。年復一年，毫無防備、免疫力低下的新生兒就這樣展開人生，隨時都可能染上痢疾、支氣管炎、梅毒、結核病……而私生子的死亡率又高出了幾倍。

我想到歐娜．懷特的寶寶們，他們和瑪莉．歐萊希利的小孩應該沒有生理上的差別。我想應該是非婚生子女沒有家庭支持，因此特別不容易存活吧。

林恩醫生怒不可遏，繼續說道，高枕無憂的上流階級只會嘆息說「體質虛弱也沒辦法」，但如果我們嘗試為貧民窟的孩子提供乾淨的牛奶和新鮮空氣，或許他們就不會那麼體虛了！

我有點嚇到，但同時又被她的熱情所震撼。

她歪了歪頭，似乎在打量我一樣。在我們的宣言中，有一句深得我心：平等愛護國家的所有孩童[5]。

我頓時僵住。兩年前，反抗軍在城市各處貼了這個宣言，宣布成立他們想像中的共和國，我還記得自己在歪斜的燈柱上大致讀過一遍內文（但最下面被撕掉了）。但你們卻以暴力為基礎建立國家？我粗聲粗氣地質問。

那麼，茱莉亞．巴瓦，有哪個國家不是這樣建立的？

林恩醫生舉起雙手，手掌面對著我。而且，妳會說我是個暴力的女人嗎？她又問道。

我熱淚盈眶，說道，我只是不明白為何醫生會拿槍傷害他人，還有將近五百人因此死掉。

她沒有生氣，而是直面我的眼神。問題在於他們還是會死，只是死於貧窮還是槍傷而已。政府對這死氣沉沉的島嶼治理不當，根本就和大規模屠殺沒兩樣。如果我們繼續袖手旁觀，那所有人都難辭其咎。

我感到暈頭轉向，只好說：我真的沒時間談論政治。但我的聲音有些顫抖。

噢，但一切都是政治，妳不知道嗎？

我吞了吞口水。我最好趕快回病房。

林恩醫生點點頭。但請告訴我，妳去當兵的弟弟，他回家了嗎？

我完全沒料到這個問題。是的，提姆和我住在一起，只是他……變了。

林恩醫生等我繼續說下去。

5 引自《共和國宣言》（Proclamation of the Republic），於一九一六年的復活節起義時發表。

他變成啞巴了，但這只是暫時的，心理醫生說他會慢慢康復。

（這不算說謊，只是有點誇大其辭罷了。）

林恩醫生撇了撇嘴。

怎麼，妳覺得他不會嗎？我質問她。

巴瓦護士，我沒見過妳弟弟，但如果他到鬼門關前走了一回，怎麼可能還會是原來的樣子呢？

她的語氣很溫柔，但這寥寥數語卻壓垮了我。了解他的是我，而我卻無法否認她所說的句句屬實。我應該面對事實——以前的提姆很可能回不來了。

我轉身離開。

醫生轉動留聲機的把手。

這首歌其實沒什麼旋律，只有一個女人在唱歌，一開始很憂傷，並以弦樂伴奏。接著，她的聲音逐漸變得慷慨激昂，宛如一朵朵綻放的煙火。

我沒問歌名，但林恩醫生說，這首叫做〈Liebestod〉[6]，意即「愛死」。

死亡之愛？

她搖搖頭。愛與死是同時存在的，她抱著死去的愛人唱這首歌。

我從沒聽過這樣的歌曲，歌聲愈發激情澎湃，最後卻緩和下來，變得無比輕柔，弦樂則又演奏了一段時間才漸漸消失。

下樓時，我發現自己有些腿軟，因為自從喝了那半碗粥，也過好一段時間了吧。再晚幾分鐘回病房應該也沒關係，於是我趕緊下去地下室的食堂，裝滿一個托盤的食物，拿回產科發燒病房。

當我進門時，布芮蒂讚嘆道，好豐盛呀！

好像我擺出了滿漢全席一樣。

我離開時一切都還好嗎？

完全沒問題，她說。

做得好，我告訴她，正如林恩醫生告訴我的一樣。

另外兩位病人都不餓，只有迪莉雅・加勒特拿了一些麵包和火腿。布芮蒂吃了一碗燉湯，我則勉強嚥下一些培根和高麗菜。

布芮蒂，別吃那塊麵包，有一塊已經發霉了。

我的胃可是鐵打的，她邊說邊把麵包放入嘴巴。

我很抱歉。

歐娜・懷特用生硬的語氣說完，就開始一陣咳嗽。

我起身，一邊把嘴巴擦乾淨。怎麼了，懷特太太？

---

6 理察・華格納歌劇《崔斯坦與伊索德》（Tristan und Isolde）的最終曲。

我好像尿床了。

別擔心，誰都有可能尿床。布芮蒂，我們來換床單吧。

但歐娜・懷特的那片溼床單沒有散發刺鼻的尿味，液體味道很淡，而且幾乎是乳白色的。

我查看她的病歷，確認她的預產期是十一月底。該死，又是早產。但我心裡卻萌生幼稚又自私的想法：我們連坐下來休息五分鐘都不行嗎？

我想妳的羊水破了，懷特太太。

她緊閉雙眼，使勁擰著玫瑰念珠。

又來了！迪莉雅・加勒特轉過身去，用枕頭蓋住頭。

真希望能把這位悲痛欲絕的母親安置在他處，哪裡都好。

比預計還要早幾週，但別擔心，我告訴歐娜・懷特。

我對她的腹部進行觸診。胎兒頭朝下，沒問題，但我在找到頭之前，手指便陷了下去，沒摸到脊椎堅硬的弧線。胎兒是面朝上，這在懷孕後期還算常見，而這個尷尬的胎位或許也能解釋為什麼歐娜・懷特會這麼早破水。希望胎兒會在開始用力前轉成面朝下，不然產程可能會很長，加上腰痛難耐、嚴重撕裂傷，最糟的情況下，甚至可能需要動用到產鉗……

我拿出助聽筒，反覆調整位置，最後在她的右脅腹下方找到胎心音，雖然微弱但確實存在。

我告訴她，妳的羊水破了，進展很順利。我會先洗手，進行內診確認狀況，再來幫妳換床單。

我先讓歐娜．懷特使用便盆，確保她的腸子和膀胱都清空了。接著，我讓她躺在濡溼的床單上，她便乖乖張開雙腿。

我是想確認臍帶沒有脫出，因為有時臍帶先出來，會被頭顱擠壓到。但令我驚訝的是，歐娜．懷特的子宮頸已經全開了，我的手指隔著手套只摸到一點點子宮頸唇。我真是太不像話了，應該早點替她檢查的。

妳有陣痛嗎，懷特太太？

她點點頭並咳嗽。

哪裡痛，背部嗎？

她又點頭。

痛多久了？

一陣子了。

妳應該跟我們說的。

她面無表情。

看來進展很順利。

差不多可以準備用力了，我本想這麼說，但她的胎兒並沒有面朝她的脊椎。

通常在這種情況下，醫生會給母親服用嗎啡，接著就祈禱母親睡著時，陣痛會讓胎兒轉向，但歐娜·懷特肯定會拒絕服藥，而且也沒時間了。

若是臀位分娩（屁股朝下），我可能會透過按壓腹部的方式，促使肚子裡的小小乘客翻過來，但枕後位最好靠地心引力幫忙。我扶歐娜·懷特下床，讓她坐在椅子上。懷特太太，請妳向前傾，雙手放在膝蓋上。

布芮蒂幫我給她換上乾淨的睡袍，接著我們換了床單，合作無間。

我的眼角餘光瞥見歐娜·懷特屏住呼吸，整張臉脹紅。

先不要用力，懷特太太！

她把氣吐出來，開始咳嗽。

寶寶的角度會讓頭壓迫到妳，讓妳以為自己準備好了，我向她解釋道。

她差點發出呻吟聲。

布芮蒂把溼床單包起來，準備送洗。

妳把床單丟下洗衣槽後，可以去找林恩醫生，告訴她懷特太太的胎位是持續性枕後位，而且她幾乎子宮頸全開嗎？我問道。

我看到布芮蒂默念整句話，試圖背下來。

說「枕後位」就好了。

她點點頭便衝了出去。

我有留心觀察後，就能看出下次陣痛來臨時，歐娜・懷特的臉會緊繃起來。她的咳嗽有痰，我遞給她痰杯後，她咳出了深色的不明物體。

瑪莉・歐萊希利發亮的眼神充滿擔心，開口道：懷特太太，請容我說一句，我覺得氣仿很有幫助。

沒有回應。

要不要稍微用一下吸入器，緩解咳嗽症狀？在開始用力前先保存體力？

但那女人猛搖頭。

她讓我有點擔心。我本以為歐娜・懷特只是隱忍的類型，但或許她是因為修女所說的「第二次亂搞」，才抱持著贖罪的心情，想咬牙撐過去吧。我偶爾會到自己在家生產的病人家中，但就算我人到了，通常結果還是不盡理想，彷彿孤獨會讓人耗盡元氣一樣。而且不只是未婚女性會這樣，有位將近五十歲的妻子發現自己高齡懷孕，難為情到她連自己的丈夫都沒說——被送進醫院時，已經有一隻小小的腳露出來了，我和斐尼根護士長花了一整個漫漫長夜才拯救了兩人的性命。

那麼懷特太太，妳能站起來，靠著床扭屁股嗎？我說。

她眨眨眼。

來吧，這是為了讓妳的寶寶轉到正確的位置。

她乖乖照做，面對牆壁前後搖擺，彷彿在跳一支不協調的慢舞。

歐萊希利家的寶寶在嬰兒床中發出了像羊一般的哭嚎。

我抱起她，教瑪莉·歐萊希利怎麼換尿布。

怎麼綠綠的！

一開始都是這樣的，我告訴她。

好噁心，她說，但眼神卻充滿慈愛。

妳和歐萊希利先生有幫女兒想好名字了嗎？

可能會叫她尤妮絲吧，跟我阿姨一樣。

真美的名字，我口是心非地說。

之後我們又讓小尤妮絲繼續喝奶。

布芮蒂悄悄進了門，正在搓揉歐娜·懷特的背。那女人對她不加理會，但也沒有拒絕她。

她的腳抖得滿嚴重的，布芮蒂回報道。

我不能直接躺下來用力嗎？歐娜·懷特嘟囔道。

抱歉，還不行。

（我摸她的肚子，看看胎兒有沒有轉向的跡象。）

醫生應該很快就來了，我告訴她。

（上帝，拜託讓林恩醫生及時趕到吧。萬一頭骨卡住，全部都腫起來，母親和孩子在專屬兩人的共同地獄中受苦，我想救他們卻無能為力，那該怎麼辦？）

迪莉雅．加勒特拿出了她的雜誌遮住自己的視線。

懷特太太，我說，試試看在床上採四足跪姿吧。

像狗一樣？瑪莉．歐萊希利有點生氣，似乎在為鄰居抱不平。

但歐娜．懷特扶著布芮蒂細瘦的手臂，爬上床墊並前後搖擺，帶著某種憤怒的情緒說，噢，噢，噢，我必須——

我再檢查一次，先不要動。

我把手洗乾淨，戴上手套並塗上乳液。我進行內診，發現已經完全摸不到子宮頸了。

求求妳！

就算胎兒還是面朝上，她那種難以抑制的衝動，我擋也擋不住吧。只要後腦杓先出來，下巴有收好，現在應該可以生了吧？

好吧，那就左側躺，開始用力吧。

（我祈禱大自然的奇蹟在最後一刻降臨——胎兒終於突然轉正，並順利出生。）

歐娜．懷特重重倒了下來，頭朝牆壁，像從前的烈士一樣。

妳很棒喔，我柔聲低語道。

體溫沒有上升，只是脈搏稍微有點快，而且相當微弱。我本想聽胎心音，看看有沒有問題，但下次陣痛來臨，讓她開始呻吟。

收下巴，閉氣用力，我說。

我看到她的全身肌肉緊繃，整個人都在用力。

可以發出聲音沒關係，懷特太太。

她盯著我身後。

我在床欄套了一條毛巾給她拽著。她的方向不對，雙腳沒有地方施力，但我現在不想讓她移動。這個小儲藏室太簡陋了！

布芮蒂把第二張嬰兒床推了進來，輪子嘎嘎作響。想說先準備好，她低聲說。

歐娜．懷特咬牙道，上帝與我同在，上帝幫助我，上帝拯救我。

她的臀部下方開始積了一灘紅色的血。分娩時流出褐色的血很正常，但這血卻是鮮紅色的。

她的眼神跟著我看向那一抹紅，喘息道，我要死了嗎？

噢，生產難免會流血，我說。

但等到林恩醫生衝進來時，歐娜．懷特的出血量明顯增加了。

我快速報告狀況。

三十六週，醫生說，其實差一週就算足月了，所以至少肺應該長好了，而且大多數觀星寶寶都會自己出來。

觀星寶寶？

布芮蒂在我身後問道。

我解釋道：出生時面朝上，看著天空的寶寶。

但我擔心的是母親的血壓和出血狀況，胎盤很可能已經脫落了，林恩醫生低聲說。

歐娜．懷特讓她進行內診，沒有一句怨言。

林恩醫生再次到水槽刷洗雙手，說道，懷特太太，妳做得很棒，但事不宜遲，我們要讓妳的寶寶出來了。護士，請給我產鉗。

我的胃裡一陣翻攪。要法式還是英式的？

法式的。

也就是長的，這代表大事不妙：頭離陰道口還有好一段距離。

布芮蒂很想知道我們在說什麼，但我沒時間解釋。

我拿了一對安德森長產鉗，有鉗柄和套手指的地方，也準備了消毒液、手術刀、結紮線、剪刀、乾淨的布和針線，並裝了一個針筒的古柯鹼。

我看過女人被產鉗弄得遍體鱗傷，嬰兒的頭骨凹陷或破裂，有時甚至終生痙攣性癱瘓。別再想了。

林恩醫生請歐娜．懷特躺下來。

等一下！她喊道。

她緊抓著毛巾用力推，太陽穴爆出了一條青筋。

準備好了嗎？醫生問道。

歐娜．懷特點點頭，她的咳嗽劇烈到好像都快把肋骨咳斷了。

醫生，既然她不服用氯仿，就給她局部麻醉藥吧？

林恩醫生接過針筒，將古柯鹼注射到歐娜．懷特的私處，我則按住她的雙腳。

局部麻醉後，醫生剪開會陰，在下次陣痛開始前，迅速將一邊扁平的鉗葉滑到胎兒頭顱的一側，再插入另一邊。

歐娜．懷特痛得大叫。

血流得更快了，不知道醫生到底看得看不清楚自己在做什麼。這就是產鉗的矛盾之處——如果無法馬上把寶寶夾出來，可能還會使出血惡化。

快一點，快一點。

林恩醫生在中間扣住鉗柄並鎖緊。

痛楚來得迅雷不及掩耳，歐娜．懷特一邊扭動，一邊咳嗽。

我稍微扶她坐起來，讓她能喘口氣，並把她嘴巴周圍的黏液擦乾淨。

別著急，林恩醫生喃喃道。

她抓著可怕的鉗子繼續夾，我則移動到歐娜．懷特身後，盡量把她固定不動，但鮮血仍不斷湧出到床單上。

聖主啊，歐娜．懷特喘息道。

林恩醫生直起身子，對我搖搖頭，露出擔心的神色。啊，還搆不太到。

她將產鉗整個抽出來，放到托盤上。或許可以用麥角素來加強宮縮？但實在太難以預測了……

我從沒看過林恩醫生猶豫，感到有些尷尬，便轉頭假裝忙著測量歐娜．懷特的脈搏。十五秒二十六下，代表心率是一百零四下，但我擔心的不是速度而是力道，微弱得像隨時會消失的樂曲。

我俯身聽病人在喃喃些什麼：我雖然行過死蔭的幽谷，也不怕遭害，因為你與我同在[7]。

我把手背貼到她蒼白的臉頰上，發現她大汗淋漓。懷特太太，妳會覺得噁心嗎？

她似乎有點頭，但我不太確定。醫生，她的血壓降低了。

（意思是她可能隨時會失去意識。）

林恩醫生愣住了，似乎一時感到不知所措。既然這樣，我想生理鹽水應該沒用。懷特太太需要輸血，但醫院庫存嚴重不足，不知道醫院裡有沒有人願意捐血？

詼諧的說法就是「熱血招募，隨手捐血」。我靈機一動，便告訴她，我們護士都在名單上，我來吧。

---

7 引自《詩篇》第23篇，主題是說到上帝扮演保護者和供應者的角色，因而為猶太人和基督徒所喜愛。

噢，可是——

我就在這裡，而且甚至不用進行交叉試驗，因為我是O型。

也就是全適捐血者，醫生聽了眼睛一亮。

我趕緊從頂架取下滅菌包。

我聽到身後的歐娜·懷特發出刺耳的咳嗽聲，下次陣痛又將她拖回風暴當中。

如果可以的話繼續用力，醫生告訴她。

歐娜·懷特一邊用力，一邊呻吟，整張病床宛如一片血海。

我轉動左手臂好幾次，準備輸血。

布芮蒂在一旁看著，好像在目睹什麼神祕儀式一樣。

我查看其他病人的狀況。瑪莉·歐萊希利竟然有辦法睡著，但迪莉雅·加勒特問道，現在到底——

只是要輸個血而已，我故作輕鬆，好像輸血對我來說是家常便飯一樣。

她的病床旁邊沒地方放椅子，所以我坐在床緣，並用顫抖的右手解開左手袖扣。我不是害怕，而是想到能提供病人需要的東西，就不禁感到興奮。

林恩醫生大聲說，懷特太太，我要給妳輸半公升巴瓦護士的血。

沒有回應，會不會已經來不及了？

我再次測量她的脈搏。升到一百一十五了，醫生。

（她失血過多，所以心臟跳得更快，以維持她的生命。）

布芮蒂，給巴瓦護士倒一杯水，醫生說。

不要浪費時間，我差點怒吼道，但我現在也是病人了，只好忍住不說。

醫生會需要血液較新鮮且血流更快的動脈，才能更快將血液輸入瀕死的女人。於是我把拇指那側的手腕轉向她，希望她知道怎麼找到腕部深處的橈動脈。

林恩醫生拒絕了。不，不行，從那種小動脈抽血痛得要命，還有滲漏和栓塞的風險。

我真的不介意——

護士，妳太不可或缺了，不能冒這個險。而且我讀過一篇文章說，在緊要關頭時，靜脈輸血靠重力輔助也是可行的。

現在就是所謂的「緊要關頭」嗎？而且醫生難道沒實際操作過這種靜脈對靜脈的輸血方式嗎？

她把溫暖的手伸到我的手肘內側，找到最適合的靜脈時，便輕輕拍打幾下使血管浮現。

我別過頭，把布芮蒂遞給我的那杯水一飲而盡。雖然我是護士，但我其實不敢看到有東西刺穿我的皮膚。

林恩醫生只試兩次就成功了，以醫生來說技術不差。一條暗紅色的血流充滿了管子，她在血流出來之前趕緊旋上活栓，並迅速將輸血器具綁在我的手臂上。

但歐娜．懷特的頭往後仰，眼睛已經閉上了。我們太遲了嗎？又一波陣痛攫住了她，令人不敢直視，宛如一隻隱形的怪物在血紅的停屍架上猛烈搖晃著她的身體。

快點！我說。

林恩醫生不慌不忙，將我的管子接到另一個金屬注射器上。她綁住歐娜．懷特的手臂，想讓血管浮現，卻完全不見效果。

我用右手握住那個女人的另一邊手腕，測量脈搏——升到一百二十下了，而且十分微弱。

醫生還是找不到瀕死女人的血管。

熱敷呢？我幾乎是用吼的。布芮蒂，可以把一塊乾淨的布浸在熱水鍋裡嗎？

就快找到了，林恩醫生喃喃道。

但無論醫生怎麼戳怎麼找，歐娜．懷特的靜脈還是一直躲著她的手指。

當布芮蒂把熱布拿過來時，我雖然正在輸血，卻還是把布搶了過來。我把布在空中揮了兩、三次，稍微散熱，以免燙傷歐娜．懷特，接著將布折起，貼到她的手臂內側。

能交給妳嗎，巴瓦護士？林恩醫生把輸血器遞給我。

即使在分秒必爭的狀況下，我也很尊敬她，因為她知道此時此刻，她的一切所學和經驗都比不上護士。

我一把抓了注射器，並拿掉歐娜．懷特手臂上的熱布。找到了，在泛紅的皮膚上有一條細小的藍線，彷彿峽谷中的一條小溪。我在血管上方用手指輕拍著節奏，一邊心想：活下去，懷特太太。小小血管稍微浮起，但這樣就足以讓我把針插進去了。

林恩醫生立刻接手，將管子固定在不省人事的病人手臂上，針頭才不會脫落。站起來吧，她催促道。

我二話不說跳下床。

她一旋開活栓，我的血就流下了管子。醫生抓住我的左手，放在她自己的肩膀上以保持抬高，我的手臂伸直。她用力按壓針頭上方的皮膚，我痛得差點大叫。她擠壓我的手臂，一點一滴擠出我的生命。

走廊上傳來喧鬧聲，我不禁猝然一動；追捕林恩醫生的警察該不會又來了吧？

林恩醫生沒有反應，不知道她是沒聽到騷動，還是擁有過人的膽量。我想起她曾是反抗軍的領袖，面對槍林彈雨也沒有退縮。

巴瓦護士，我不確定輸了多少血，所以如果感到暈眩要馬上跟我說，林恩醫生低聲說。

以防萬一，我用另一隻手緊抓著床頭。拜託不要凝結；我們可沒時間更換堵塞的管子，或是倒出我的血液，並加入檸檬酸鈉以防它凝固。流吧，流吧，紅色瀑布，繼續流入這女人的體內吧，別逼我們剖開她的身體，把嬰兒取出來。母親與孩子都盡其所能「行過死蔭的幽谷」。

歐娜・懷特慘白的臉頰是不是漸漸有血色了？

突然，那個女人睜開眼睛看著我。

親愛的，妳沒事了，我向她保證。

（其實還沒脫離險境，這只是包裝成謊言的希望罷了。）

妳應該很快就會恢復力氣了，我補充道。

她發出沙啞的尖叫聲。

歐萊希利家的寶寶在嬰兒床中被嚇醒，開始啼哭。

歐娜・懷特試圖坐起來。

林恩醫生命令道：不要動。

歐娜・懷特開始掙扎。

我用右手固定住左手臂上的針頭，並用左手緊緊按住她的針頭，以免她拔出管子。懷特太太！

難道她跟可憐的伊塔・努南一樣開始抽搐了嗎？

不對，不是痙攣。她滿臉通紅，全身顫抖，抱住自己的身體，好像要爆炸了一樣，又開始抓臉和脖子，喘著氣想說些什麼，身上開始起疹子。

是輸血反應，林恩醫生憤怒地低聲說。

我一時目瞪口呆。我聽過輸血反應，卻從沒親眼目睹過。

歐娜．懷特一邊喘著粗氣，一邊亂抓身體，抓出一道道血痕。

醫生旋上活栓並扯下歐娜．懷特的醫療用膠帶。

布芮蒂努力壓住那個女人。發生了什麼事？

雖然我是全適捐血者，但懷特太太的血不喜歡我的血，我承認道。

總是有例外，我們不可能料到的，林恩醫生低聲說。

她拔出連接歐娜．懷特手臂上針頭的管子，我那有害無益的鮮血便濺到地板上。

我把針頭從自己的手臂抽出來，用力按壓傷口止血。

對於癢到受不了的疹子，我們也無能為力，因為那是歐娜．懷特的身體為了抵抗不速之客——我的血所引發的生理反應。她像結核病患者一樣喘不過氣來，我只能盡全力安撫她，請她冷靜下來深呼吸。

林恩醫生在水槽刷洗雙手。

她到底為什麼要在這種時候洗手？

接著我恍然大悟：如果不在母親失血過多而死前救出寶寶，那兩個生命都保不住。

我喊道，消毒過的產鉗在——

我看到了。

林恩醫生把第一邊鉗葉伸進去時，我和布芮蒂緊緊抓住懷特太太。

歐娜．懷特放聲哀號。

另一邊鉗葉也進去了。

很好，林恩醫生喃喃道。我不知道她看到了什麼，但她握緊產鉗，食指套入中間的扣環。

使盡吃奶的力氣，我告訴歐娜．懷特。

但她看起來連抬頭的力氣都沒有，我有什麼資格命令這個女人超越極限呢？

護士，妳能按壓子宮底嗎？醫生問道。

我把手放在歐娜．懷特的大肚子頂部，等待下次宮縮，便使勁往下壓。

呃啊啊啊！

穩住，穩住……臉出來了。

林恩醫生不疾不徐，用產鉗把頭引導出來。

一雙眼睛在鮮血中眨了眨，面對著天空，果真是「觀星寶寶」啊。

嬰兒會不會溺死在母親的鮮血中？我急忙去找乾淨的布，把鼻子和嘴巴擦乾。

等一下，再推一次，林恩醫生喃喃道。

我到歐娜．懷特身後，把她扶起來，幫助她呼吸。很快就結束了，我保證道。

（無論如何都快結束了，我心想。）

她稍微動了一下，突然雙眼圓睜，猛烈咳嗽。下次陣痛時，她使勁往後推，用力到我的肋骨猛撞上床緣。

整個寶寶滑了出來。

做得好！

恭喜妳，懷特太太，是個男孩，林恩醫生說。

我拿了毯子，把他接過來。

他開始啼哭。

一開始，我以為醫生的產鉗割破了他的嘴巴，後來才認出那彎曲的線條——是兔唇。

但在足月前幾週早產，這個大小算是相當健康，氣色也很好。

林恩醫生正在專心止血，她按摩歐娜．懷特扁下來的肚子頂部，試圖催促子宮排出胎盤。

臍帶脈搏漸漸停止，嬰兒已經不會再從中獲得養分了。我請布芮蒂拿手術器械托盤給我，便在溼滑的藍色臍帶上打了兩個結並剪開。

護士，妳能加熱半公升的生理鹽水嗎？

我用毛巾裹住懷特家的寶寶，將他放入嬰兒床，並請布芮蒂看著他。如果他看起來快要窒息或臉色改變就告訴我。

我趕緊將鹽混入熱水中，並把瓶子拿過去給林恩醫生，她已經在歐娜．懷特的手臂內側插了一根新的管子。我把瓶子放在高處，好讓生理鹽水順利輸入她體內。

她的臉色稍微恢復正常，她也不再亂抓疹子，但全身虛弱無力。我那不幸的血液還對她造成了什麼傷害？

聖母瑪利亞，求你現在和我們臨終時，為我們罪人祈求天主，阿們，她喃喃道。

胎盤出來了，好極了。

那團肉塊滑了出來，後面還伴隨著大血塊。

林恩醫生拿起胎盤，確認有完整排出後，便將其放入一旁的水盆中。

我檢查歐娜・懷特的脈搏，還是太快、太微弱，宛如在空中飄舞的羽毛。

可以給我縫針嗎，護士？

我在穿針前先去洗手，發現雙手不住顫抖。

林恩醫生冷靜地縫合她在歐娜・懷特會陰部切開的小傷口。

茱莉亞，妳的手！布芮蒂說。

在我的左手肘內側，仍有一條涓涓血流從傷口不斷流出。這沒什麼。

但她還是幫我拿了繃帶。

這不重要，布芮蒂，別管它。

讓我來——

她的動作笨拙，包紮得太鬆。

接下來十五分鐘，我們看著歐娜・懷特的出血慢慢止住。噢，經歷漫長且痛苦的等待，終於能鬆一口氣了。她的脈搏漸漸穩定下來，降至一百以下，呼吸頻率也降低了。她開始能夠點頭和說話，不知道這應該歸功於生理食鹽水、神的慈悲還是純粹的僥倖。

在布芮蒂的協助下，我替懷特家的寶寶洗澡。雖然兔唇只有一邊，也沒有裂到鼻腔，不過這個小傢伙的裂口多麼引人注目啊。聽說古羅馬人被這些嬰兒嚇壞了，還會把他們淹死。嬰兒非常健康，沒有流感症狀，我的血似乎也沒對他造成任何傷害，代表他的血型可能和母親不同。十五分鐘前，母子仍是一體，現在卻永遠分離，想來也真奇妙。

他是還沒長好嗎？布芮蒂低聲問我。

妳說他的嘴巴嗎？

或許是因為醫生在他長好前就把他拉出來了？

林恩醫生轉頭說，不是，這種事就是會發生，布芮蒂，是家族遺傳。

（尤其是窮人家，但她可不會在歐娜·懷特面前這麼說，好像母親所缺乏的就會烙印在孩子臉上一樣。）

歐娜·懷特用低沉沙啞的聲音問道，他有什麼問題嗎？

是個健康的小男生，懷特太太，只是他有唇裂，我告訴她。

我給她看懷中的小小包裹。

她雙眼布滿血絲，費了好一番力氣才將目光聚焦在他那三角形的嘴巴上。她馬上笨拙地在胸前畫了個十字。

要不要我扶妳坐起來，讓妳抱抱他？

但她板起臉，彷彿一扇緊閉的門扉。

她最好躺著，才能促進血液循環，林恩醫生低聲說。

也是，抱歉（我不應該忘記的）。

我本想問母親要不要把嬰兒放在她的胸口上，但或許就連這一點重量也會影響她的呼吸。因此我把他抱在她旁邊，寶寶毛絨絨的頭幾乎靠著她的頭，好像她真的抱著他一樣，但如果她咳嗽，我也隨時準備好把嬰兒抱開。

她沒有轉頭親吻他，一滴眼淚從她的眼角流出，在母子之間的縫隙滑落。

Bearna ghiorria，林恩醫生低聲說。

我懂一點點蓋爾語，但沒聽過這句。那是什麼意思，醫生？

就是兔瓣嘴的意思，她解釋道。懷特太太，一個月內帶他回來，我會把他治好的。

雖然她是出於善意，但她可能沒有從歐娜．懷特的病歷了解她的狀況；一個月後，母子兩人恐怕都在修女的照料和監禁下了。

還是醫生只是把她和其他母親一視同仁，出於禮貌才這麼說的呢？

我還沒有機會問歐娜．懷特想不想餵奶，但嬰兒的嘴巴也無法順利吸吮吧。醫生，他是不是需要用湯匙餵食？

她思考了一下。嗯，至少沒有顎裂，算是不幸中的大幸……護士，只要妳把他直立抱著，控制奶水流速，並用較大的奶嘴，在中間切個十字，應該也能用奶瓶餵奶。我會請產科泡好一瓶送下來。

謝謝。

我記得唇裂可能會導致膠耳和口語表達問題，但這些都是其次，更可怕的是人們會盯著他看、別開視線或嘲笑他是不良品。我想到這個殘缺的孩子一週內就會和母親一起被送回母嬰之家，又突然意識到，人們領養孩子時，肯定會優先選擇五官健全的嬰兒。他會不會像布芮蒂一樣，最後是付錢給陌生人照顧的呢？寄養的護士會知道要帶他回來動手術嗎？還是她根本不會在乎，就這樣讓他成為霸凌者容易下手的目標？

布芮蒂宣布道，他的生日和巴瓦護士同一天。噢，還有我！（我們四目相接，她的眼睛閃爍著光芒。）十一月一日，是個很棒的日子。

是諸聖節，歐娜．懷特說，聲音小到幾乎聽不見。

不知道兒子在讚頌天上聖人的節日出生，有沒有讓她虔誠的心稍稍感到欣慰。

林恩醫生起身說，好，那應該沒問題了，各位晚安。

她在門邊又轉過身來。差點忘了問——巴瓦護士，妳感覺如何？

我沒事，我才輸了不到一杯血。

但妳看起來累壞了，晚上就睡這裡，別再來回跑了吧。

噢，但是——

護士，妳知道嗎？細菌學家指出疲勞會降低抵抗力。

我不禁微笑，便同意道，好的，醫生。

家裡沒有電話，但提姆也不會擔心，因為他知道有時我必須在醫院過夜。

歐娜·懷特眨眨眼，眼睛快閉上了。

在她睡著前，我替她擦洗身體，並替她綁上腹帶和束胸，因為她不需要哺乳。但我綁得比迪莉雅·加勒特的鬆很多，才不會妨礙她呼吸。

我輕聲問道：妳有想告訴誰這個好消息嗎？

父母、姊妹，甚至是朋友也可以；我希望她能給我一個名字。

歐娜懷特搖搖頭，眼皮閉上，進入夢鄉。

突然一陣天旋地轉，我在辦公桌旁坐了下來。我的手臂像被鐵絲網勾到一樣刺痛，而且還開始瘀青。

如果捐血有幫助到她，或至少沒有害到她就好了。正如拉丁文醫學格言所說：*primum non nocere*，意即不論任何情況，都切勿傷害到病人。但我卻眼睜睜看著我的毒血差點害死了她。

布芮蒂遞給我一杯茶。妳救了他們兩個耶。

謝謝妳，布芮蒂。

我大口喝下茶，至少是甜的。但其實是林恩醫生用產鉗救了他們。

才不是呢，我就在現場，這是妳們兩個的功勞。

我真想擁抱她。

是啊，我們三人合力挽救了懷特母子的性命，但我似乎無法因此感到寬慰。

我說，之前——昨天，我糾正自己（我是昨天才認識這個年輕人的嗎？）——妳提到寶寶被「丟水溝裡」，那是什麼意思啊？

布芮蒂聳肩，低聲列出：母嬰之家、抹大拉洗衣房[8]、孤兒院、工業學校、感化院、監獄……這些不都是同一條下水道的上下游嗎？

就像一群淹死在下水道的老鼠，我想到這個畫面就不禁反胃。

茱莉亞，我是從水溝來的，大概一輩子也出不去了，她輕聲說。

而這時，戴著口罩、穿著斗篷的路加修女就站在門邊，看著我們喝茶。

我一躍而起，聲音有些沙啞：晚安，修女。

就這樣，一天又結束了。

我告訴她瑪莉．歐萊希利和歐娜．懷特生產的狀況，並提供餵懷特家寶寶的建議：讓他坐正並一滴一滴餵，不然他會嗆到。

布芮蒂跑去哪了？她什麼也沒說就跑掉，實在是不像她。

8　愛爾蘭天主教會成立的抹大拉洗衣房（Magdalene laundries），名字取自耶穌的女追隨者抹大拉的馬利亞（Mary Magdalene），專門收容在社會無依無靠的婦女，但其中的女性被迫無償工作，且很難自由離開。

我馬上提醒自己——我也才認識她兩天而已。

路加修女用指尖輕觸嬰兒歪歪扭扭的嘴唇，嘆了口氣。顯然不太可能茁壯成長，但我會請札維耶神父來為他施洗。

她的失敗主義實在令人不滿。修女，我想妳應該沒有什麼照顧新生兒的經驗吧？

她緊抿嘴唇。基本知識我還是懂的。

現在不少喝奶粉長大的嬰兒都很健康，所以我認為懷特太太的寶寶也沒問題。

啊，我的意思不是毀容本身會讓他嗆到，她說。

她壓低聲音，好像想聊八卦一樣。但我聽照顧不幸之人的修女說，他這種人身上的先天缺陷通常不只一個。

我意識到她所說的「這種人」不是指兔唇患者，而是指私生子。

他們通常活不久，真可憐，好像他們知道自己不被愛一樣……

我真想告訴夜班護士她錯了，但林恩醫生不也說非婚生子女的死亡率高出好幾倍嗎？

我轉身拿下大衣說，修女，我今晚會睡在護士的宿舍。

（我沒說這是由於輸血可能會有後遺症，醫生才這麼建議；我可不想讓她質疑我的能力。）

如果懷特太太有什麼狀況，或是歐萊希利太太照顧女兒需要幫忙，請上去產科叫一名助產士下來，我補充道。

路加修女平和地點點頭。

我真不想把我的病人們留給這個女人照顧。

晚安，懷特太太、歐萊希利太太、加勒特太太。

我最後再看了一眼懷特家的寶寶，他彎彎的嘴讓我想到香豌豆。我走出病房。

Ⅳ 黑

我在病房外面看到布芮蒂的一頭紅髮。難道她在等我嗎？她把薄大衣掛在手臂上，正在仔細研究最新的海報。

一切都在政府的
掌控之中
疫情已逐漸趨緩。
除了那些不顧後果
生病還到處趴趴走的人
得流感其實沒有任何風險。
如果覺得不舒服
請回報
並臥床兩週。
如果乖乖休息
還會喪命嗎？

茱莉亞，那是真的嗎？她頭也沒轉就低聲問道。

哪部分——死掉的人活該嗎？我挖苦道。

我覺得最可笑的是臥床兩週那句；若非擁有一屋子僕人的富貴人家，恐怕沒有餘裕這麼做吧。

她搖搖頭。「疫情已逐漸趨緩」那句。

那是宣傳伎倆，布芮蒂，全都是政府的謊言。

她絲毫不感到驚訝。就像那首歌一樣。

哪首歌？

雖然我們在人來人往的過道，布芮蒂還是放聲高歌。我們來乾杯，各位，她唱道。

世界由謊言織就而來。
敬已死之人一杯，
再歡送下一位離開。

我們吸引了一些人的目光。

還真歡樂啊，我笑道。

至少旋律是啦。

妳的歌聲很好聽，布芮蒂。

她吐出一口氣，一副不以為然的樣子。

我是說真的。對了，為什麼路加修女一進來，妳就溜走了？

布芮蒂回頭看向病房門。不然那個老太婆肯定會叫我馬上回聖母之家，說什麼「不要在那邊拖拖拉拉，慢吞吞的」。

她的模仿讓我不禁笑了出來。那妳要去哪？

妳不走我也不走，畢竟醫生說要注意妳的狀況。

我只失去了半杯血而已。

一樣。

我從樓梯往下看。其實我很渴望在漫長的一天過後，能走路到電車站平復情緒。我應該很累吧，但感覺還睡不著，我說。

我也是，布芮蒂說。

如果妳也想留下來，宿舍就在樓上。

她跟著我，一邊問道，就算我只是幫手，他們也會讓我進去嗎？

我想在這種時候，應該不會有人有意見吧。

我們經過產科所在的二樓。我聽到了一個臨盆母親的哭泣聲，以及一個新生兒微弱的啼哭聲。

我其實有點累，布芮蒂在三樓承認道。

我笑了，自己也上氣不接下氣。

但還不想睡。

我們到了四樓，但我帶她去的宿舍門上貼了一張告示：男發燒病房（爆滿）。門後人聲鼎沸。

好吧，那也沒辦法了，我說。

布芮蒂似乎很失望：所以沒有宿舍了嗎？

看來也只能回家了。

我馬上後悔自己說出了那句話。布芮蒂沒有家，只有女修道院的一張床而已。從小時候住的兒童之「家」到現在，她的人生都是在同一個修道會的掌控之中，活在一個不見天日的顛倒世界，那裡的孩子沒有生日，姊妹也不再是姊妹，所有人都是「水溝」的一部分。

還是要上去屋頂呼吸新鮮空氣？

我假裝隨口提議道。

布芮蒂似乎大吃一驚。

因為今天是我的生日，不對，是「我們的」生日，加上今天又是美好的一天，我才想稍微慶祝一下吧。雖然瑪莉．歐萊希利因為難產而承受了漫長的痛苦，歐娜．懷特又對我的血液產生不良反應，但沒人死去，至少在這個飽受戰爭與疾病之苦的世界，今天我們小小的病房裡沒有人死去。

妳是說從外面爬上屋頂嗎？布芮蒂確認道。

我莞爾一笑。不用爬，在尖尖的屋頂中間，有一塊平坦的地方可以走出去。

那我就放心了。

我喜歡這個年輕人，其中一個原因就是她從來不說「不」。似乎任何事情她都願意嘗試，就算是爬上四層樓高的山牆屋頂也不例外。

經過一個架子時，我順手抓了幾條毯子。我打開一扇沒有標記的門，帶布芮蒂走上狹窄的樓梯。最後一扇最小的門看起來像是死路，但我之前需要休息、喘口氣、偷抽菸或俯瞰城市時都會上來這裡。這扇門從來不鎖的，我告訴她。

我們走上柏油屋頂。今天難得是晴朗的夜晚，藏青色的天空萬里無雲。在夏季的晴天，員工會在用餐時間三五成群曬太陽，但在九點過後的秋夜，整個屋頂都是我們獨享。

殘月在女兒牆上方劃了一個淡淡的C字，些許燈光從下方那座寂靜的城市透了上來。我用手肘撐著磚牆往下看，說道，散散步應該也不錯，或許改天吧。

我突然意識到，一旦醫院恢復其正常運作與標準，就不再需要也不會允許沒受過專業訓練的幫手在醫院裡跑來跑去了。醫院很可能會謝謝她，就把她打發走了。我還能再——不對，我要怎麼做才能再見到她呢？

我很會走路，永遠都走不累，布芮蒂說。以前在兒童之家，我們每週日都會魚貫而行，走八公里到海邊。

我忍不住想像小朋友們化為一條條小魚兒游往大海，但這畫面實在太荒謬了，我便試著想像小時候的布芮蒂在海岸邊跳舞、朝海浪扔石頭、衝進水裡並興奮尖叫的模樣。

你們去游泳嗎？

她搖搖頭。只是為了運動而已，我們必須直接折返，不能手勾手，不然會挨皮帶打，但我們可以不動嘴巴聊天。

我不知道該說些什麼才好。

布芮蒂把臉朝向天空，身體左右搖擺。

我抓住她的手肘。別摔下去了。

星星好耀眼，看得我都暈了！

我抬頭一看就找到了大熊座。以前在義大利，人們生病都會認為是星座的影響，代表流感的「influenza」這個字就是從那裡來的，我告訴她。

布芮蒂馬上就接受了這個說法。就好像當妳的時辰到時，妳的星星就給妳拽一下——她做出動作，好像在釣魚收線一樣。

但這完全沒有科學根據啦，我承認道。

或許沒有，但我聽說上天都已經註定了，她說。

什麼註定了？

我們哪一天會死。

那根本是胡說八道，布芮蒂。

她聳聳瘦削的肩膀。我又不是護士，不用講求科學根據。

但妳很有天分，如果妳想當的話。

布芮蒂一時愣住，接著一笑置之。

我知道對大部分的人來說，這份工作太殘酷了，把屎把尿自然是少不了，鮮血與死亡更是家常便飯。護士的確是一份特殊的職業。

妳知道嗎，布芮蒂，我會記錄我失去的每個病人。

記在哪？一本書裡嗎？

我想妳應該有注意到。

我掏出懷錶，看也不看時間，就把錶面朝下放入她的手中。

布芮蒂感受著懷錶的重量。這是純銀嗎？

應該是吧，是我母親的。

（我補充道，她才不會誤以為我有錢買這麼昂貴的東西。）

它還有妳的餘溫呢，她低聲說。

我們兩人之間的錶鏈宛如一條繃緊的臍帶。

我用手指輕觸背面的其中一個圓形刮痕。每一輪滿月都代表一名死去的病人。

但那不是妳的錯。

希望如此，但很難百分之百確定，做這行就必須學會接受這件事。

那小小彎曲的形狀呢？她問道。

它們是新月，不是滿月。

代表寶寶們嗎？

她真是觀察入微。我點點頭。

布芮蒂更仔細端詳懷錶。有些只是小刮痕而已。

那些是死嬰，或是流產的胎兒，只要能辨識性別，我就會記錄下來。

所以妳是因為覺得難受，才為了他們刮珍貴的懷錶嗎？

我搖搖頭。我只是……

想記得他們？布芮蒂猜道。

噢，我都會記得他們，但我常常希望自己能忘記。

他們會在妳的腦海中揮之不去嗎？

我試圖組織自己想說的話。我覺得他們會想要，或者應該說必須要留下紀錄，那種感覺十分強烈。

布芮蒂撫摸銀色錶面。那就是一張死者的地圖囉，一片充滿月亮的天空。

我拿回懷錶，放入口袋。生者也常常在我的腦海中揮之不去，例如懷特太太的兒子，我告訴她。

布芮蒂點頭。

我一直在想，如果他不用被丟水溝裡，如果有哪對善良的年輕夫婦——例如歐萊希利夫婦——如果他們不介意他的嘴唇，領養他的話……

布芮蒂露出厭惡的表情。瑪莉・歐萊希利很友善，但那男的是個惡棍。

她這麼理所當然地說出這句話，讓我大吃一驚。她丈夫嗎？

對啊，因為他會打她，不是嗎？

她看到我嚇壞的表情，發現我不知道這件事。噢，妳看不出來嗎？

她並不是在笑我，而是很驚訝我竟如此天真。

這樣一切似乎就說得通了。年輕的瑪莉・歐萊希利之所以這麼膽怯，而且很多事都會惹她丈夫生氣……還有雙手手腕上的藍色瘀痕。她宣稱自己只是「容易瘀青」，而我就像第一天上班的實習護士一樣上當了，沒再追問下去。

布芮蒂，妳知道一些妳不該知道的事，尤其妳才「二十二歲左右」，我輕聲說道。

她微微一笑，笑容中卻充滿悲傷。

我這一生從來沒被打過，我承認道。

那很好啊，她說。

我開始明白自己一無所知了。

布芮蒂沒有否定我。

我在屋頂中間的平坦處走動，找到傾斜處，並在上面鋪了一條毯子。我坐在斜坡上，把裙子拉緊禦寒，便斜躺在黏糊糊的屋瓦上。

布芮蒂緊挨著我坐下來。

把大衣釦子扣起來保暖，我建議她。然後往前傾——

我把第二條毯子甩到兩人背後，像斗篷一樣，不對，更像魔術師的布幕。我甩開第三條毯子，蓋在我們的膝蓋上。

我打破沉默。如果妳不介意的話，可以告訴我妳的——我是說兒童之家的事嗎？

布芮蒂停頓許久，我開始心想或許她真的會介意。

接著她問道，妳想知道什麼？

妳記得的一切。

我全都記得。

從她的表情，看得出來她很認真回想。

她終於開口道，我一想到兒童之家，就會聞到尿味和橡膠味。因為太多人半夜尿床，後來他們就叫我們直接睡在防水墊上，就不用洗床單了。

我的鼻腔瞬間充斥著刺鼻的尿騷味。

有個老師每次進教室都會這樣——布芮蒂皺起鼻子。她每天都會說，誰臭臭？誰臭臭？但重點是，茱莉亞，我們都很臭。

太可怕了。

她搖搖頭。更可怕的是我們每個人都會舉手，搶著說其他女孩的名字，說臭的是她。

噢，布芮蒂。

接下來的一分鐘似乎特別漫長，我試著消化這些資訊。

他們還會打我們，我從骨子裡記得那種感覺，她說。

我清了清喉嚨。為什麼要打妳們？

她聳聳肩。我們可能會因為睡姿不正確，或是參加彌撒時打噴嚏就被處罰，或者是用左手寫字、鞋釘掉了，或是有一頭捲髮或紅髮之類的。

我伸手想摸從髮夾鬆脫開來的紅色捲髮。為什麼——

他們說那是邪惡的象徵，還用掛衣鉤勾住我的包包頭，把我吊在牆上。

我收回手，摀住嘴巴。不能告訴別人虐待的事嗎？例如學校老師之類的？

她露出陰沉的笑容。噢，茱莉亞，我們都是在兒童之家上課的——那裡就是學校啊，懂嗎？

我懂了。

但也不是所有人都是惡魔啦，她告訴我。我離開前的最後幾年，有個廚師還滿喜歡我的。我拿廚餘去餵豬時，她會把蘋果皮放在最上面讓我偷吃，有一次還有整整半顆水煮蛋呢。

我的嘴巴充斥著苦澀味。

布芮蒂繼續說，我不擅長編織漁夫毛衣或刺繡祭衣，所以被派去做九日敬禮。那幾天我們會啃蠟燭、紙或膠水，只要能吃進肚子的就好。

九日敬禮？我重複道。連續九天的禱告嗎？

布芮蒂點點頭。人們會付錢給修道院進行特別意向祈禱。想到一大群孩子連續祈禱九天，餓到連膠水都吃，這讓我十分震驚。

她補充道，不過我很喜歡他們偶爾會派我去農場幫忙，這樣我就能偷吃幾顆漿果或蕪菁，甚至可以吃牛飼料呢。

我試圖想像紅髮小女孩擠在兩頭牛中間，翻飼料槽的模樣。妳是什麼時候開始工作的？

早上換完衣服就要上工了。

不是，我是說大概幾歲？

布芮蒂沒有回答，我便換句話說：妳不記得他們開始叫妳編織、除草或祈禱之前的事嗎？

她搖搖頭，似乎有些不耐煩。兒童之家需要大家一起經營，所以我們必須打掃、煮飯、照顧小寶寶，還要工作賺錢才能維持生計，懂嗎？

都是謊言！我大發雷霆。政府會按人頭補助。

布芮蒂眨眨眼。

我之前讀過，修道士或修女只是幫國家經營這些機構而已。根據孩子人數，他們每年都會獲得定額補助，以支付食物、寢具和其他日常生活用品等。

是嗎？布芮蒂的語氣異常冷靜。我們從來都不知道。

我突然意識到，利用這種可恥伎倆的可不只兒童之家。就在相隔幾條街的機構，像歐娜·懷特這樣的女人不僅被監禁，還必須花好幾年的時間工作償還所謂的「生活費」。

夠了，布芮蒂說。

可是——

拜託，茱莉亞，這麼美好的夜晚，就別再談不好的往事了吧。

我試圖放下沉重的話題，仰望星空，視線在不同星座之間游移，彷彿踩著踏腳石過河一樣。我想像那些星體投下一縷縷細細的星光，並勾住我們。

從我們出生起，一切就已經命定了，這種事我從來不相信。若真有什麼是冥冥之中上天註定的，將星星連成星座的是我們，譜寫人生的也是我們自己。

但昨天加勒特家的死嬰，那些尚未開啟人生篇章便消逝的生命，以及那些像布芮蒂和懷特家的寶寶一樣，睜開眼睛，卻發現自己活在漫長惡夢中的人們——他們的未來又是誰譜寫的？是誰允許這種事情發生的？

我的肚子咕嚕咕嚕叫，布芮蒂和我都笑了出來。

我這才想起放在包包裡一整天的食物。餓嗎？我問道。

怎麼，妳有什麼？

比利時松露巧克力和義大利橘子。

天啊！布芮蒂驚嘆道。

是我弟弟提姆送的生日禮物。

橘子皮比我想像得還要容易剝。隨著我用指甲一點點剝除外皮，果香也散發開來。在交錯的白色纖維之下，星光下的果肉顏色很深，看起來幾乎是紫色的。

布芮蒂仔細端詳橘子。啊，真是的，爛掉了，我還很期待的說。

沒有啊！妳聞聞看。

她似乎覺得反感，但還是傾身聞了一下，馬上笑逐顏開。

因為果肉顏色很深，所以叫做「血橙」，非常甜而且幾乎沒有籽。

我用手指剝開一瓣一瓣橘子，並撕開薄膜。橘子的顏色從黃、橘、紫褐到接近黑色都有。

布芮蒂拿起一瓣，小心翼翼地咬了一口。噢——果汁差點從她的嘴巴流出來，她馬上吸回去——實在是太美味了。

對吧？

生日快樂，茱莉亞。

我把沾到果汁的雙手舔乾淨，護理長看到一定會當場把我解雇。現在也是妳的生日，記得嗎？十一月一日。

十一月一日，她嚴肅地重複道。我不會忘記的。

生日快樂，布芮蒂。

在一片寂靜中，只剩下我們分食橘子的咀嚼聲。

妳真的很好聊，我脫口而出。自從提姆從前線回來，他就不說了。

布芮蒂沒有問，不說什麼？而是問，不跟妳說話嗎？

不跟任何人說話，一個字也不說，好像他的聲帶受損一樣——但其實都是心理創傷。

我不知道自己為何會情不自禁說出這些話，為何要將相較起來微不足道的痛苦分享給布芮蒂。

我通常不會跟別人說，我補充道。

為什麼？布芮蒂問道。

這個嘛，算是一種迷信吧，深怕只要說出口就會成真。

布芮蒂歪了歪頭。不已經是事實了嗎？

是啊，但……更加正式，而且是永久的。我以後就是「啞巴的姊姊茱莉亞」了。

她點點頭。妳會覺得尷尬嗎？

不是這個問題。

妳會難過？布芮蒂猜道。

我點點頭，稍微有些哽咽。

不過妳很幸運，她低聲說。

有個啞巴弟弟很幸運？

有個弟弟，她糾正我。無論是什麼弟弟都很好。

她說的沒錯，我告訴自己。提姆就是這樣，這就是我弟弟現在的模樣。

她頓了一下，又說：有誰都好。

噢，布芮蒂！

她又做出像猴子般的招牌聳肩動作。

我使勁清了清喉嚨。不過提姆還是很有幽默感。

那很好啊。

而且還養了一隻喜鵲。

哇，這麼酷！她調侃道。

他是個出色的園丁，也很會煮飯。

妳說喜鵲嗎？

我的笑聲在屋脊間迴盪。

我們平分松露巧克力，先狼吞虎嚥各吃了一顆，再玩遊戲，把第二顆放在舌頭上，比比看誰的最慢融化。

感覺好像死刑犯的最後一餐，布芮蒂說道，聲音有些含糊。

我不禁想到那位發瘋跳樓的流感患者，但我什麼也沒說。讓布芮蒂好好享受她的巧克力吧。

我很冷但我不在乎。我抬頭仰望星空，吐出一口長長的白霧。

妳知道有些星球有好幾顆月亮嗎？

得了吧，布芮蒂說。

是真的，我在圖書館讀到的。海王星有三顆，木星有八顆——等等，不對，科學家好像透過長時間曝光找到了第九顆。

布芮蒂歪著頭，似乎覺得我在逗她。

我突然想到，木星的第九顆月亮可能不是最後一顆；隨著時間慢慢流逝，天文學家可能會發現更多顆衛星。或許他們會發明出更好的望遠鏡，找到第十顆、第十一顆、第十二顆。想到上面的滿天繁星，以及下面熙熙攘攘的世界，我感到頭暈目眩。雖然死者遠多於生者，一代一代的人們還是奮力活出精彩人生。

有個男人在下面的街道鬼叫。我們應該拿東西丟他，我說。

不要啦，我喜歡老歌，布芮蒂笑道。

那妳能說出這首歌的名字嗎？

是〈我們灰心嗎？〉

只是個醉鬼在亂叫罷了。

我們灰心嗎？她唱道。

她沒等到我的回答，便自己接下去：沒有！她繼續唱道：那就齊聲高唱，蕩氣迴腸。我們灰心嗎？

到了第三句，我終於接了「沒有！」。

我和布芮蒂無所不談，時間就這樣流逝了，我們都一致認為一定已經過半夜了。

我想起今天是諸靈節。我們應該要去墓園。

醫院算嗎？畢竟有很多人在這裡死掉。

那我們就自己說算吧。噢，我應該為媽媽祈禱。

她是在妳弟弟出生後，在醫院開始發燒的嗎？布芮蒂問道。

我搖搖頭。是在家，這種悲劇每天都在世界各地上演——女人生小孩後就死了。不對，我糾正自己，她們正是因為生產而死。一直以來都是這樣，我不知道為何現在自己仍感到義憤填膺。

我想這就是妳的戰鬥吧，布芮蒂說。

我斜眼看她。

妳不是跟葛羅穎先生說，女人也跟士兵一樣，為下一代貢獻生命嗎？不過妳的職責不是生小孩，而是拯救他們和他們的母親。

我點點頭，感到口乾舌燥，喉嚨很痛。我想盡可能救越多人越好。

布芮蒂在胸前畫十字。祝福茱莉亞和提姆的母親巴瓦女士。

我低頭試著一起祈禱。

祝福所有逝者，她補充道。

沉默宛如絲綢，輕輕包覆著我們。

這兩天是我人生中最棒的兩天，布芮蒂說。

我盯著她。

是我人生中最快樂的時光，充滿了冒險呢！有更多人因為我們而活了下來——因為妳和我在這裡盡力而為，妳相信嗎？

但——這真的是妳最快樂的時光嗎，布芮蒂？

因為我還遇見了妳呀。

（這九個字震撼了我的內心。）

茱莉亞，妳說我是心靈補藥，而且不可或缺。我們剛見面時，妳不就幫我在手上塗藥膏了嗎？還送了我妳的梳子，給了我妳的生日，當我打破體溫計時，妳竟然說是自己的錯！妳在這兩天教了我好多，讓我幫妳跑腿，當妳的小幫手，讓我覺得自己是被需要的。

我一時不知道該說什麼。

我又想到布芮蒂有多麼適合當護士。修道會沒有讓妳接受過什麼訓練嗎？

她扮了個鬼臉。我剛上來都柏林時，他們有讓我當女僕，但女主人嫌我講話無禮，就把我送回來了。

的確，我能理解比較刻薄的雇主可能會看不慣布芮蒂活潑的性格。

我有時會當一日清潔工，打掃飯店、學校、辦公室等，她說。

那妳的薪水——

看到布芮蒂的臉，我就知道她甚至連半毛錢都沒看到。我們還是得償還修女養育和教育我們的錢。

我按捺不住內心的憤怒。如果修道會拿了妳的薪水，那可是契約奴工。你們這些寄宿的人難道不能離開嗎？

詳情我也不清楚，布芮蒂承認道。我們來聊點有趣的事吧。

我看到她在發抖，便挪近身子，把她拉到毯子底下。

星星緩緩劃過天際。我告訴布芮蒂自己看過的每一部瑪麗・畢克馥的電影劇情，再分享其他我猜她會喜歡的電影。

她全部都喜歡。

後來聊到小孩時，我主動說，我自己是不會生小孩啦。

不會嗎？

應該說我不知道自己想不想結婚，但我也已經錯過時機了。

其他女人肯定會說「三十又不老」，但布芮蒂什麼也沒說，只是看著我。

我說，我本來就不漂亮，而現在——

妳明明就很漂亮啊。

布芮蒂的眼睛發亮。而且「這一刻」妳可沒錯過。

也是。

她捧住我的臉，吻了我。

我沒有說不，一個字也沒說，什麼也沒做，就任憑——

她——

我讓她吻我。這是我前所未有的感受，彷彿嘴裡含著一輪碩大、皎潔，宛如珍珠般的明月，令人難以招架。

這違反了我從小到大所被教導的一切。

我回應了她的吻。舊世界天翻地覆，步入歷史，新世界則奮力破殼而出。或許我們只剩下這一晚，所以我才吻了布芮蒂·史維尼，擁抱她、親吻她，給了她我的全部。

我們斜躺在冰冷的屋瓦上喘著氣。

我突然熱淚盈眶。

布芮蒂馬上就注意到了。啊，別哭。

我不是——

那是什麼？

我脫口而出，我想妳的母親肯定記得妳真正的生日。她肯定曾經看著懷裡的妳，心想，噢，我的天啊。

應該是「噢，真是麻煩」才對吧，布芮蒂冷笑道。

噢，我的心肝寶貝，我說，並握住她的雙手。想像一下妳出生那天，那是多麼甜蜜的負荷啊！

布芮蒂的嘴巴再度貼上我的雙唇。

隨著夜色漸深，我們越來越冷。我們親吻彼此，斷斷續續地聊天，但沒有人觸及親吻的話題，才不會戳破美好的泡泡，不用去想這到底意味著什麼。

我們聊到戰爭，我告訴她提姆和他最好的朋友連恩．考菲利一起入伍，兩人天不怕地不怕，在歪斜的照片中笑得開懷，那是我弟弟房間裡唯一掛的照片。連恩沒能平安回家，我告訴她。

他怎麼了？

他在去年的耶路撒冷戰役[1]頸部中彈而亡（我把布芮蒂的手指移到自己喉嚨底部的凹

1 一九一七年的耶路撒冷戰役，為第一次世界大戰的西奈及巴勒斯坦戰役其中一役，對戰雙方為大英帝國和鄂圖曼帝國，由英軍取得勝利，占領了耶路撒冷。

陷處，提姆的護符就是戴在這個位置。護符或許救了他一命，但也僅此而已）。

妳弟弟在現場嗎？她問道。

就跟我們倆現在靠得一樣近，朋友的血肉都濺到他身上了。

噢，我的天啊，可憐的男孩們。

我突然想到，或許戰爭讓這份友誼日益加深，甚至演變成某種難以名狀的感情也說不定。我以前都沒想到過，是不是太傻了？我不認為自己有辦法詢問提姆，也不知道該怎麼告訴他與布芮蒂在屋頂上共度的這一晚。

無論多麼冷，我和她都沒有移動。聊天時，我們的嘴巴靠得很近，所以話題常常被吻打斷。我開心到覺得整個人都要爆炸了，或許在吻跟吻之間又更甚之。

我們之間的火花是何時點燃、發光並開始燃燒的呢？我太忙了，完全沒注意到。我每天被出生和死亡搞得手忙腳亂，哪有空去想新的情愫這種微不足道的小事呢？更遑論擔心了。

我們都在打哈欠。我說，爬上屋頂實在是太瘋狂了，妳需要睡眠。

妳就不需要嗎？

我久經鍛鍊，習慣熬夜——

我鍛鍊得更多，布芮蒂笑著說，而且更年輕體健。

有道理。

死了再睡也不遲，她告訴我。

我頭腦昏沉，同時又興高采烈，感覺好像再也無法闔眼一樣。

但我們都陷入沉默，就不小心睡著了，直到身旁的布芮蒂在斜屋頂上挪動身體，我才醒來。我伸展僵硬的脖子，發現大熊座已經到天空的另一頭了，肯定過了好幾小時了吧。

腳麻了！布芮蒂伸直腳，倒抽了一口氣。

我打了哆嗦，承認道，我的兩腳也都麻了。我用一隻腳用力踏屋瓦，感覺卻像是別人的腳。

我超渴的，布芮蒂說。

真希望我還有一顆橘子能給她吃。要不要下去食堂喝杯茶？

我哪都不想去。

她的眼神如此深情，令我頭暈目眩，彷彿屋頂是一艘飛船，飄浮在骯髒的世界之上，而雖然我們緊扣的十指都凍僵了，分不清誰是誰的，但只要待在上面，就什麼壞事也不會發生。

過了一會兒，我堅持要兩人站起來，促進血液循環。我們互相扶持起身，像狗一樣甩動僵硬的身體，甚至稍微跳了舞，一邊笑著，在夜色中吐出了白霧。

布芮蒂，我想去妳住的地方，把那裡砸爛，一磚一瓦把它拆了。

其實那房子是石頭蓋的。

石頭照拆不誤。

我最不願意回想起的是小朋友們的哭泣聲，她說。

我等她繼續說下去。

因為妳的小孩會一直哭，而妳也無能為力。

妳的小孩？

當我們長大後，他們會把一個幼兒放在每個人床旁邊的嬰兒床裡，就是我們要負責照顧的小孩。

妳說長大是指——十四、十五歲嗎？

布芮蒂的一邊嘴角上揚，幾乎像是在笑一樣。八、九歲吧，而且重點是如果妳的小孩調皮搗蛋，兩人都會被處罰，如果她生病也是妳的錯。

我努力想理解這一切。妳的意思是她生病的話，他們會怪到妳頭上？

布芮蒂點點頭。而且小孩子一直生病，很多後來都進建築物後面的洞了。

我亂了頭緒。妳是說她們是因為在地底下玩才生病的嗎？

不是啦，茱莉亞！她們是……病死後才進洞的。

噢。原來是墳墓。

只是一個大洞，上面什麼也沒寫，布芮蒂說。

我想到墓園裡的天使之地，迪莉雅．加勒特的女兒將被葬在那裡。小孩子的死亡率高，尤其是窮人家的小孩，而沒人要的更是如此，但是……

把幼兒的死歸咎在八歲小孩身上，實在是世道不公！我說。

這個嘛，我必須說，有時我餓到不得不跟我的小孩搶，布芮蒂斷然說。

搶她什麼？

她遲疑了一下，便說，我會吃她的麵包，或喝掉奶瓶裡一半的牛奶，再裝滿水。

噢，布芮蒂。

大家都這麼做，但感覺並沒有比較好受。

我有種想哭的衝動。這個女孩為了活下來不擇手段，但也因此我現在才能遇見她。

我從沒告訴過別人以前的故事，布芮蒂說。

（她說「以前的故事」，好像在講特洛伊戰爭的傳說一樣。）

或許我也不該告訴妳，她補充道。

為什麼？

這樣妳就知道我是什麼樣的人了，茱莉亞。

妳是什麼樣的人？

布芮蒂輕聲說：骯髒的人。

妳才不是！

她閉著眼睛低聲說：發生了一些事情。

在妳身上嗎？

在很多人身上，我想應該是大部分人吧。

我的心臟狂跳。是誰做的？

她搖搖頭，好像那根本不是重點。工人或神父，也有女性照顧者或老師會選一個女孩給她暖床，之後再多給女孩一條毯子。

我感到反胃。

或是假期父親，她補充道。

假期父親又是什麼？

當地的家庭可能會請一個小孩到他們家度過週末，給她一個小假期，可能會拿到糖果或零錢。

我不想再聽了。

她繼續說，其中一個父親還給了我一先令，但我不知道拿那麼多錢要幹嘛，也不知道要藏在哪裡，最後就埋在灰坑裡了。

布芮蒂，我說，並強忍著淚水。

或許還在那裡呢。

骯髒的不是妳，我告訴她。妳就像雨水一樣乾淨。

她吻了我，但這次只吻我的額頭。

我們身後傳來人聲，有陌生人走上屋頂了。

我和布芮蒂趕緊跳開來。

那我們去吃早餐吧，我大聲說，連自己都覺得假惺惺。

（我向自己保證，要親吻和說故事，以後還有的是時間。）

等我和布芮蒂拿好毯子，經過護工們身邊時，他們正在點菸，聊說戰爭快要結束了。德國各城市發生起義、士兵放下刺刀、祕密談判、德皇即將退位……

希望黎明前的黑暗能掩蓋我雙頰的紅暈。

女孩們，要來支菸嗎？

不用了，謝謝，我禮貌性回答。我幫布芮蒂開門，但她卻不小心撞到門框。小心！

我真是笨手笨腳，她笑道。

在寒冷的屋頂上熬夜一整晚就會這樣，我說。

但我發現自己十分清醒。

到了主樓梯，經過大窗戶時，我看到下面開著車燈，慢慢駛過的車子。不對，是靈車，看來又要辦喪禮了；太陽都還沒升起，車隊已經出發了，好像有個死亡天使飛來飛去，挨家挨戶拜訪，你也無法在門楣上做什麼記號，說服祂跳過自己家。

下樓時，我們和兩名形容枯槁、步履蹣跚的年長醫生擦肩而過。

其中一人說，警察因為我的車燈只剩一邊所以攔下我，真希望他們把我抓去關，這樣就能休息了。

另一名醫生的笑聲有點歇斯底里。我必須承認，我都把強行軍當大麥糖在吸。

他們上樓後，布芮蒂問我，強行軍是什麼？

是一種藥丸，通常會給軍人或需要保持清醒的人服用，內含可樂果粉和古柯鹼。

她挑起眉毛。妳會服用嗎，茱莉亞？

不會，我試過一次，結果心跳加速、身體打顫。

她用手摀住一個大哈欠。

布芮蒂，妳是不是累壞了？

一點也不累。

我們到廁所洗臉，她彎腰喝水龍頭的水，像小狗一樣。

我在鏡子前梳頭髮時，和鏡中的自己對上視線。我都這把年紀了，肯定夠了解自己，也知道自己在做什麼，但我似乎在一夜之間不小心跌進了愛情這個坑洞。

到了過道，昨天的海報吸引了我的注意力：

如果乖乖休息還會喪命嗎？

我有一股衝動想把海報撕下來，但這不僅不是護士該做的行為，而且還可能會犯下叛國罪。

是啊，他們肯定會喪命，我在心裡怒罵。死在床上，或是在廚房餐桌吃每日一顆洋蔥時；死在電車上，或是在街上突然倒下，因為骷髏人隨時隨地都有可能抓到他們。你可以責怪細菌、尚未埋葬的屍體、戰爭粉塵、風和天氣的不規則變化或全能上帝；你甚至可以怪星星。但請不要怪罪死者，因為沒有人希望自己生病死掉。

我和布芮蒂在地下室的食堂排隊領粥。

她不想吃香腸；不知為何，她今天早上充滿活力。

如果妳再也不回聖母之家，會怎麼樣？我低聲問她。

但我還能去哪呢，茱莉亞？

我想到一個主意。我想請她今晚和我一起回家，和提姆見面，但這會不會聽起來太過輕率，甚至不太正常？我不知道怎麼開口，便把那些話又吞了回去，只告訴她，我會想辦法的。

嘿，今天這麼早啊？

格拉迪絲！我對眼耳鼻喉科的老同學眨眨眼，最後只說「對啊」。

有幹勁嗎？她問道。

算有吧。

格拉迪絲微微皺眉，好像發現我今天早上怪怪的。她啜飲了一口咖啡，但她完全沒看我身後穿著破爛鞋子的年輕女人；她沒有任何理由猜測布芮蒂．史維尼跟我有什麼關係。

隊伍往前移動了。

我也往前走兩步，對格拉迪絲揮揮手說，待會見。

她離開後，我才開始想剛剛應該怎麼介紹布芮蒂。

如果格拉迪絲看到我們在屋頂上擁吻，她會怎麼想呢？更重要的是，她會怎麼做呢？

我完全踏出了舒適圈，或許再也回不去原本的生活了。

當我和布芮蒂一起走進產科發燒病房時，坐在辦公桌前的路加修女抬起頭，她顯然看不慣我們兩個關係不錯。妳們兩個應該都有睡好吧？她問道。

我向她保證我們有充分休息。如果她不知道護士宿舍暫時關閉，我也不打算告訴她。

狹小的病房充滿尤加利精油的味道。歐娜．懷特隱身於蒸氣帳內，但我聽得見她的咳嗽聲，而她的寶寶躺在嬰兒床裡，裹在襁褓裡的小腳動啊動的。

路加修女說他已經喝了兩瓶牛奶，進食沒問題。

我必須承認這位修女還是有優點的——即使她抱持偏見，還是會好好照顧病人。

布芮蒂給自己倒了一杯開水，一口氣喝光後，便熟練地開始整理病房。

巴瓦護士，我今天就要出院了！迪莉雅．加勒特告訴我。

真的嗎？

林恩醫生來過，她說我回家休養比較好。

雖然一般來說不會這麼快就出院，但鑒於醫院的狀況，我也無法提出異議。加勒特一家有錢雇用私人護士，但對其他大多數的病人來說，這是他們唯一得到醫療照護的機會。

路加修女告訴我，札維耶神父昨晚不在，現在又在主持喪禮，但我會想辦法找其他神父為他施洗（她對懷特家的寶寶點點頭）。

修女一離開，我就和布芮蒂四目相交，她露出了燦爛的笑容。

現在要做什麼呢？她問道。

蒸氣帳內的歐娜．懷特滿臉通紅，我決定讓她出來。

我用冰涼的布擦拭她的臉。有好點了嗎，懷特太太？

她沒有回答，只是喃喃祈禱著。

我檢查她的束胸，幾乎沒溼，代表還沒分泌乳汁，我便稍微把它鬆開，才不會影響到她的呼吸。布芮蒂，我去看看歐萊希利太太，妳能幫懷特太太泡一杯熱檸檬水嗎？

那位年輕母親正在餵奶，女兒的頭已經開始變得圓滾滾的了。瑪莉．歐萊希利的表情平靜安詳，看她身旁的餐盤，食慾似乎也不錯，但我的眼神卻忍不住飄到她手腕內側的藍色瘀痕。

她好像感應到我在想她丈夫，一開口就提到他。歐萊希利先生明天會來帶尤妮絲去受洗，她說。他們只會讓他進到會客大廳，所以會有人帶她下去。

很好。

我盯著她的臉。她到底是迫不及待想回到丈夫身邊，還是害怕回家，抑或兩者皆是呢？

別多管閒事，茱莉亞。婚姻神祕難解，而且還是別人的家務事。

我轉向迪莉雅．加勒特。我看妳已經打包好了，我先幫妳換束胸再換衣服。

當我解開她的繃帶時，發現已經被乳汁浸溼了。

她別過頭去。

這對豐滿的乳房派不上用場，真是太可惜了；不知道她的身體要花多久時間，才會意識到並接受沒有寶寶可以哺乳的事實。

我用乾淨的繃帶纏好迪莉雅．加勒特的胸部後，便從她的包包裡拉出一件寬鬆的洋裝。

我不要那件舊衣服！

於是我找了另一件罩衫和裙子，我和布芮蒂便溫柔地幫她穿好衣服。

我回頭看歐娜．懷特，發現她已經在打盹了，完全沒碰小櫃子上的檸檬水。或許她現在最需要的就是睡覺吧，我們也沒有更有效的藥物了。

她的兒子躺在嬰兒床裡伸展雙腳，發出像貓一樣的叫聲。幸好不需要在懷錶上刻一彎新月了。雖然是早產兒，但他的健康狀況良好，我也幾乎習慣他那不對稱的嘴巴了；不過是兩片嘴唇沒有完全接在一起，中間有個小間隙罷了。

我突然想到這個小小陌生人的體內流著一些我的血，這樣他是否也算是我的親人呢？布芮蒂，要不要我教妳怎麼餵他？

好啊。

路加修女把消毒完的奶瓶和切了十字的奶嘴泡在小蘇打水裡。我把一罐奶粉（上面標示的成分有巴氏殺菌牛奶、鮮奶油、糖和大麥湯）搖勻，再用溫水稀釋，寶寶喝了肚子才不會著涼。接著，我把奶嘴裝到奶瓶上。

我讓布芮蒂用左手臂抱著懷特家的小男孩，他試圖像幼蟲一樣蜷縮起來，但我確保他的脖子有伸直。我把奶水慢慢滴入他嘴巴的開口，並像吹錫哨笛一樣，用手指按住奶嘴的第二個洞以降低液體流速。

妳看，他雖然沒辦法吸，但還是咕嚕咕嚕地喝牛奶，完全沒問題，布芮蒂低聲說。

我們兩個看著懷特家的寶寶一點一點地喝完整罐牛奶。他一口一口吞嚥，彷彿知道自己在這個世界上只有一個任務，而且攸關他的未來。

走廊上傳來男中音的歌聲。兩個小男孩有兩個小玩具[2]……

想也知道是葛羅穎。

我接過開始打盹的寶寶。布芮蒂，妳可以出去叫他安靜點嗎？

2〈兩個小男孩〉（Two Little Boys）於一九〇二年寫成，由美國作曲家西奧多・F・莫爾斯（Theodore F. Morse）作曲，美國作詞家愛德華・麥登（Edward Madden）作詞，講述兩個小男孩長大後共赴戰場的故事。

她急忙走出病房。

但她又隨即坐著葛羅穎推的輪椅進來了。布芮蒂拉著隱形的轡繩，假裝在駕馬，兩人繼續唱歌。

你以為我會讓你死在這裡？
我的馬坐得下兩人。
上來吧，喬，讓我們離開此地，
朝我們的家鄉飛奔。

你們兩個蠢蛋，這裡可是病房，我訓斥道，但並沒有真的生氣。

護工發出馬嘶般的聲音，翹起輪椅的前輪。加勒特太太的馬車來了。

布芮蒂跳下輪椅，露出不好意思的笑容。

我轉身向迪莉雅．加勒特道歉，卻發現她露出虛弱的微笑。這首歌我也會唱給女兒們聽。

妳回家她們應該會很高興吧？

她點點頭，一滴閃亮的眼淚突然滑落臉頰。

我放下懷特家的寶寶，扶迪莉雅．加勒特坐上輪椅，並把她的包包掛在把手上。她雙手放在大腿上，寬鬆的罩衫蓋住平坦的肚子，帶有一種半受摧殘的美麗。

謝謝妳，茱莉亞護士，迪莉雅．加勒特說。也謝謝妳，布芮蒂。

再見，我們異口同聲說。

祝妳好運，歐萊希利太太。

面對喪女的母親，這位年輕女人不能說「妳也是」，所以她只是露出虛弱的笑容，對她點頭示意。

葛羅穎把迪莉雅．加勒特推出病房。

我和布芮蒂轉向彼此。

噢，那眼神充滿多麼不可告人的熱情啊。

我們一言不發，鋪好右邊的空床，準備給下一位病人使用。

過了一會兒，太陽升起，一束光從病房的窗戶灑了進來。今天，布芮蒂看起來幾乎是透明的，彷彿她是用骨頭和陽光做成的人兒，穿著名為血肉之軀的衣裳。

布芮蒂突然打噴嚏，正在喝奶的尤妮絲猛然一動，嘴巴鬆開了。

抱歉，布芮蒂說，是陽光的關係。

我有時曬太陽也會打噴嚏，我告訴她。

瑪莉．歐萊希利再次把乳頭塞進寶寶的嘴巴，動作已經很熟練了。

歐娜．懷特正在睡覺，房裡也沒有其他病人，我忍不住想趁機跟瑪莉．歐萊希利聊聊。

我傾身向前，低聲說（畢竟我什麼都不應該問），親愛的，我可以問妳一件事嗎？算是比較隱私的問題。

她雙眼圓睜。

歐萊希利先生有……發過脾氣嗎？

無憂無慮的人妻可能會回答，誰沒發過脾氣呢？

但瑪莉·歐萊希利的身體卻稍微往後縮，代表布芮蒂猜對了。

布芮蒂繞到病床的另一邊，問道：他會發脾氣，對吧？

那個女人的聲音小到幾乎聽不見。只有在喝酒的時候。

我很遺憾，我告訴她。

頻率多高？布芮蒂追問道。

瑪莉·歐萊希利的眼神在我們兩人之間游移。失業對他的打擊很大。

噢，我知道，可以理解，我說。

他大部分的時候都對我很好，她向我們保證道。

我冒險開啟這個話題，卻沒想過接下來該怎麼做。既然瑪莉·歐萊希利已經說出實話了，我到底該給她什麼建議呢？她最遲六天後就要帶寶寶回家了，而鄰居是從來不管別人家務事的。

我用堅定的語氣說，告訴他妳不會再容忍這種事發生，尤其是現在家裡還有小寶寶。

瑪莉．歐萊希利勉強點點頭，看起來卻沒什麼把握。

若真有需要，妳父親會收留妳嗎？布芮蒂問道。

她遲疑了一下，便再次點頭。

那就這樣跟妳丈夫說吧。

妳會跟他說嗎？我追問她。

布芮蒂嚴肅地補充道：這也是為了尤妮絲，他才不會對她動手。

瑪莉．歐萊希利溼了眼眶，低聲回答，我會的。

寶寶放開乳頭，開始嗚咽。

對話就這麼結束了。

把她直立抱著，我告訴瑪莉．歐萊希利。讓她的臉靠著妳的手，然後搓揉她的背，幫助她打嗝。

我看向歐娜．懷特，她仍不醒人事，頭歪向一邊。

不對，她不是在睡覺。

我的喉嚨縮了起來。我靠近點觀察她的臉，發現她睜著雙眼，但沒有在呼吸。

怎麼了？布芮蒂問道。

她一隻手放在棉被上，我把手指伸到她的手腕內側，發現皮膚還有溫度，但已經沒有脈搏了。為了加以確認，我也摸了歐娜．懷特蒼白的喉嚨側邊。

求祢賜給她永遠的安息，並以永恆的光輝照耀她，我喃喃道。

啊，不會吧！布芮蒂衝了過來。

我輕輕闔上歐娜．懷特的眼睛，並將她蒼白的雙手交疊放在胸前。

我身體搖晃，雙腿一軟。布芮蒂把我的頭靠到她的肩膀上，我緊抓著她，肯定弄疼她了吧。我聽到瑪莉．歐萊希利抱著女兒哭泣。

我強迫自己放手起身。布芮蒂，妳可以去找醫生嗎？

她離開後，我盯著懷特家的男嬰，他時不時吸鼻子，手腳亂動。會不會我捐的血和我們做的所有努力，反而讓骷髏人更早來迎接他母親了？

林恩醫生走了進來，看起來相當憔悴。巴瓦護士，真是令人遺憾。

雖然已經沒救了，她還是徹底檢查了那女人的屍體，才填寫死亡證明書。

我的聲音微微顫抖，但我還是必須問出口：妳覺得是因為輸血反應嗎？

醫生搖搖頭。比較有可能是生產、出血和慢性貧血加劇了肺炎對她心臟造成的負擔，也可能是血塊導致肺栓塞。

她把被子往上拉，蓋住一動也不動的雕像，便轉向我，眼鏡反射著陽光。我們已經竭盡全力了，巴瓦護士。

我點點頭。

而疫情再怎麼嚴重，總有一天也會結束的。

真的嗎？瑪莉．歐萊希利問道。妳怎麼知道？

人類最終都會與瘟疫並存，或至少僵持不下，醫生告訴她。無論是怎樣糟糕的局面，我們都還是會繼續向前，和各式各樣的新生命在地球上共存。

布芮蒂皺眉。流感是一種「生命」嗎？

醫生點點頭，摀住嘴巴，打了一個哈欠。從科學的角度來說，是的。它們也是一種生命體，沒有惡意，只渴望持續繁殖，其實跟我們很像。

真讓人難以置信。

而且悲觀主義是個爛醫生，她補充道。所以我們要抱持希望，女士們。好了，歐萊希利太太，讓我看看妳和妳健康漂亮的小女孩吧。

醫生檢查完瑪莉．歐萊希利後，便仔細觀察懷特家寶寶的嘴巴。他可以正常飲食嗎？

已經喝三瓶了，我告訴她。

很好。現在他是「*Filius nullius*」了，她嚴肅地補充道——也就是教區撫育的孤兒。他應該會被送到她之前待的機構吧？

被丟水溝裡，我心想，並點點頭。

醫生低聲說，等這一切都結束後，我和弗倫奇．穆倫小姐打算為窮人家的嬰兒創辦自己的醫院。

太棒了！

是啊，一定很棒吧。我們要把病房設在屋頂上，不分信仰，只要是好護士通通來者不拒，並且盡可能聘用女醫生，然後養母山羊擠新鮮羊奶……

聽到養母山羊那段，我和布芮蒂對到眼，差點笑了出來。

還要在鄉村成立度假中心，讓母親休養身心，林恩醫生補充道。

聽起來很棒，瑪莉．歐萊希利說。

我會請護工上來帶走懷特太太，醫生在離開前告訴我。

我記得她的病歷上沒有寫任何親人的名字，這意味著會舉行窮人葬禮[3]，我的心不禁抽痛了一下。

我把牆上的釘子抽出來，並掏出懷錶，準備做記號。

布芮蒂低聲問道：可以讓我來嗎？

好啊。

我把懷錶和釘子遞給她。

她小心翼翼地背對著瑪莉．歐萊希利，找到一個空位，並在銀色錶面上為歐娜．懷特刻了一個又深又圓的圈圈。

不知道接下來幾十年，我還要為多少母親做記號。那些線條將會彼此重疊，宛如糾結的頭髮。我用沙啞的聲音說道：好多啊。

但妳想想其他人，那些因為妳而活下來的女人，以及平安長大的孩子，布芮蒂說。

我盯著懷特家的寶寶，幾乎如大人拇指般細小的手臂攤開在床墊上，好像要擁抱世界一樣。

葛羅穎衝了進來，像拿盾牌一樣抬著擔架。巴瓦護士，聽說妳又丟了一個。

講得好像我是常常弄丟錢的粗心小孩一樣。

他身後的奧謝十指相扣，試圖掩飾雙手的顫抖。

葛羅穎看向左邊的病床。啊，所以那蕩婦歸西了。

我無視他對歐娜·懷特的誹謗，但不知道是誰告訴護工她沒有結婚的。

已經撒手塵寰了，他告訴奧謝，傷感的語氣似乎又帶著某種津津樂道的意味。騎著白馬……

這一切對你來說都是笑話嗎，葛羅穎？我們都只是肉塊嗎？我問道。

所有人都盯著我看。

妳是說現在這種狀況嗎，護士？他微笑著，用一隻手劃過喉嚨。在我看來，我們的確是肉塊，完蛋了，死定了，沒救了。

3 根據《救貧法》（English Poor Laws），若死者沒有親人，或家屬無力支付殮葬費，將由地方政府支付公共葬禮的費用。

他拍拍自己的胸膛，補充道，當然在下也一樣。

我想不到任何巧妙的回答。

葛羅穎對我微微敬禮，便把擔架放到地上。

奧謝幫他把歐娜・懷特連同被子放到擔架上，兩人便把她抬了出去。

她的寶寶躺在嬰兒床裡，完全不知道自己失去了母親。

為了轉移自己的注意力，我開始換床單。

為什麼妳總是對葛羅穎這麼苛刻？布芮蒂輕聲問道。

我聽了很生氣。妳不覺得他很討人厭嗎？一直哼歌又病態粗鄙。雖然參加過戰爭，但根本沒有實際上過戰場，現在這個油腔滑調的單身漢只會在這裡到處閒晃，成天對受苦的女人唱歌。

瑪莉・歐萊希利看起來有些不安。

我知道自己不應該在病人面前這樣說話。

他其實不是單身漢，該怎麼稱呼？他不只是鰥夫，因為他曾經也是個父親，布芮蒂說。

我的心臟怦怦直跳。這是什麼時候的事？

很多年前，戰爭還沒開打時，葛羅穎的家人全都死於斑疹傷寒了。

我清了清喉嚨，勉強吐出字句，抱歉，我不知情。我想稱呼應該還是「父親」，就算……他有幾個小孩？

他沒告訴我。

布芮蒂，妳怎麼知道這些事？

我問他有沒有家人啊。

我感到慚愧不已。因為葛羅穎從戰場回來，既沒有手抖，也沒有毀容，更沒有失語，我就以為他的人生一路順遂，但卻沒看到隱藏在玩笑和歌曲之後，那個心灰意冷的男人。硬朗健壯卻飽受折磨，失去了至親卻仍困在人世間，直到自己的時辰到了為止。葛羅穎大可拿軍人撫卹金成天買醉，借酒澆愁，但他卻每天早上七點準時來醫院報到，搬運病人和死者。

瑪莉・歐萊希利說，不好意思，巴瓦護士……

支支吾吾了一陣後，她終於承認乳頭很痛，我便取下一罐綿羊油塗在上面。

我查看歐娜・懷特寶寶的狀況，但他的尿布還是乾的。他突然顯得如此瘦小羸弱；路加修女說他的存活率不高，是否不無道理？

我們必須為懷特家的男孩施洗，我對布芮蒂說。

現在？她大吃一驚。我們嗎？

因為今天醫院裡沒有神父，而且若是緊急狀況，任何天主教徒都可以施洗。

瑪莉・歐萊希利語帶興奮與不安，問道，護士，妳有為寶寶施洗過嗎？

還沒，但我有看過幾次。

（趁他們還沒死之前，我心想。）

我記得該說什麼，我向她保證道。

布芮蒂提出異議：但我們不知道她想叫他什麼。

是沒錯，這的確令人苦惱。歐娜．懷特含蓄又陰鬱，我還以為之後會有時間……

不過比起之後某個機構的工作人員，還是我們給他取名字比較好吧，布芮蒂嚴肅地說。

妳願意當教母嗎？我問她。

她似笑非笑。

我是認真的，布芮蒂，妳願意嗎？

來嘛！瑪莉．歐萊希利喊道，好像在馬戲團看表演一樣。

於是布芮蒂抱起懷特男孩，像士兵一樣立正站好。

不知道要不要保險一點，取個常見聖人的名字。派翠克？保羅？我提議道。

約翰？瑪莉．歐萊希利說。米迦勒？

太無趣了吧，布芮蒂抱怨道。

我看著他小巧的臉龐，心想何不致敬造物主摶土造人，最後的巧思呢？林恩醫生曾說過兔唇的蓋爾語，是什麼來著？巴爾納什麼的？不然叫他「巴爾納伯」好了，我說。

布芮蒂端詳左手抱著的嬰兒。我喜歡。

相當特別，瑪莉・歐萊希利說。

布芮蒂突然別過頭，打了個大噴嚏，並馬上用袖子摀住。抱歉！

接著，她又打了一個更大的噴嚏。

妳還好嗎？瑪莉・歐萊希利問道。

可能只是小感冒吧，肯定是昨晚著涼了（布芮蒂對我眨眨眼）。

我想起屋頂的事。我有臉紅嗎？

我用莊重的語氣開始進行儀式，布芮蒂・史維尼，妳要給孩子取什麼名字？

她也用莊嚴肅穆的語氣回答，巴爾納伯・懷特。

妳為巴爾納伯向天主的教會請求什麼？

啊……受洗？

我點點頭。身為代母，妳願意協助——

（傳統的說法是「孩子的父母」。）

——巴爾納伯嗎？

願意。

既然沒有聖水，就用開水湊合著用吧。我拿了一個水盆，並把水倒入玻璃杯。布芮蒂，妳能把他抱在水盆上方嗎？我問道。

我盡可能讓雙手和聲音都不要顫抖，因為接下來的拉丁文是最重要的部分。*Ego te baptizo, Barnabas, in nomine Patris*[4]——

我把水滴到他的額頭上，還以為他會皺眉，但他沒有。

我再次注水。

Et Filii——

Et Spiritus Sancti。

我第三次傾倒清澈透明的液體，以聖神之名為男孩付洗。

布芮蒂打破沉默：結束了嗎？

我點點頭，並從她手中接過巴爾納伯。

她把杯子裡的水一口氣喝光。

我對她眨眨眼。

抱歉，我還是渴得要命。

我的心跳似乎漏了一拍。

她長滿雀斑的臉頰泛紅，宛如顴骨上的一抹胭紅。她的美麗更甚以往。

我將巴爾納伯放回嬰兒床，用手背貼著布芮蒂的額頭，發現有點發熱。妳有覺得不舒服嗎？

只是有點頭暈罷了，布芮蒂承認道。

她又從水壺倒了一杯水，然後一口氣喝光，我能清楚看到她喉嚨吞嚥的動作。

別急，慢慢喝，我說。

她大笑說，我總感覺喝也喝不夠。

就在那時，我聽到了，她說話時那細小的嘎吱聲，從肺部深處傳來若有似無的音樂，宛如拂過遠方樹梢的微風。

我不讓表情流露出自己的情緒。妳會喘不過氣來嗎？

她打了個大哈欠。只是因為我很累啦，而且我感冒時聲音本來就會有點沙啞。

但普通感冒應該會流鼻水，她卻沒有這個症狀。

我的腦袋就像發條上得太緊的時鐘一樣，現在才一一核對剛才觀察到卻沒留心注意的症狀：

打噴嚏。

喉嚨痛。

口渴。

頭暈。

躁動。

---

4 *Ego te baptizo in nomine Patris, et Filii, et Spiritus Sancti*，譯為：我因父，及子，及聖神之名給你付洗。

失眠。

笨拙。

躁狂。

我不想說出口，但不說不代表不是真的。但不可能是這種流感吧，因為沒有人會感染兩次，我說。

她的嘴角抽動了一下。

布芮蒂！

她沒有回答。

我突然怒不可遏。妳明明說妳之前得過，而且早就好了。

（第一天早上，她是這麼告訴我的，原來才過了兩天而已嗎？她沒戴口罩，也沒做任何防護措施就走進我的病房，短短兩天卻像是過了一輩子。）

布芮蒂別開視線。搞不好當時得的是普通流感吧，或是現在這個才是？

我必須咬住嘴唇，才不會脫口而出，現在大家得的流感都是危險的那種。

我的天啊，流感的潛伏期是兩天，代表她很可能就是在這裡，在這個病毒的溫床感染的。

我努力不要讓自己的聲音飆高。妳有哪裡痠痛嗎？

她又聳聳肩。

我抓住她的手肘。哪裡痛，布芮蒂？

噢，就這裡痛那裡痛。

她觸碰自己的額頭、脖子和後腦杓。

我想打她，同時又想擁抱她。還有哪裡嗎？

她的手移動到肩胛骨、腰背部和大腿骨。她又忍不住打了噴嚏，便急忙扭過身體，用袖子摀住。

好吧，看來我真的中標了，或是它抓到我了，她有些不好意思地說。

我突然意識到她臉上的紅暈十分鮮艷，宛如聖誕節啞劇演員俗麗的臉彩（布芮蒂有看過啞劇嗎？）。紅、褐、藍、黑。

這次流感也沒那麼糟糕，我之前得過更嚴重的，瑪莉．歐萊希利告訴她。

雖然那位年輕母親立意良好，但我好想猛搖她。

我用充滿威嚴的語氣，逼自己吐出字句，沒錯，妳不會有事的，布芮蒂。

我注意到她開始發抖了。

重點是要休息，我們要馬上讓妳上床休息。

去哪裡？她問道。

我一時毫無頭緒，但又靈機一動，朝著右邊的空病床點點頭。那張床原本是迪莉雅．加勒特的，今天早上布芮蒂才和我一起鋪床呢。

可是……我沒有要生寶寶啊。

事實是，我不忍心把她送到樓下的報到櫃台，因為她可能要等上好幾小時。如果是重症的話，拖延是很危險的，當然也很可能不是重症，只是為了保險起見……非常時期就將就一下，注意義務比平常更重（我到底在跟誰爭論？）。

我告訴她，沒關係，來，把這個穿上——

我從架上拿了一件漿過的睡袍給她。妳能自己穿嗎？

布芮蒂還來不及回答，就打了個大噴嚏。抱歉！

我想起她說小時候曾因為在彌撒時打噴嚏被處罰。

她有些羞怯，便背對我開始解扣子。

我給她找了一條乾淨的手帕，把體溫計塞到她的舌頭底下，並開始寫病歷，好像她是新來的病人一樣。布芮蒂·史維尼，約二十二歲。有好多細節我都不知道，我真不想在地址欄位填寫路加修女修道會的聖母之家。入院醫生——空白。我試圖回想自己是何時把體溫計放入她嘴巴裡的——已經過了一分鐘了嗎？我已經搞不清楚時間的流逝了。我彎腰觸碰布芮蒂的下巴。來，嘴巴張開。

她張嘴放開體溫計，但乾裂的嘴唇黏住玻璃，在我拿出來時破了皮，滲出一滴血。

我輕輕擦拭玻璃，看到顯示三十九點二。很高，但以這次流感來說也不算太高，我如此告訴自己。

我急忙跑出病房，推開走廊上的護士、醫生和拖著腳走路的病人。我探頭進婦女發燒病房，但我完全想不起來護士長的名字，只好叫道，護士？護士？

嬌小的修女不喜歡我這種稱呼方式。怎麼了，巴瓦護士？

我的小幫手不太舒服，我裝成滿不在乎的樣子，用高亢的聲音說道。能麻煩妳馬上派人去找醫生嗎？

我沒有明講是為了哪位病人；我可不能說自己讓還沒辦入院手續的志願小幫手躺上病人的床。

修女嘆了口氣，說道，好吧。

我忍住沒說出口：快點。

等我回到病房時，布芮蒂已經蓋好被子，衣服摺好放在一張椅子上了。

（我這才意識到，她之所以動作俐落，是因為兒時的經驗告訴她，如果拖拖拉拉就會被打。）

我現在根本沒辦法負責這間病房，因為我害怕到幾乎無法呼吸，但也沒有別人了。情勢所迫。我在布芮蒂背後放了兩顆枕頭，讓她坐起來，並從櫥櫃拿了四條充滿硫磺味的毯子，再調了高濃度的熱威士忌。布芮蒂的呼吸稍微有點快，脈搏也偏高。我寫下所有數據，試圖客觀分析，至少沒有咳嗽。

布芮蒂扭動身體，問道，萬一真正的病人需要這張床呢？

噓，妳也是真正的病人。妳到處幫我跑腿，早就該休息了吧，稍微睡一會吧。

我故意用鬧著玩的語氣說道。

妳在屋頂上熬夜一整晚，肯定很想睡吧，我又說。

布芮蒂雖然嘴唇皸裂，笑容卻仍無比燦爛。

我突然轉身問道，歐萊希利太太，妳會介意我把妳移到另一張病床，稍微騰出多一點空間嗎？

瑪莉·歐萊希利眨眨眼。當然沒問題。

（我每次傾身看著布芮蒂，我都認為自己有好好掩飾情緒，沒有露出恐慌的神色——但我對她的愛卻展露無遺。我看著她的熾熱眼神，絕不能給任何人看見。）

於是我扶瑪莉·歐萊希利下床，移動到牆邊的病床，但我也有顧慮到兩個寶寶。為了讓尤妮絲離布芮蒂遠一點，我把她的嬰兒床推到她母親的病床和中間的空病床之間，也將巴爾納伯的嬰兒床推了過去，但不小心太用力，稍微晃到了兩個寶寶，尤妮絲嗚咽了一聲。

我忙著回想之前有沒有學過，發作快是否代表就是重症，還是布芮蒂很快就能康復，幾天後就能下床，有說有笑的呢？

為了防寒，我用羊絨披巾裹住她的頭和脖子。

她的牙齒在打顫。好溫暖！

我把棉被蓋在她身上，也裹住不停顫抖的瘦小身軀。

這樣我搞不好會太熱，她開玩笑道。

把汗流出來比較好，我告訴她。再多喝點水？

我急忙去倒水。

布芮蒂對著手帕連續打了五次噴嚏。抱歉——

我打斷她說，妳不需要為任何事情感到抱歉。

我把她的手帕扔進洗衣桶，並給了她另一條。究竟是我的想像，還是她白皙的耳朵也開始變紅了？而且是不是比較偏紅褐色？紅、褐——

喝妳的威士忌，布芮蒂。

她喝了一大口，馬上嗆到。

我溫柔地責備道，小小口喝！

沒有我想像中那麼好喝，她喘息道。

從她的聲音，我就能聽出她呼吸很吃力，便說，妳知道嗎？我想妳有點喘不過氣來，所以心跳才會加速。讓我把這個放在妳背後……

我抓了一個三角床靠枕，塞在她和牆壁的中間，並在靠枕前面放了一顆枕頭。躺下來吧。

她喘著粗氣，躺在白色枕頭上，紅髮宛如夕陽一樣醒目。

我握住她的手指，低聲問道，妳到底為什麼要騙我說妳已經得過了？

她用沙啞的聲音回答：我看得出來妳需要幫手。

她吃力地吸了一口氣。

我想幫忙，她說，我想幫妳。

但我們當時才剛認識而已。

布芮蒂笑道，如果我承認自己還沒得過——

（她上氣不接下氣。）

——妳可能會叫我回去，但這裡的工作需要兩個人才能完成。

我一時啞口無言。

別擔心啦，布芮蒂喘息道。

（好像她才是護士一樣。）

別發愁，我不會有事的。

我不確定自己有沒有聽錯。她輕聲說出了這幾個字，聲音小到我必須彎腰，耳朵幾乎貼在她的嘴巴上才能聽見。

她的語氣很奇怪，似乎有些興奮。我曾聽過一位登山家的演講，他說自己曾在空氣稀薄的高峰上感到十分亢奮。在山上時，他沒有意識到那是缺氧的症狀，又或者他一心只想著冒險，根本不以為意。

我又替她量了一次體溫，升到四十度了。

那不是布芮蒂．史維尼嗎？

林恩醫生的聲音從我身後傳來。

我用最快的速度說明病況，眼睛直盯著病歷。

但我還沒說完，醫生就打斷我。但她應該要去婦女發燒——

求求妳，醫生，讓她待在這裡。

她發出嘖嘖聲，但已經把聽診器貼到布芮蒂的背上了。親愛的，可以幫我深呼吸嗎？

從我站著的位置，都能聽到那刺耳、可怕的聲音。她沒有咳嗽症狀，應該是好事吧？我問道。

林恩醫生沒有回答。她把布芮蒂的雙手轉過來，我才發現她的手都腫起來了，而且不只是因為凍瘡的緣故。是水腫，體液流入組織間隙了，醫生喃喃道。

我怎麼會沒發現呢？

我逼自己問出口，那她的——

「蒼藍症」這三個字我實在說不出口。

——臉頰呢？

林恩醫生嚴肅地點點頭。如果妳安靜休養，再加上一點運氣的話……我也看過病人的臉色變回粉紅色，她告訴布芮蒂。

不過和臉色發黑的案例相比，醫生看到病情好轉的比例又有多高呢？紅、褐、藍——夠了，我告訴自己。布芮蒂只需要「一點運氣」，而誰比她更值得被幸運女神眷顧呢？

林恩醫生抓住布芮蒂的下巴。可以張嘴嗎？

布芮蒂照做，舌頭的顏色就像上吊的人一樣黑。

醫生沒有做出任何評論，而是轉過頭來對我說，妳已經盡妳所能了，巴瓦護士，繼續給她喝威士忌吧。現在我恐怕得去婦女外科病房了。

可是——

我一定會回來的，她在離開前告訴我。

我不知道該做什麼，只好再測量一次布芮蒂的體溫。現在升到四十一點一度了，不會吧？斗大的汗珠在她的臉上不斷冒出，擦也擦不完。

妳就照醫生說的安靜休養。別說話，妳就會好得更快，我低聲說。

我用冰鎮的溼布擦拭她紫紅色的雙頰、額頭和後頸。我意識到布芮蒂沒有咳嗽是因為她無法咳嗽；她快淹死在自己的體液中了。

漫長的幾小時就這麼過去了。每隔一陣子，我就像機器人一樣，逼自己履行其他的職責。瑪莉·歐萊希利詢問可否上廁所時，我給了她便盆；我檢查了她的腹帶，也替她換了護墊。巴爾納伯醒來後哭了一會兒，我給他換了尿布，又餵他喝了一瓶牛奶。但我無時無刻不想著布芮蒂。

她從臉頰到耳朵都是褐色的，已經完全稱不上是紅色了，而且呼吸急促又發出溼潤的摩擦聲。她已經沒力氣拿威士忌杯了，於是我跪在床上，把杯子放到她皸裂的嘴唇前面。她在喘息之間小口小口喝著，又連續打了五次噴嚏，手帕頓時被染紅了。

我盯著那塊亞麻布。不過是一條破裂的微血管罷了，不過是她堅韌、年輕的身體中成千上萬的微血管之一。血沒什麼大不了的，很多孕婦分娩時滿身是血，隔天還不是好好的。

我好像需要——

什麼，布芮蒂？

她說不出話來。

妳需要便盆，是嗎？我猜道。

一滴眼淚從她的左眼滑了出來。

我檢查床鋪，發現她尿床了。別擔心啦，這種事很常發生，我馬上幫妳弄乾。

我抓準時機，把布芮蒂瘦弱、癱軟的身體翻過來，從左邊套上乾淨床單，並把溼床單從右邊拉下去。我解開她睡袍的側帶，瞥見她蒼白的側腹和看似是舊傷疤的痕跡，並幫她換上新睡袍。

妳能清楚看到我嗎？我問她。還是有點模糊？

她沒有回答。

她的體溫降到四十點五度了，我如釋重負，鼓勵道：妳的燒要退了。

布芮蒂像魚一樣張著嘴，我不確定她是否理解我剛剛說的話。

我檢查她的脈搏，發現還是很快，但血壓感覺偏低。我不能讓她休克，所以趕緊去準備半公升的生理食鹽水，裝滿最大的金屬注射器，並盡可能穩住自己的雙手。

就算在神智不清的狀態下，布芮蒂看到針頭還是退縮了。

這只是鹽水而已，就像海水一樣，我告訴她。

（有醫生去過她所謂的「兒童之家」嗎？布芮蒂這一生有打過針嗎？）

妳要把海水打到我體內？她低聲問道。

我命令自己不許傷害她，一次就成功將針頭插入靜脈。

我靜靜觀察，耐心等待。

還是百分之百活著，我在腦中不斷重複，雖然她的嘴唇逐漸變成美麗的淡紫色，幾乎是藍紫色的，而她腫脹的眼瞼呈煙青色，就像大銀幕上瑪麗·畢克馥的眼影一樣。

生理食鹽水似乎毫無作用，她的血壓仍在下降。

紫色和藍色的分界究竟在哪裡呢？紅、褐、藍、黑。林恩醫生說臉色發青後好轉的機率有多高？

布芮蒂喘著氣，似乎想說些什麼。

我想她可能是想說「唱歌」。妳想要我唱歌嗎？

她可能已經精神錯亂了，又或許她根本不是在跟我說話。總之她也無法回答我，因為光是為了吸入下一口氣，她就已經拚盡全力了。

我決定跑到婦女外科病房，把林恩醫生拖回來。

布芮蒂，我馬上回來。

她有聽到嗎？

我衝出病房後左轉，用最快的速度在走廊上奔跑。

我身後傳來騷動，那種事根本無關緊要。

但喧鬧聲越來越大，我轉過頭時，看到林恩醫生穿著疑似染血的圍裙走下樓梯，左右各有一名戴著頭盔的警察抓住她的手臂。三人下樓的方式十分笨拙，兩個男人緊抓著她不放，她有時甚至雙腳騰空。

林恩醫生！

林恩醫生的視線穿過我們之間的圍觀群眾，和我四目相接。她的表情複雜——混合著挫敗、遺憾、悲傷，甚至是對這種荒謬情況的自嘲。我意識到她幫不了我，也幫不了布芮蒂，因為她的時辰到了。

藍衣警察領著醫生下樓，消失在轉角處。

當我跌跌撞撞跑回病房時，布芮蒂的臉色已經變得像一枚骯髒的便士硬幣了。她雙眼圓睜，眼神中充滿了恐懼。

我緊抓住她溼溼黏黏的手，對她保證道，妳不會有事的。

其中一個寶寶開始哭泣，瑪莉・歐萊希利似乎也是，但我的眼中只有布芮蒂。她吃力地喘息著，呼吸又淺又快，幾乎快到數不出來。她的臉色已轉為灰藍色。

我靜靜等待。

我耐心觀察。

骷髏人已經在病房裡了，我聽得到他的骨頭嘎嘎作響，以及他的竊笑聲。

但布芮蒂的耐力異於常人，不是嗎？她曾洋洋得意地說過自己比我「更年輕體健」。這女孩以匱乏與羞辱為糧食，將其吞下肚並化為自己的力量、樂觀與美麗。過去無數痛苦的日子她都撐過去了，今天也不例外，對吧？

這不過是穿過森林的一條小路，我如此告訴自己。雖然蜿蜒曲折、晦暗不清，似乎一直在兜圈子，但還是一條道路，而所有道路不都有終點嗎？我和布芮蒂會在未來的某一天，漫步於都柏林近郊的森林小徑，笑著回憶起她得流感時我有多麼緊張。她會跟我一起回家，和提姆與他的喜鵲見面。她會和我同床共枕，到時候我們就有用不完的時間。總有一天，我們會搭船去澳洲玩，尋訪藍霧繚繞的藍山。我想像我們倆漫步於尤加利樹林，身邊圍繞著各式各樣朝氣勃勃的異國鳥類。

一點紅沫從她的嘴角流了出來。

我把它擦掉。

在我的腦海中，交錯的樹枝擋住了陽光，森林小徑變得越來越昏暗，現在更像是隧道了。

我本想跑去找另一名醫生給布芮蒂注射些什麼，什麼都好，但興奮劑只會讓她「多痛苦幾分鐘」，林恩醫生不是這麼告訴我的嗎？

隧道不再蜿蜒，我們倆都知道它將直直通往哪裡。

布芮蒂咳出深紅色的血，整個前襟都染紅了。

鮮血從她的鼻子湧出，我只能將她抱在懷裡。我在她細瘦的手腕找不到脈搏，她的皮膚變得黏糊糊的，剛剛發燒所積聚的熱度迅速流失。

我什麼也沒做，只是蹲在那裡，數著她細若游絲的每一口氣，一分鐘五十三下。人究竟能呼吸多快呢？輕如飛蛾撲翅，又如同被砍伐的樹木應聲而倒一般震耳欲聾。我繼續數著，計算著布芮蒂的呼吸，直到那無聲的嘆息，過了幾秒後，我才意識到那是她嚥下的最後一口氣。

我的眼睛刺痛，卻流不出眼淚。我將目光轉向地板，布芮蒂稍早才剛拖地，我試著尋找她拖過的痕跡。

巴瓦護士，請妳振作一點。

是葛羅穎，這位護工是何時進來的？

他的語氣異常溫柔。妳能站起來嗎？

我勉強撐起自己的身體，全身上下都是血。我放開布芮蒂的手，並將其放在她的肋骨上。

葛羅穎露出悲傷的神情。不會吧，竟然是那個姓史維尼的女孩子。

瑪莉・歐萊希利在我身後哭泣著。

那位護工沒有再說半句話，靜靜離開了。

我從布芮蒂的手指開始，把它們一一擦乾淨，然後在手背紅腫的皮膚上塗抹大量藥膏，手指拂過癬菌病留下的那圈痕跡——就像山丘上的古老堡壘一樣。我用布擦拭她的手臂，先是光滑的那條，再來是被燙傷的那條。

是一鍋湯啦，她在第一天時這麼告訴我。

我當時竟如此天真，以為那是意外。我現在才明白那更有可能是布芮蒂小時候，某個大人為了懲罰她，拿一鍋滾燙的熱湯潑她，她才燙傷的。

麥考利夫醫生走了進來。

我幾乎一個字也沒說。

他尋找著不存在的脈搏，再撥開布芮蒂的右眼瞼，並用手電筒照射，確認瞳孔沒有收縮。

他在意的是我沒有照正規流程跑程序。妳是說她根本沒有辦入院手續嗎？

她在這裡工作了三天，不辭辛勞，也沒有任何報酬，我說。

或許是我的語氣讓麥考利夫住口了吧。他在「死因」下方匆匆寫了「流感」兩個字。

他離開後，我便繼續我的工作。

布芮蒂全身傷痕累累，簡直體無完膚；打理遺體就像在翻閱一章又一章的恐怖小說一樣。當我脫下她的第二隻長統襪時，我注意到一根腳趾頭的角度很奇怪，可能是以前斷掉過但沒有好好處理吧。一條醜陋的紅色傷痕從她的背部一直延伸到肋骨，但像大部分的傷口一樣，終究還是痊癒了。我俯身親吻傷疤。

病床上的瑪莉．歐萊希利用顫抖的聲音問道，巴瓦護士，我可以回家嗎？這個地方——她想帶著自己的小孩逃離這裡，這是很健康的本能。我頭也不回就說，再幾天就好，歐萊希利太太。

我拿了一件漿過的睡袍給布芮蒂穿上，把她的四肢放平，雙手交疊，十指相扣。

葛羅穎和奧謝抬了擔架進來，放在中間的空床上。

他們把布芮蒂抬到擔架上，我不忍直視，卻又無法移開視線。

我拿了乾淨的白布蓋住遺體。

葛羅穎把一隻手放到我的肩膀上，嚇了我一跳。接下來就交給我們吧，巴瓦護士。

他們離開後，病房再度陷入一片沉默。

過了一會兒，巴爾納伯開始哭泣，但哭聲很快就減弱了。我轉頭一看，才發現是瑪莉．歐萊希利把他抱在懷裡，哄他入睡。

當路加修女走進病房時，我直盯著她看，因為我不知道她為何那麼早到。但一看窗外，我才發現天色已經黑了，而且不知為何，我的懷錶竟然顯示晚上九點。

瑪莉·歐萊希利仍然抱著巴爾納伯。

修女嘆息道，我聽說史維尼的事了，真可憐。實在是太令人震驚了！確實，我們不曉得那時辰幾時來到。

我的憤怒卡在喉嚨裡，氣到說不出話來。

夜班護士掛好斗篷，調整面紗和口罩，並圍上圍裙。看來那個畸形兒還活著啊？

她將巴爾納伯從瑪莉·歐萊希利的手中抱走，並放在嬰兒床裡，好像在整理病房一樣。

我終於起身，往前踏了一步，再一步。

我低頭看著巴爾納伯綻開的上唇，突然意識到這是一個記號，烙在男孩身上的印記。

他一點也不畸形，我說。

路加修女挑眉。

一個瘋狂的想法在我心中萌芽。我心想，如果提姆——

不行，這對我弟弟來說不公平，我無權這麼做。

但我仍不放棄。

我今晚要回家，我告訴修女。

她匆匆點頭，以為我只是要回家睡覺。

我直截了當地說：我要請年假。

啊，不行，我們現在恐怕需要所有的人力，巴瓦護士。

我解開圍裙，扔進洗衣桶，並說道，要解僱的話就請便吧。

布芮蒂曾跟我說過，妳的職責不是生小孩，而是拯救他們。

好吧，或許只拯救一個而已，就為了布芮蒂。不知為何，我深信布芮蒂會希望我救巴爾納伯·懷特，不要讓他淪落到水溝裡。

在失去勇氣之前，我從櫥櫃深處挖出了一個舊的格萊斯頓旅行箱[5]，裝滿嬰兒必需品：尿布和別針、寶寶衣服、兩個裝了大奶嘴的特殊奶瓶，以及一大罐奶粉。那首琅琅上口的流行歌曲在腦海中揮之不去：把煩心事兒打包，一股腦裝進舊工具箱吧。[6]

我的一舉一動，路加修女都看在眼裡。她終於問道，妳想做什麼？

我要把寶寶帶走。

我在巴爾納伯的層層衣服外，又套上了外出服。

5　格萊斯頓旅行箱是一種較深的小型硬皮革旅行箱，以連任四屆英國首相的威廉·尤爾特·格萊斯頓（William Ewart Gladstone）的名字命名。

6　〈把煩心事裝入舊包包〉（Pack Up Your Troubles in Your Old Kit-Bag, and Smile, Smile, Smile）是第一次世界大戰的進行曲，由威爾斯作曲家喬治·亨利·鮑威爾（George Henry Powell）於一九一五年寫成。

修女發出嘖嘖聲。無須這樣做，我們會安排他去母嬰之家。

我用兩條小毯子裹住巴爾納伯，並給他戴上毛線帽，幾乎蓋住了他的眼睛。

我穿上大衣，戴上帽子，轉過身來卻發現修女擋住了我的路。巴瓦護士，妳不能擅自帶走這個嬰兒。

他也不屬於任何人，不是嗎？

妳是想當他的養母嗎？

我不由得眉頭一皺。我不會要求酬勞。

那妳要什麼？

我提醒自己路加修女是出於善意，她認為自己有義務保護這個殘缺的孩子不受到任何危害，包括我在內。

我只是想照顧他，把他當成自己的孩子撫養，我說。

她撥弄口罩，好像會癢一樣。妳聽起來勞累過度，而且心煩意亂，這是完全可以理解的，畢竟今天發生了這麼多事。

如果她說出布芮蒂的名字，我肯定會崩潰。

修女，我們都很累。我現在要回家睡覺，而巴爾納伯．懷特也要跟我回家。

路加修女嘆了口氣。我們這些禁慾者偶爾也會爆發母性本能，但寶寶可不是玩物。那妳在醫院的工作呢？

我有個弟弟可以幫忙，我說。

（我怎能擅自替提姆作主呢？）

我休息一週後就回來，我草率承諾道。讓我過去。

夜班護士挺直腰桿。妳必須先和札維耶神父談談，因為他是代理神父。所有在這間醫院出生的天主教徒都在他的保護之下。

我不禁想知道，到底是誰把我們所有人都交到這些老男人手中的？他不是去主持喪禮嗎？

他現在回來了，在樓上的產科病房。

我咬牙切齒道，好吧。

雖然百般不情願，我還是將巴爾納伯放回嬰兒床。他穿了好幾層衣物，感覺都可以去一趟北極了。我一把抓了他的病歷，就離開病房去找神父。

樓上的產科病房又長又寬敞，林恩醫生被抓去都柏林城堡後，他們還有產科醫生可以顧病房嗎？我經過數十名婦女，她們或呻吟、或喘息、或翻身、或跪著、或哭泣；有些人啜飲著茶或威士忌，有些則正在照顧她們脆弱的孩子。懷孕的有禍了，但也有福。禍福相倚，有時甚至難以區分。

札維耶神父正在和一名病人一起禱告。他一看到我便直起身子走了過來，一邊用手帕擤鼻涕。

我不想造成任何誤會，所以說話有些唐突無禮：我要把一個寶寶帶回家。

他挑起灰色的眉毛。

我陳述了巴爾納伯．懷特的情況。

妳太年輕了，不應該承受如此重擔，神父發愁道。

我已經三十歲了，神父。

巴瓦護士，萬一妳之後結婚，也有了自己的孩子呢？

我不能只說，我就想要這個寶寶，便試圖用神父會理解並尊重的方式來表達。他的母親今天在我值班時過世，所以我堅信這項任務必須由我來完成，我告訴他。

這樣啊。老神父語氣改變，開始往實際層面思考。我知道你們護士都品行端正，也會固定參加彌撒，我比較擔心的是另一邊。

我突然感到筋疲力盡，不明白他的意思。

他直截了當地說：母親可以說是相當不幸。萬一進一步調查後，發現父親是個道德敗壞的畜生——妳怎麼知道他不是個壞人呢？

這個小傢伙沒辦法等我們調查他的家譜！

札維耶神父點點頭。但請記住，他和妳絕對不是同一階級的。

我不認為嬰兒有階級可言。

妳很有遠見，但這並不會改變事實，妳不知道自己會得到什麼。

我想起寶寶深邃的眼睛，便回答，他也不知道。

這次神父一句話也沒說。

晚安，神父。

我就當作他已經許可了，往病房門移動，身後卻傳來札維耶神父的腳步聲。等一下。

我猛然轉身。

妳打算怎麼稱呼他？

他已經有巴爾納伯這個教名了。

不是，我的意思是……或許告訴鄰居他是從鄉下來的親戚會比較好？

我從沒想過這個問題，被領養的孩子也可能會受到歧視。

讓他有個新的開始如何？

神父是一片好意。

於是我告訴他，我會想想的。

我向後退了一步，札維耶神父舉起一隻手，好像要阻止我一樣。但沒有，他是在空中比畫著對我們的祝福。

下樓時，我的雙腿有些顫抖。

有一瞬間，我還以為自己走錯病房了。不對，這的確是產科發燒病房，但路加修女不在，而有個陌生人正在餵瑪莉·歐萊希利吃某種東西。

路加修女呢？

她去傳話，我不認識的護士回答。

小尤妮絲躺在嬰兒床裡，但另一個嬰兒床是空的。我的心臟怦怦直跳。

瑪莉·歐萊希利生氣地小聲告狀：護士，路加修女把他帶走了。

我轉身就走。

所以修女為了不要讓我如意，打算直接把他交給母嬰之家嗎？

我衝下樓梯（我還有哪條醫院的規定沒打破嗎？）。

我讓到一旁，讓兩個男人抬棺進門——看起來很輕，應該是空的。接著，我踏出醫院門口，在寒冷的街道上狂奔。

今晚月黑風高，我轉了個彎，又拐了一個轉角。

我突然開始擔心，萬一我記錯歐娜·懷特病歷上寫的母嬰之家地址怎麼辦？或是搞錯別間？我停了下來，掃視昏暗的建築物。是轉角處那棟高聳的石造建築嗎？

我看到身穿白衣的路加修女往大門快步走去，一手提著格萊斯頓旅行箱，另一手抱著小小的襁褓。

我沒有喊出聲，而是用最快的速度追上去。

修女肯定是聽到我啪答啪答的腳步聲，便轉過身來。

路加修女已經脫下口罩了，她抿起薄唇，瞪大僅剩的那隻眼睛。巴瓦護士，妳到底在做——

妳才在做什麼？

她朝著灰色門面點點頭。在一切塵埃落定前，這裡顯然是這孩子的歸屬，這對他、對妳和所有人都是最好的決定。

我逼近她，直到我們只相隔幾公分為止。我得到札維耶神父的許可了，把寶寶給我。

聽到這話，修女反而更緊緊抓著熟睡的巴爾納伯。巴瓦護士，我就老實說吧，妳現在狀況似乎不太好。今天那可憐的女孩，肯定讓妳大受打擊——

是布芮蒂·史維尼！

我大吼她的名字，匆匆走過的路人都不禁轉頭看我們。

我壓低音量，補充道：也是被囚禁在你們修道院的二十名奴隸之一。

修女張口結舌，又閉上嘴巴。

她營養不良、缺少關愛，而且從小到大都慘遭虐待，我繼續說道。對你們來說，布芮蒂不過就是個骯髒的孤兒，也是免費勞工，你們還拿了她賺的薪水。告訴我，你們派她來我的病房幫忙時，有想到要確認她是否得過這次流感嗎？

巴爾納伯睜開眼睛，對著漆黑的城市眨了眨眼。

路加修女說，妳已經語無倫次了，而且精神錯亂。布芮蒂·史維尼跟這個男孩有什麼關係？

我不知道該怎麼回答，只知道他們兩人靈魂相繫。一個剛出生，另一個英年早逝；他們在這個世界共享了數小時的生命。我唯一確定的是，這是某種交易，也是我欠布芮蒂的。

我已經得到神父的許可了，把他交給我，我告訴她。

路加修女頓了一下，終於將襁褓裡的巴爾納伯放到我手中，並把旅行箱放在我腳邊。他開始啼哭。我用斗篷裹住他，以抵禦十一月的冷風。

妳要怎麼跟別人說？修女問道，語氣十分冷淡。

我其實不需要回答她，但還是說道，我會說他是鄉下的親戚送來的。

她哼了一聲。那麼人們會認為他就是妳的孩子。

我聽出了她的言外之意。

或許還會以為妳弟弟就是孩子的父親呢，她繼續暗示道。

我的憤怒立刻驅逐了一切羞愧的情緒。竟敢詆毀像提姆這樣無法出言反駁的人。多說無益，我一把抓了旅行箱便邁步離開。我看著自己踩在石子路上的每一步，特別留心不要絆到石頭，弄掉懷裡珍貴的小生命。

我到底在幹嘛？把一個脆弱的寶寶帶回家給更脆弱的弟弟照顧，而且我明明知道他受不了噪音和干擾。提姆吃過的苦難道不夠多嗎——我有什麼權利把他捲進來呢？

但他是個溫柔的人，我在腦中爭辯道。他天生就會照顧人，甚至不需要言語就能把我照顧得這麼好。在這種時候，要說誰能臨危不亂，承擔這個職責，那肯定非提姆莫屬。更實際的小問題也開始一一浮現。下了電車後，我必須走回家，因為我不能抱著寶寶騎車。

還有回到家時，我要怎麼開口？提姆，你肯定無法相信——

我遇到了一個女孩——

提姆，我要告訴你一件事——

這位是巴爾納伯．懷特。

我現在完全沒有心力用論證或雄辯來說服弟弟。當提姆全身浸滿所愛之人的血，從戰壕裡爬出來時，是否也處於這樣的狀態呢？如果哪一天，我要對某個人傾訴自己經歷了什麼——宛如發燒的夢境一般離奇的這三天——那個人肯定會是提姆。

靜悄悄的大街看起來如此陌生，或許是因為我是第一次和巴爾納伯一起走吧。他就像是毫無預警，突然降臨到人世間的陌生存在，來自星空深處的使者，尚未對這個世界下定論。呼吸新鮮空氣吧，巴爾納伯，我對著他毛絨絨的頭低聲說道。還要一陣子才會到家，但不會太久。我們很快就能上床睡覺了，今晚只需要做這件事就好。剩下的事情，等明天醒來時，再看看吧。

於是我抱著他在街上走，走向世界的盡頭。

作者的話

一九一八年的流感大流行造成的死亡人數比第一次世界大戰還多，估計占當時世界人口的百分之三到六。

本書是以史實為背景的小說作品。布芮蒂·史維尼的生活經歷幾乎都取自於二〇〇九年針對愛爾蘭宗教機構所發表的《萊恩報告》（Ryan Report）中令人悲傷的證詞：https://industrialmemories.ucd.ie/ryan-report/。除了凱絲琳·林恩醫生（一八七四年生，一九五五年逝世）之外，布芮蒂·史維尼、茱莉亞·巴瓦和其他角色都是虛構的。

一九一八年秋天，林恩是新芬黨領導階層的副主席兼公共衛生部長。當她被捕時，都柏林市長介入，請警方釋放她，讓她能繼續在查爾蒙特街三十七號（37 Charlemont Street）的免費診所繼續力抗流感（診所是由她心愛的瑪德琳·弗倫奇·穆倫租借的）。次年，林恩在同一個地方成立了聖烏爾坦兒童醫院（Saint Ultan's Children's Hospital），弗倫奇·穆倫則擔任其管理者。在一九一八年十一月十一日康邊停戰協定（Armistice of 11 November 1918）後的大選中，林恩為她們的朋友康絲坦姿·馬凱維奇伯爵夫人（Constance Markievicz）競選，馬凱維奇也成為了第一位英國下議院女性議員，林恩自己也在一九二三年新的愛爾蘭議會中贏得一席。她和弗倫奇・穆倫同居，直到後者於一九四四年過世為止。林恩在聖烏爾坦兒童醫院一直工作到八十多歲，持續為國民爭取改善營養、住房和衛生條件。如果對她有興趣，或是想閱讀她橫跨四十年的日記，我推薦瑪格麗特・霍加泰格（Margaret Ó hÓgartaigh）於二〇〇六年出版的《凱絲琳・林恩：愛爾蘭女性、愛國者、醫生》（Kathleen Lynn: Irishwoman, Patriot, Doctor），以及二〇一一年的紀錄片《凱絲琳・林恩：反叛醫生》（Kathleen Lynn: The Rebel Doctor）。

直到一九三三年，人們才用新發明的電子顯微鏡發現了流感病毒，而現今保護無數人的流感疫苗在一九三八年才首次被研發出來。

恥骨聯合切開術（切開連接恥骨的韌帶）和恥骨切開術（直接鋸開恥骨）的手術盛行於一九四〇年代至一九六〇年代的愛爾蘭醫院，但從一九〇六年到一九八四年都有記載。進入二十一世紀以後，這種手術就一直是個極具爭議性和法律衝突的議題。

布芮蒂和茱莉亞討論的那部一九一四年的短默片《漂流心相遇》可說是瑪麗・畢克馥的成名作，但似乎沒有留存任何紀錄。

二〇一八年十月，我受流感大流行一百週年的啟發，開始撰寫這部作品。但在二〇二〇年三月，當我交了定稿後，COVID-19就改變了一切。我很感謝我的經紀人，以及利特爾布朗公司（Little, Brown）、加拿大哈潑柯林斯（HarperCollins Canada）和Picador出版商的大家共同努力，在短短四個月後就讓我的小說在這個新世界上市。

最重要的是，感謝所有冒著生命危險的醫護人員，讓我們可以放心把自己交到你們手中。謝謝助產士瑪姬・沃克（Maggie Walker）在封城期間撥空糾正我的一些誤解，也要再次感謝超厲害的醫生兼文字編輯崔西・羅（Tracy Roe）一直以來的協助與糾錯，在疫情期間也不辭辛勞。我個人也想感謝Womancare的助產士們，以及倫敦健康科學中心（London Health Sciences Centre）的凱西・烏雪醫生（Kaysie Usher），謝謝你們讓許多寶寶得以平安出生，也救了包括我在內的無數母親。

臉譜小說選 FR6576

星空下的隔離病房

The Pull of the Stars

原著作者	愛瑪・唐納修 Emma Donoghue
譯　　者	楊睿珊
書封設計	朱陳毅
責任編輯	廖培穎
行銷企畫	陳彩玉、楊凱雯
業　　務	陳紫晴、林佩瑜、葉晉源
出　　版	臉譜出版
發 行 人	凃玉雲
總 經 理	陳逸瑛
編輯總監	劉麗真
	城邦文化事業股份有限公司 台北市民生東路二段141號5樓 電話：886-2-25007696　傳真：886-2-25001952
發　　行	英屬蓋曼群島商家庭傳媒股份有限公司城邦分公司 台北市中山區民生東路141號11樓 客服專線：02-25007718；25007719 24小時傳真專線：02-25001990；25001991 服務時間：週一至週五上午09:30-12:00；下午13:30-17:00 劃撥帳號：19863813　戶名：書虫股份有限公司 讀者服務信箱：service@readingclub.com.tw 城邦網址：http://www.cite.com.tw
香港發行所	城邦（香港）出版集團有限公司 香港灣仔駱克道193號東超商業中心1樓 電話：852-25086231　傳真：852-25789337
馬新發行所	城邦（馬新）出版集團 Cite（M）Sdn. Bhd. 41, Jalan Radin Anum, Bandar Baru Sri Petaling, 57000 Kuala Lumpur, Malaysia. 電話：603-90563833　傳真：603-90576622 電子信箱：services@cite.my
一版一刷	2021年7月
I S B N	978-986-235-984-6
	版權所有・翻印必究（Printed in Taiwan） 售價：420元 （本書如有缺頁、破損、倒裝，請寄回更換）

國家圖書館出版品預行編目資料

星空下的隔離病房／愛瑪・唐納修（Emma Donoghue）著；楊睿珊譯. -- 一版. -- 臺北市：臉譜出版：英屬蓋曼群島商家庭傳媒股份有限公司城邦分公司發行, 2021.07
面；　公分. --（臉譜小說選；FR6576）
譯自：The pull of the stars
ISBN 978-986-235-984-6（平裝）
873.57　　110008537